INFORMAÇÕES SOBRE A VÍTIMA

SÉRIE POLICIAL

Réquiem caribenho
Brigitte Aubert

Bellini e a esfinge
Bellini e o demônio
Tony Bellotto

Bilhete para o cemitério
O ladrão que achava que era Bogart
O ladrão que estudava Espinosa
O ladrão que pintava como Mondrian
Uma longa fila de homens mortos
Punhalada no escuro
Lawrence Block

O destino bate à sua porta
James Cain

Nó de ratos
Vendetta
Michael Dibdin

Edições perigosas
Impressões e provas
John Dunning

Máscaras
Leonardo Padura Fuentes

Jogo de sombras
Tão pura, tão boa
Frances Fyfield

Achados e perdidos
Uma janela em Copacabana
O silêncio da chuva
Vento sudoeste
Luiz Alfredo Garcia-Roza

A noite do professor
Neutralidade suspeita
Transferência mortal
Jean-Pierre Gattégno

Continental Op
Dashiell Hammett

Pecado original
Morte no seminário
Uma certa justiça
P. D. James

Domingo o rabino ficou em casa
O dia em que o rabino foi embora
Sábado o rabino passou fome
Sexta-feira o rabino acordou tarde
Harry Kemelman

Um drink antes da guerra
Dennis Lehane

Morte no Teatro La Fenice
Donna Leon

Dinheiro sujo
Também se morre assim
Ross Macdonald

É sempre noite
Léo Malet

Assassinos sem rosto
Henning Mankell

O labirinto grego
Os mares do Sul
O quinteto de Buenos Aires
Manuel Vázquez Montalbán

O diabo vestia azul
Walter Mosley

Informações sobre a vítima
Joaquim Nogueira

Aranhas de ouro
Clientes demais
Cozinheiros demais
A confraria do medo
Milionários demais
Mulheres demais
Ser canalha
Serpente
Rex Stout

A noiva estava de preto
Casei-me com um morto
Cornell Woolrich

JOAQUIM NOGUEIRA

INFORMAÇÕES SOBRE A VÍTIMA

COMPANHIA DAS LETRAS

Copyright © 2002 by Joaquim Nogueira

Capa:
João Baptista da Costa Aguiar

Foto da capa:
Eduardo Marin

Preparação:
Márcia Copola

Revisão:
Ana Maria Barbosa
Renato Potenza Rodrigues

Os personagens e situações desta obra são reais apenas no universo da ficção; não se referem a pessoas e fatos concretos, e sobre eles não emitem opnião.

Dados Internacionais de Catalogação na Publicação (CIP)
(Câmara Brasileira do Livro, SP, Brasil)

Nogueira, Joaquim
Informações sobre a vítima / Joaquim Nogueira. — São Paulo : Companhia das Letras, 2002.

ISBN 85-359-0229-5

1. Ficção policial e de mistério (Literatura brasileira)
I. Título.

02-1041 CDD-869.93

Índice para catálogo sistemático:
1. Ficção policial e de mistério : Literatura brasileira 869.93

2002

Todos os direitos desta edição reservados à
EDITORA SCHWARCZ LTDA.
Rua Bandeira Paulista, 702, cj. 32
04532-002 — São Paulo — SP
Telefone: (11) 3167-0801
Fax: (11) 3167-0814
www.companhiadasletras.com.br

INFORMAÇÕES SOBRE A VÍTIMA

1

Já eram umas onze horas quando nós voltamos para a delegacia. Eu, Roney e o preso. O escrivão Mauricy, sentado atrás de seu computador, lendo um jornal, já que não havia ocorrência em andamento, levantou a cabeça e nos olhou:

Como é que foram as coisas no pronto-socorro?

Foi tudo bem, informou Roney. O Venício disse que o preso tinha caído no chão da carceragem e quebrado o braço, o médico acreditou, mandou levar para a sala de ortopedia, mandou engessar o braço dele... Agora está tudo o.k.

E ele se virou para observar o preso, que mantinha os olhos no chão, segurando o braço direito com a mão esquerda, embora o braço estivesse apoiado por uma tipóia. Talvez Roney esperasse que o preso dissesse alguma coisa, mas ele não estava a fim de falar... nas delegacias, de noite, durante o plantão, muita gente fica sem inspiração para falar. Demos dois passos à frente com intenção de prosseguir até a carceragem, não prosseguimos porque ouvimos a voz do delegado às nossas costas:

Venício! Vem aqui! Quero falar com você.

Aquela voz dura e seca, própria dos chefes, embora Tanaka não fosse autoritário, era só um cara que se acostumara a dar ordens. Na verdade, era um japa bem-educado, boa gente, boa-praça, que não se envolvia em negócios escusos e não aceitava ordens de qualquer um... era mesmo um gajo muito cioso de seu cargo, muito consciente, muito coerente e tudo. Seu único problema era mulher; a dona que mantinha extramuros. Às vezes durante o plantão noturno se mandava para a casa dela, tomando o cuidado, antes, de deixar instruções com os subordinados: Se minha mulher telefonar, digam que saí em diligências.

Deixei o preso com Roney e caminhei até a sala de Tanaka para saber o que ele queria comigo. Era previsível.

Como ocorreram as coisas no pronto-socorro?

Quase que Tanaka usava as mesmas palavras do escrivão Mauricy.

Foi tudo bem. O médico de plantão é o dr. Watanabe, eu conheço ele, me deve alguns favores, de modo que entrei em sua sala cheio de moral. Disse que o preso tinha caído no chão da carceragem e quebrado o braço. É claro que ele se espantou. O quê? O cara cai no chão da carceragem e quebra o braço? Conta outra. Repeti a história umas duas ou três vezes. Ele chamou o preso e perguntou o que tinha acontecido e o preso disse a mesma coisa, tinha caído no chão da carceragem e quebrado o braço. Então o dr. Watanabe me deu um sorriso sacana, mandou levar o preso para a sala de cirurgia, e lá consertaram o braço dele. Agora está pronto para outra.

Não vai haver uma outra. Não perco mais a cabeça. Pode ir agora.

Voltei ao corredor, alcancei Roney e o preso na sala de interrogatórios, a meio caminho da carceragem. Mais dois passos e chegamos ao cubículo dos carcereiros. Aguinaldo estava lá, a postos, as pernas jogadas sobre a mesa, ouvindo um radinho de pilha. A janela da porta de aço que dá para o pátio dos presos estava aberta. Era outono, abril, a noite meio quente, alguns presos ainda restavam por ali, conversando, fumando e fazendo planos... talvez para a próxima fuga. Aguinaldo se levantou para receber o detento que nós conduzíamos. É um carcereiro muito bom. Às vezes toma suas pingas e chega ao plantão meio zonzo, mas, fora isso, é um cara legal. Todo mundo no distrito gosta dele. Até Mauricy, o Coração Empedernido.

Bem, ele disse ao preso, vamos entrar em seus novos aposentos. Você nunca tinha estado em cana, tinha?

O preso confirmou com a cabeça, era verdade, nunca tinha estado na prisão. Não era bandido, não era ladrão nem assaltante, nem assassino, era mesmo um cara direito, mecânico, sustentando família. Bem. Isso não era uma verdade completa. A mulher com quem era amasiado ajudava a sustentar com seu salário de faxineira no hospital Sírio Libanês. A família era pequena. Ele, o mecânico, mais a mulher faxineira, mais duas meninas de oito e onze anos, que ela havia levado do primeiro casamento. Ou primeira amigação.

Com a menina de oito anos o mecânico não fez nada. Agora, com a maiorzinha, que se chamava Ângela, era ruiva e esguia, uns peitinhos formosos e duros como peras... com essa ele fez o diabo. No geral esperava que a mulher saísse para o trabalho, então ele levava a menorzinha à escola, e quando voltava a casa, por volta de sete e meia, tangia a menina de onze anos para o quarto, tirava sua roupa... A parte que gostava mais, conforme confessou no interrogatório, era quando a menina ficava de quatro, por cima dele, andando de um lado para outro da cama.

Foram esses detalhes que enfureceram Tanaka. Ao saber que o mecânico ficava deitado de costas, com a menina em cima dele, de quatro, pelada, andando de um lado para outro... o japa simplesmente não agüentou. Apanhou uma ripa que havia no canto da parede, deixada ali na última reforma do distrito, e sentou no preso. Ele levantou o braço instintivamente para se defender e teve o osso partido.

O problema, disse Aguinaldo, são os outros presos. Quando souberem que esse bosta seviciava a enteada de onze anos vão querer quebrar o outro braço dele.

Você não deixa, intimou Roney. Tome suas providências.

Que providências, meu? Vou entrar na cela de noite e dizer aos presos para maneirarem?

Eu e Roney não dissemos mais nada. Não tínhamos nada a ver com aquele problema. Éramos investigadores do plantão, tínhamos nossa função específica, ajudar nas ocorrências e nos flagrantes, intimar pessoas, levar feridos aos hospitais e ao IML, aplacar discussões com soldados no corredor da delegacia. Problemas de carceragem não nos diziam respeito. Pessoalmente, eu não gostaria que nada mais acontecesse ao mecânico... havia entrado em cana, tivera o braço quebrado, bastava. Esperamos Aguinaldo preencher a ficha do preso, esperamos fechar o presídio e guardar as pesadas chaves no arquivo de aço, então fomos saindo.

Apagaram mais um dos nossos, ele disse.
Roney parou no meio do corredor:
Quem?
Um tal de Antônio Carlos. Do Parque Peruche.
Antônio Carlos Pessoa?, perguntei.
Esse mesmo. Acho que é esse mesmo.
Senti um baque no coração, como se estivesse dirigindo a viatura em alta velocidade e ela batesse em um poste.
Roney e eu voltamos para o cartório, assumimos nossos cantos favoritos, ele na poltrona esgarçada sob a janela de vidros quebrados, eu no banco de madeira destinado às vítimas e testemunhas. Acendi um cigarro e joguei a fumaça para o alto. No pátio da delegacia havia o movimento de policiais militares de todas as horas, viaturas entrando ou saindo, soldados batendo portas, dizendo palavrão ou acelerando motores. O riso cristalino de uma mulher. De noite há sempre mulheres conversando e rindo com policiais militares. Eu não conseguia parar de pensar em Toninho. Era meu amigo, e saber que havia sido assassinado me doía no peito. Amassei a ponta do cigarro debaixo do sapato e voltei à carceragem. Aguinaldo continuava com os pés sobre a mesa, os olhos fechados, escutando a entrevista da Xuxa na rádio CBN.
Como é que apagaram ele?
Aguinaldo já tinha esquecido a morte do colega:
Ele quem?
O Antônio Carlos. O Toninho.
Foi pros lados da Vila Olívia. Encontraram o corpo dentro de um carro com um tiro na cabeça. O rádio só deu isso aí. Amigo seu?

Sim. Era.

Voltei ao cartório no momento que entrava uma mulher bêbada, que encostou os seios fartos no balcãozinho de madeira e pediu para ser recolhida. Isso mesmo. A pobre idiota queria dar entrada no presídio. Como se as cadeias da cidade fossem melhores que a sua casa. Ou o viaduto que lhe servia de casa. Mauricy lhe despejou uma bronca:

Vai procurar sua turma, dona. Pensa que presídio é hotel?

Caminhei pelo corredor, cheguei à sala dos delegados. Tanaka estava em uma poltrona assistindo televisão. O nó da gravata frouxo, os cabelos lisos e compridos e duros, meio desalinhados. Quando me viu parado na porta, se levantou e caminhou até a escrivaninha como se fosse sentar nela e me ouvir. Não chegou a fazer isso. Apenas encostou o corpo na quina.

Ainda não te agradeci, Venício. Agradeço agora. Obrigado por ter quebrado o galho no PS. Valeu. Por causa de uma bobeira como essa a gente pode dar com os costados na Corregedoria. Ou na Secretaria da Segurança.

O galho quebrado não foi nada. Qualquer policial faz a mesma coisa por um colega. Falar em colega, mataram um investigador chamado Antônio Carlos. Ouviu no rádio?

Não. O tempo todo eu estava assistindo televisão, e a televisão não deu nada. Antônio Carlos... Era da nossa delegacia? Já trabalhou aqui?

Não. Era lotado na delegacia do Parque Peruche. Agora de noite estava num carro no bairro da Vila Olívia quando tomou um tiro na cabeça. Eu conheço a delegacia da área. Queria ir lá me informar melhor sobre a ocorrência; se o senhor permitir, claro.

Como está o plantão?

Tranqüilo. Chegou uma mulher bêbada querendo ser recolhida ao presídio, Mauricy mandou ela procurar sua turma. Foi só. Não tem mais ninguém. De qualquer forma, vou deixar o rádio da viatura ligado. Se precisar de mim, basta me chamar.

Ou seja, quer permissão para se ausentar do plantão e permissão para usar a viatura.

Isso mesmo. Sair do plantão e levar a viatura.

Tanaka correu os dedos brancos e magros pelos cabelos rebeldes.

Está bem. Vai. Se eu precisar de você, te chamo pelo rádio. Se tiver parentes do morto na delegacia apresente meus pêsames. Diga que precisando de alguma coisa é só me avisar.

Claro, eu disse.

A frase dele era apenas formal, estava claro que não iria ajudar parentes de Toninho... polícia que é polícia não faz isso.

No cartório, informei a Roney e Mauricy que iria sair, ouvi tolices, Roney queria saber quem iria com ele buscar o lanche da equipe, o escrivão perguntou o que eu poderia fazer para ajudar o morto. Não respondi. Peguei a chave da viatura no prego na parede e voltei ao corredor. Chequei minhas coisas. Sempre checava quando saía do distrito para uma diligência, especialmente à noite. Tudo estava em ordem. A arma enfiada no cós da calça, as algemas penduradas numa presilha, a credencial no bolso da jaqueta. Quando cheguei ao pátio para apanhar a viatura, ouvi meu nome pronunciado por um guarda.

E aí, Venício? Tudo bem?

Respondi no mesmo tom, tudo bem, mas não sabia quem era o PM, não conseguia reconhecê-lo à luz fraca do pátio. Entrei na viatura e dei partida ao velho e cansado motor. Saí com todas as cautelas, dado que o portão é estreito para o tamanho do carro, e cautelosamente desci ao trânsito da avenida, bem ameno àquela hora tardia. Tornei a pensar em Toninho.

Conhecera-o em uma noite de terça-feira, em março, uns vinte e cinco dias antes, mais ou menos, quando eu estava no centro da cidade no final de uma diligência. Uma diligência que havia começado errado, prosseguira errado e tinha de acabar errado. Ainda de tarde, na delegacia, quando eu batia boca com um preso, Roney me gritara do plantão: Venício! Telefone! Deixei o preso babando e voltei ao cartório e peguei o telefone no balcão de madeira que corria atrás da mesa dos escrivães. Do outro lado da linha, uma voz de homem, melosa, antipática:

Você é o investigador Venício?

Eu mesmo, respondi.

Ainda está querendo prender o Ronaldo?

Ainda. Quem está falando? Como é seu nome?

A voz melosa se tornou mais suspeita:

Ai, querido, você não quer mesmo saber o meu nome, quer? Eu vou ficar magoada se você insistir. Depois que você prender o Ronaldo, tudo bem, eu te ligo e a gente marca alguma coisa, mas, antes da prisão, nada feito. Está bom assim?

Não estava. Mas eu não podia tirar o corpo fora. Ronaldo era um bicheiro forte da zona sul, julgava-se impune porque tinha o salutar hábito de corromper policiais e políticos, e eu queria provar a ele que as coisas não eram bem assim, queria provar que ainda havia policiais direitos e incorruptíveis. Quando soube que havia um mandado de prisão dando sopa na delegacia, fui à sala do delegado titular e pedi para cumprir. Havia uma certa justa causa, já que o inquérito respectivo tinha corrido pela nossa equipe. O chefe do distrito quase desatendeu o pedido, mas não encontrou argumentos para ir muito longe, de modo que chamou o escrivão-chefe e mandou me entregar o papel.

No telefone, a voz falsa e melíflua voltou à carga:

Está bom assim?

Está. Me diga onde eu encontro o Ronaldo. Depois fazemos qualquer coisa.

Aí, machão. É assim que eu gosto.

Vamos logo, falei sôfrego, já meio enjoado de ouvir aquela voz afeminada de homossexual. Como é que eu faço para ver o Ronaldo? Onde ele está?

Onde ele está eu não sei. Mas hoje à noite... no começo da noite... ele vai a um hotel no centro da cidade, se encontrar com uma pessoa. Caso você pretenda me perguntar o nome da pessoa e o motivo do encontro eu vou logo te dizendo: não sei. Sei o nome do hotel, Três de Ouros. Avenida Rio Branco, quase esquina da Duque de Caxias. Talvez você queira perguntar se o Ronaldo vai ao encontro sozinho ou com os capangas dele. Também não sei responder. Vai ter de descobrir sozinho. Você é um tira muito esperto, não é? Muito macho.

Macho, com certeza. Esperto... Bem, não sei. Me diga uma coisa: como soube que eu queria prender o Ronaldo? Você me conhece de onde?

A gente volta a conversar, ele disse, como se alguém tivesse se aproximado dele e interrompido a continuação da conversa. Tchau.

Nem tive tempo de dizer tchau também. Depus o telefone no gancho e voltei à carceragem para continuar minha discussão com o preso.

Não era um preso comum, não era bandido e, tal como o mecânico que iríamos prender quase um mês depois, não tinha passagens, não era profissional, apenas ficou rodando pelo Horto Florestal, situado na área do nosso distrito, bêbado, dizendo gracinhas às meninas e mulheres. Por isso a PM o havia detido e levado para a delegacia, onde o delegado Tanaka achou que não havia justa causa para flagrante, de modo que mandou recolhê-lo àquele xadrez provisório, apelidado de Chiqueirinho, até que o fogo passasse e ele pudesse ir embora com segurança. Era uma puta sorte para o bêbado. Nenhuma das mulheres molestadas se apresentou para formalizar queixa. Ainda troquei duas ou três palavras com ele até descobrir que não estava com saco para bater boca com bêbados.

Voltei ao cartório e sentei no banco de madeira e pensei no telefonema com a alcagüetagem sobre Ronaldo. Continuei pensando até me convencer que tinha de rodar para o centro da cidade e apostar minhas fichas na cana do bicheiro. Tanaka não estava na delegacia. Havia saído com a viatura logo depois de resolver o caso do bêbado. Eu disse a Mauricy que tinha umas intimações para fazer, eram urgentes, ia trabalhar com meu carro mesmo, ele levantou suspeitas, às quais não dei atenção... enquanto ele ainda falava atrás de seu computador, eu já caminhava para a saída.

Não encontrei Ronaldo aquela noite. Em compensação, conheci Toninho.

2

A delegacia da Vila Olívia fica numa praça pequena, triangular, que tem num dos vértices uma danceteria de jovens e noutro uma porção de bares e pizzarias. Entrei pelo plantão. Não encontrei nem delegados nem investigadores. Só a escrivã, a postos atrás de seu computador, muito concentrada em arrumar documentos, que imaginei fossem boletins de ocorrência. Ficava na delegacia à noite sozinha e parecia tão à vontade como se estivesse na própria casa. Além do mais, usava uma camiseta fininha, sem sutiã, os peitos nadando ali embaixo como dois peixes lerdos e preguiçosos.

Gostei dela por isso também. Tinha peito para tomar conta da delegacia de noite e tinha peito para usar aquela camiseta reveladora.

Oi, eu disse com um meio sorriso.

Quer registrar queixa?, ela perguntou sem levantar os olhos na minha direção, bastante calejada, claro, em ouvir pessoas se aproximando de sua máquina e dizendo oi.

Eu sou investigador de polícia. Da delegacia do Horto Florestal. Vim aqui porque...

Acho que eu sei por quê, ela disse levantando os olhos.

Podia não ter gostado de mim, bem como podia ser apenas indiferente. Indicou uma cadeira com a mão e eu me sentei nela. Chamava-se Débora. Sei disso porque vi um papel pregado na parede atrás do cartório com a relação dos policiais de plantão no qual estava escrito que a escrivã era a Débora. Tirei o maço de cigarros do bolso da jaqueta e lhe ofereci um. Recusou. Talvez confiasse apenas nos seus. Porque abriu a primeira gaveta da escrivaninha e pegou seu próprio maço. Seus cigarros não eram melhores que os meus. Talvez ela não quisesse ficar me devendo favores e gentilezas.

Acho que sei por que você veio aqui, ela repetiu. Por causa da morte do investigador Antônio Carlos Pessoa.

O Toninho.

Era amigo seu?

Era.

Nesse momento se ouviu um enorme tumulto em frente à delegacia, e Débora se levantou e passou por mim a cem quilômetros por hora. Saquei minha arma e segui atrás dela pelo corredor. Quando chegamos à porta, vimos dois guardas da PM conduzindo um garoto branco, baixo e franzino, que tinha os pulsos algemados e, mesmo assim, dizia que não se deixaria prender, para a FEBEM ele não voltaria mais.

Nem fodendo, ele repetia.

Um dos soldados deu-lhe um tremendo sopapo na orelha, fazendo o corpo magro e subnutrido recuar dois passos e bater com as costas na parede. Débora foi muito macha:

Ei, aqui não! Se querem bater no preso, levem ele pra rua de novo. Na delegacia não. Aqui vocês só vão arranjar problemas para a Civil... O cara é menor, não é?

O garoto se apressou a responder:

Sou menor, dona. Dezesseis anos. E não fiz nada de errado. Nem estava na padaria na hora do assalto. Ia passando na rua atrás da estação quando esses meganhas aí...

Mais respeito, Débora disse. Senão quem vai te arrepiar sou eu.

E pegou o moleque pelo braço e o levou para dentro. Passou pelo cartório, contornou sua escrivaninha e mergulhou nas profundezas da delegacia. Ouvi uma porta batendo e fechando e imaginei que fosse o Chiqueirinho. Devia ter outros detidos lá, pois ouvi vozes, confusas, alguém parecia estar acordando e se aborrecendo, talvez porque o espaço da cela fosse diminuir com o novo visitante. Quando Débora retornou ao cartório, eu já estava de novo sentado diante da mesa, e os PMs se encolhiam a um canto, aguardando a continuidade da ocorrência. Eu e a escrivã voltamos ao assunto Toninho.

Uma morte estúpida. Um tiro besta, no pé do ouvido. O colega estava no carro dele... nós checamos: um jipe Cherokee... o assassino estava dentro também, no banco do passageiro, lhe deu o tiro. Se não estava dentro do carro, chegou à janela e atirou.

Alguma testemunha?, perguntei.

Testemunha do crime, não. Um sujeito ia passando pela praça, estranhou a posição do corpo do motorista dentro do jipe, se aproximou e viu o sangue, chamou a meganha... digo, chamou a PM, consertou Débora olhando de soslaio os guardas encostados à parede.

Foram esses aí?

Nem estamos sabendo do caso, respondeu um dos soldados. Mataram um tira aqui na área, foi?

Foi, mataram, confirmou Débora voltando a olhar para mim. O informante não viu nada além disso. Talvez outras pessoas tenham visto mais coisas, mas não foram arroladas. De noite tudo é mais difícil... A escrivã falava como um tira frio e experiente. O carro e a vítima estavam numa pracinha aqui perto, a praça da Vitória, é uma pracinha besta, nem bancos para namorados tem. Por isso ninguém viu o crime.

Crime besta praticado numa pracinha besta, eu disse. Quem vai investigar? O distrito ou a Homicídios?

A Homicídios. Nós chamamos, eles vieram aqui, assumiram a ocorrência. O corpo já foi removido para o IML e o carro do tira recolhido ao IC. A arma da vítima, seus documentos, seu dinheiro, tudo está com a Homicídios. Você está sabendo de mais alguma coisa? Se era amigo do Toninho talvez tenha alguma informação que possa ser útil. A gente pode repassar à Homicídios.

Há uns oito ou dez dias eu e ele estivemos na Praia Grande tentando dar uma cana. Mas eu não sei se a morte tem alguma relação com o fato. Seria arriscado dizer qualquer coisa, fazer uma ligação.

Débora suspirou:

Acho que é tudo... Vai querer uma cópia do BO?

Vou.

Ela acionou o computador e a impressora vomitou mais uma cópia da ocorrência, que ela me passou com certo tédio, como se todo dia morressem policiais perto de sua delegacia, numa pracinha meio besta, e ela já estivesse de saco cheio. Bem. Policiais de plantão estão sempre de saco cheio, principalmente se o policial é mulher e tem de ficar sozinho na delegacia, de noite, tomando conta. Comecei a ler o boletim, mas de fato não trazia nada de relevante. Suas informações eram exatamente as informações que Débora tinha me passado. Levantei e lhe dei a mão e cumprimentei os soldados e me dirigi para a porta.

A praça diante do distrito estava um tanto melancólica, dado que era quarta-feira e passava da meia-noite. A danceteria no canto só funcionava nos fins de semana, e os bares e a pizzaria à minha esquerda administravam o restante dos bêbados e notívagos. Entrei no bar mais próximo, tencionando pedir um café. Eles não tinham mais: um pano branco e úmido sobre a cafeteira informava aquilo mesmo, café não tinha mais.

Entrei na viatura e dirigi para a avenida Conde de Frontin, que leva o trânsito do centro para a zona leste. E vice-versa, claro. Tomei a direção da cidade, aonde cheguei no início da madrugada, quando as ruas estavam começando a dormir, havia poucos carros passando e os mendigos procuravam lugares secos debaixo das marquises para estender o corpo. Deixei a viatura junto ao meio-fio diante do prédio onde funciona a Homicídios. Uma das vantagens de usar carro oficial é que se pode estacionar praticamente em qualquer lugar, até sobre calçadas e pátios de repartições públicas, sem tomar multa. Entrei no prédio e parei na portaria, onde ficam dois investigadores de plantão, examinando as pessoas que saem ou tentam entrar no prédio.

Oi, turma. Colega, do Horto Florestal.

Pensei que eles poderiam pedir minha credencial, já que não me conheciam pessoalmente, mas acreditaram em mim, até me deram um sorriso cansado e um deles me estendeu a mão. Devolvi o cumprimento:

Preciso subir à Homicídios.

Um dos homens apontou com o braço a direção do corredor:

Fique à vontade.

Tomei o elevador, subi ao andar onde funciona o plantão da Homicídios. Na única sala aberta só havia um homem. Era o escrivão e estava sentado atrás de sua escrivaninha como um gerente de banco. De paletó e gravata e com aquele ar prazeroso no rosto. Estendi a mão, informando meu nome e meu cargo, o motivo da minha visita, essas coisas. Ele se chamava Anselmo e seus modos regulavam com as roupas, já que era gentil e delicado como um gerente, aqueles que precisam agradar o cliente, bem entendido. Talvez ele gostasse de trabalhar à noite. Há taras para todos os gostos. Sobre o fato de estar sozinho na sala não havia mistério algum. O resto da equipe rolava pela rua atendendo notícias de morte violenta.

Tratei de ir direto ao ponto:

Aí por volta de dez e meia para onze horas a sua equipe atendeu um homicídio na Vila Olívia. A vítima era um policial chamado Antônio Carlos Pessoa. Era meu amigo.

Ele pegou no topo de sua mesa um boletim de ocorrência em tudo semelhante ao boletim que Débora havia me oferecido. Li rapidamente, inclusive porque não havia muita coisa para ser lida. Nada acrescentava ao boletim elaborado por Débora. Nem precisava ter sido feito. Devolvi ao escrivão:

E o seu delegado? Em que bairro da cidade está diligenciando? Será que vai demorar?

Não. Já está voltando para a Homicídios. Tem alguma informação para dar a ele? Se tiver, pode abrir o jogo comigo mesmo.

Não tenho jogo para abrir. Se tivesse, falava para você mesmo, que é policial e está na equipe, puxando serviço. Eu não faço discriminação entre policiais civis. Não tem essa de separar carcereiro, investigador, escrivão, delegado, diretor de departamento. Pra mim todos são policiais, todos vivem atormentados pela natureza do trabalho e pelo ridículo do hollerith no fim do mês. Na verdade, não distingo nem entre policiais civis e militares. Todo mundo está no mesmo barco. O que eu quero falar com o seu delegado não tem nada a ver. Nada a ver com pistas ou dicas do crime.

Anselmo pareceu ter gostado do meu pequeno discurso. Talvez visse a concorrência entre as duas polícias com o mesmo desprezo que eu.

Fique por aí. Já, já você consegue falar com o delegado. Quer um café?

Quero. Obrigado.

Depois do café veio o cigarro, e depois do cigarro veio a monotonia. Sem querer incomodar o escrivão, que tinha seu trabalho para fazer, matei o tempo por ali, lendo cópias de inquérito, olhando pela janela, passeando pelo corredor. Ainda bem que a demora foi pouca. Logo chegou o pessoal da equipe, investigadores, perito, fotógrafo, motorista, o delegado. O escrivão falou baixo com ele. Sobre mim, claro. O delegado passou a uma sala nos fundos daquele conjunto, e logo um dos seus homens me convidou a entrar. Sentei diante dele do outro lado da mesa.

Então você era amigo da vítima, o delegado disse.

Sim. Era. Por isso fui à delegacia da Vila Olívia e de lá vim pra cá.

Trabalhavam na mesma delegacia?

Não. Eu trabalho no distrito do Horto Florestal, e Toninho... Antônio Carlos... ele trabalhava na delegacia do Parque Peruche.

Há quanto tempo eram amigos?

Isso é importante?

O delegado jogou a última baforada do cigarro em direção ao teto, atirou a bituca no cinzeiro e esmigalhou com os dedos. Era um sujeito novo ainda, quase um rapazinho, a pele do rosto lisa como a pele de um bebê, me causando inveja; a mim, que tenho quarenta e dois anos, a pele lassa e frágil em muitos lugares, enrugada em outros. Parecia competente. E muito formal. Mesmo de madrugada, voltando da periferia, onde estivera investigando crimes violentos, mantinha o nó da gravata apertado no lugar. Apoiou os braços sobre a mesa.

É importante, me disse num tom que não admitia réplica. Se eram amigos, se a amizade durava há tempos, você pode saber coisas da vítima que interessem à investigação.

Eu sabia coisas da vida de Toninho, embora nenhuma delas pudesse interessar à investigação. Sabia, por exemplo, que ele tinha loja de carros usados. Mas não quis falar sobre isso. Procurei dar uma resposta vaga, não comprometedora:

Acontece que não sei de nada. Pouco conhecia da vida do Toninho. Na verdade, o que eu sei mesmo é que ele era investigador, trabalhava na delegacia do Parque Peruche, era um cara valente e decidido.

Além de amigo, você era admirador também. Vamos, o que mais sabe da vida dele?

Mais nada. Toninho não era de falar muito, e eu detesto fazer perguntas, exceto as perguntas necessárias ao trabalho, claro. Ele me telefonava, a gente batia papo, me convidava para jantar, tomávamos cerveja e refrigerante. Pensando bem, eu nem sabia se ele era casado. Não me lembro que tenha alguma vez se referido a uma esposa.

Era casado. O que achou do crime, já que é investigador também?

Bem, a escrivã da Vila Olívia disse que o tiro foi próximo. É lícito imaginar que o assassino estava dentro do carro, e não que se aproximou da janela, Toninho não ia deixar qualquer um encostar no carro dele, de noite. Era um sujeito muito experiente, muito curtido; trabalhava na chefia da investigação.

Mais alguma coisa?

Queria que a Homicídios me permitisse investigar o crime.

Porque era amigo da vítima?

Sim. Por causa disso. E porque sou policial também, estou lotado no plantão, há uma folga entre um turno e outro, não tenho bicos nem família para cuidar, posso fazer esse trabalho.

Já trabalhou em homicídio antes?

Tenho vinte e quatro anos de batente. Já trabalhei em quase todos os lugares da polícia. Inclusive aqui na

Homicídios, por volta de... bem, o ano não lembro mais. Faz tempo. O senhor nem era delegado ainda.

Um investigador entrou na sala, mostrou um papel ao chefe, que o leu rapidamente e rabiscou uma informação. O delegado nos apresentou. O colega me estendeu a mão e, quando soube que eu pretendia investigar a morte de Toninho, estranhou, já que seria um procedimento altamente irregular (pronunciou a palavra *altamente* com ênfase), uma vez que eu não tinha um inquérito para alicerçar o meu trabalho. O delegado não deu importância. Tudo aquilo ele já sabia. O investigador fez um gesto displicente, de ombros, como se dissesse: Falei só por falar, me estendeu de novo a mão e caminhou até a porta que separava a sala da autoridade da sala do escrivão, onde outro investigador esperava por ele. Conversaram em voz baixa.

Em parte, seu colega investigador tem razão. O inquérito é nosso, quem tem autorização legal para a investigação somos nós. Mas eu posso delegar essa autorização. Como autoridade policial, posso fazer isso. Vinícius, não é?

Não, doutor. Venício.

Desculpe.

Não tem importância. Já estou acostumado com esses enganos.

Venício, o trabalho não vai ser fácil. Investigação policial nunca é. Toninho era investigador, ganhava pouco, mas tinha carro grande e caro, foi morto dentro dele, de noite, num bairro da zona leste, sendo que a delegacia em que trabalhava fica na zona norte. Não vai ser mole. Muita gente vai se insurgir contra o seu trabalho quando descobrir que você não pertence aos quadros da Homicídios. Como pretende administrar esse tipo de problema?

Ainda não sei. Acho que só vou saber quando o problema surgir.

Tem que me informar tudo o que aparecer na investigação. Não pode prender ninguém... exceto flagrante, porque aí a prisão é obrigatória; não pode levar pra sua delegacia e dar porrada, não pode arrancar informações na marra, que o Judiciário hoje não aceita mais.

Concordo com tudo. Vai me dar a autorização?

Ele procurou uma folha de papel em suas gavetas, não encontrou, deu um grito para a sala ao lado: Anselmo!, e o escrivão surgiu à porta rápido como uma lebre. Era um auxiliar muito eficiente: não levou uma folha de papel, levou três. O delegado anotou meu nome por inteiro, meu RG e o número da minha delegacia, 38ª, o nome de Tanaka e do meu delegado titular, meu endereço. Quando soube que eu não tinha telefone, nenhuma espécie de telefone, nem fixo nem celular, estranhou, naturalmente estava conhecendo o primeiro policial que nem sequer tinha telefone. Pensei em lhe dar algumas explicações sobre meu caráter e minha vida, mas deixei passar. Ele anotou o telefone de Mitiko, que é minha vizinha.

Está bem, Venício. Vamos ver o que você consegue. Não preciso dizer que estou torcendo por você; se descobrir e prender o assassino, é um trabalho a menos para a minha equipe. Não se meta em confusão. Pelo tempo que era amigo da vítima, não creio que valha a pena.

Levantei, nos demos a mão. Parei no cartório e falei com Anselmo:

Já descolou o endereço da vítima?

Já, ele disse estendendo na minha direção umas anotações que tinha feito a caneta.

Li com interesse, esperando que talvez houvesse outras informações além do endereço, mas o que havia era só aquilo mesmo, de modo que dobrei o papel e botei no bolso, junto com o boletim que Débora havia me dado. Agradeci ao escrivão. No corredor me despedi dos colegas investigadores e desci à portaria. Dos dois tiras que tiravam o plantão ali, restava um, os cabelos revoltos, os olhos vermelhos de sono. Joguei um tchau.

Felicidades, me desejou ele.

3

Cheguei ao bairro Santa Terezinha deviam ser umas duas horas da madrugada. As casas fechadas, os bares fechados, nas esquinas raros carros passavam, e mais raros eram os que paravam respeitando os faróis. Policial está sempre observando quem acata e quem não acata a lei. Mesmo que não faça nada a respeito. Parei diante da casa baixa, quadrada, grande, sem luxos mas, também, sem visíveis deteriorações, e toquei a campainha. Preparei um pequeno discurso para jogar sobre a pessoa que me atendesse. Não avancei muito. Sempre fui péssimo em preparar discurso para jogar em cima de pessoas.

Quando a porta se abriu, nenhuma surpresa. Tinha mesmo esperado uma mulher de meia-idade, e era uma mulher de meia-idade que me encarava da soleira. Usava um robe claro, e seus cabelos ruivos brilhavam à luz da rua. A distância que nos separava era curta. Devia andar aí por volta de cinco ou seis metros. Dava para ser escutado.

Desculpe vir falar com a senhora tão tarde, dona.

Quem é você? O que quer?

Sou investigador. Meu nome é Venício. Amigo do seu marido.

Amigo do Toninho? E aí já havia uma certa angústia em sua voz.

Isso mesmo. Amigo do Toninho.

Ela achou melhor ir falar comigo mais perto. Apanhou um molho de chaves atrás da porta e atravessou o espaço reservado ao jardim e chegou ao portão. Não era bonita nem feia. Um rosto branco e grande, de traços bem marcados, lembrando uma atriz de cinema que eu tinha visto fazia pouco tempo, Julianne Moore. O tipo de mulher que jamais ganhou concurso de beleza mas que já atraiu muito homem. Tinha arrumado os cabelos com as mãos, de modo que algumas mechas simplesmente rolavam sobre as outras.

Preciso falar com a senhora, eu disse tolamente, já sentindo o peso da responsabilidade.

Ficou ali junto ao portão, segurando as chaves, os olhos me esquadrinhando o rosto:

Aconteceu alguma coisa com o Toninho?

Foi. Aconteceu.

Vamos entrar, ela disse.

Até então não havia assimilado o golpe, parecia estar atendendo o carteiro, como se houvesse carta registrada para alguém, como se ela precisasse assinar o recibo e tivesse que ir a casa apanhar a caneta. Entramos para uma sala modesta, de poucos móveis, uma estante de madeira, sem livros, um lustre grande e espalhafatoso, com certeza não muito eficiente.

Diga de uma vez, ela me intimou sentando e fechando o robe sobre as pernas. Foi grave?

Foi, dona. Qual é mesmo o seu nome? Odeio falar com pessoas sem saber como elas chamam.

Márcia. Pode falar, Venício.

Bem...

Mataram o Toninho, ela completou.

Foi. Mataram. Num bairro chamado Vila Olívia, dentro do carro dele, um jipe Cherokee.

O rosto dela se contraiu e seus olhos se fecharam, até pensei que fosse chorar, mas não foi isso que aconteceu. Logo ela se recompôs, voltando a ser a mesma de antes. Tentei não perder o embalo:

Estou vindo do Departamento de Homicídios.

Trabalha lá?

Não. Trabalho na delegacia do Horto Florestal. No plantão. Estou vindo da Homicídios porque fui lá pedir autorização para investigar o crime.

O que significa que é de autoria desconhecida.

Confirmei que sim, era de autoria desconhecida, e Márcia não fez mais nenhum comentário, só ficou ali sentada, as pernas cruzadas, como se estivesse na casa de uma amiga, participando de um chá qualquer. Não fazia cenas. Imaginei que apenas pensava nos aspectos práticos do crime, velório, enterro, inventário, como se a morte fosse de um parente distante, não do marido... me ocorreu que nem fosse esposa de Toninho.

Desculpe, Márcia. Era a esposa do Toninho? Esposa mesmo? Casada, com papel e selo e assinatura de juiz ou padre?

Ela virou a cabeça na minha direção, ligeiramente irritada:

Claro que era a mulher dele. Quer que vá buscar a certidão de casamento?

Não. Por favor. Fiz essa pergunta idiota porque a senhora está tão fria, tão distante... Nem parece que foi o seu marido que foi assassinado. Quando eu era casado costumava pensar que se fosse assassinado, minha mulher, Sônia, iria chorar e ranger os dentes, bater a cabeça pelas paredes. Ainda hoje eu penso que se isso acontecer ela vai sentir, mesmo não sendo mais minha companheira. É claro que não descarto a possibilidade de ela não vir a saber da minha morte, já que nem sei onde está morando, ou com quem. Bom... a senhora não tem nada a ver com isso. Me diga uma coisa...

Não vou chorar, não vou ranger os dentes nem bater com a cabeça nas paredes. Era casada há vinte anos. O Toninho foi policial a vida toda. Me casei ele já era policial, continuou sendo enquanto fomos casados. De certa forma eu sabia que um dia isso podia acontecer. É o que explica a minha reação, eu acho.

Tiveram filhos?

Temos uma filha. É casada e mora para os lados da zona leste.

O Toninho foi assassinado numa praça chamada praça da Vitória, perto de outra praça, a que fica no centro da Vila Olívia. Sabe o que ele andava fazendo por lá de noite?

Eu não sei o que o Toninho vinha fazendo, de dia ou de noite. Há tempos ele não me falava dos seus negócios, encontros, das suas investigações. Ontem ele nem veio almoçar. Pelo menos, não me lembro que tenha vindo almoçar.

Ele tinha inimigos? Quero dizer, fora os inimigos que a gente arruma na vida policial? Alguém em particular que quisesse acabar com ele? Tomou um tiro na cabeça, dentro do carro. Presumo que o assassino, ou assassina, era alguém conhecido dele. Não foi assalto. O dinheiro de Toninho, junto com os documentos, armas, credencial etc., foi deixado intacto. É o que consta do BO elaborado a respeito. A senhora quer ler?

Me chame de você. Não quero ler. Desculpe, mas eu não quero.

E havia no rosto dela um ar de tédio, de impaciência, como se o marido, morto, lhe estivesse atrapalhando a vida.

Não sei de nada que possa ajudar na investigação, Venício. Gostaria de saber. Gostaria de poder ajudar. Mas não posso. Não gostei de saber da notícia. Toninho tinha os defeitos dele, que eram muitos, a gente não vinha se dando bem, as brigas eram constantes, mas ele não merecia morrer assim. Estou sofrendo com a notícia. Não estou chorando, nem vou chorar, mas estou sofrendo. Vou sentir a falta dele. Isso é tudo.

Ele tinha dívidas para pagar ou receber? Alguém vinha telefonando com ameaças, ou havia conversas confidenciais, suspeitas?

Márcia se levantou e deu alguns passos pela sala e acabou indo até a cozinha e tomando um copo de água... vi seu corpo se dobrar junto a um garrafão e depois vi o copo subir em direção à sua boca. Da cozinha ela me lançou um grito: Quer tomar um copo de água? Lancei outro berro de volta: Não. Ela perguntou se eu queria café ou bebida alcoólica e eu recusei uma coisa e outra e ainda acrescentei que estava de serviço até as oito da manhã e precisava retornar ao distrito. Ela voltou à sala. Mas não tornou a ocupar a poltrona. Ficou de pé junto à estante, os braços cruzados diante do peito, como se apenas esperasse que eu voltasse mesmo ao distrito. Levantei também.

Onde está o corpo?, ela perguntou.

No IML. Você vai ter que retirar, levar na capela de um cemitério, fazer o velório e providenciar o enterro... caso ele não tenha deixado instruções para cremação.

Não deixou. Toninho nunca se preocupou com essas coisas. Não era homem de se preocupar com detalhes: só pensava nas coisas imediatas. Vou providenciar o velório e o enterro. Depois, claro, podemos conversar melhor.

Era um convite para que eu me retirasse. Pedi o telefone da casa, que eu não tinha porque, sempre que precisava falar com Toninho, usava seu celular ou a linha da sua delegacia, e dei à viúva o telefone de Mitiko e o do meu distrito. Ela anotou em uma caderneta que ficava junto ao aparelho na estante. Havia me dado uma folha de papel, pequena, própria para recados, que eu dobrei e enfiei no bolso da jaqueta, já indo para a porta. Ela caminhou nos meus calcanhares. Na porta, paramos e nos encaramos sem graça e sem jeito, como dois amantes que têm um último encontro para tratar dos aspectos práticos da separação.

Eu podia ter amaciado o desconforto do momento com outra pergunta, só que não me ocorreu nenhuma.

Caminhei até o portão, disse-lhe pêsames, palavra que ela não parecia entender, nos despedimos, segui para a viatura. Ela voltou a casa e fechou a porta principal sem me olhar. Acionei o motor e, enquanto esperava que ele pegasse o ritmo certo, acendi um cigarro. O pouco calor que tinha feito no começo da noite se fora, de modo que agora o ar estava pesado e denso, como se antecedesse uma onda de frio. Engatei a marcha e fui dirigindo lentamente até o farol. Estava fechado, mas, como não havia nenhum carro se aproximando, estercei para a esquerda e comecei a descer uma ladeira suave e comprida.

Estava nos Campos Elíseos, longe ainda do lugar onde ficava o hotel Três de Ouros... segundo meu informante, esquina da Rio Branco com a Duque de Caxias. Achei que se levasse meu carro até os limites da velha estação Sorocabana, seria mais fácil estacionar. Atravessei a Nothmann, passei diante do colégio Coração de Jesus, ou seria Salesiano?, e parei no quarteirão seguinte. Tinha uma vaga ali. Não era grande coisa, mas eu não queria me arriscar a ir mais longe. Se não encontrasse lugar para estacionar ao redor da estação, teria de voltar, e aí talvez não encontrasse de novo a vaga. Fechei o fusquinha e caminhei pela rua até parar diante de um bar. Tinha me batido a vontade de tomar café. A tarde caminhava para o fim, se aproximava aquela hora chata entre a claridade e a sombra, a parte mais triste do dia, que a gente dribla com café e cigarro ou com cerveja. Eu não queria tomar cerveja. Havia saído em busca de Ronaldo e queria chegar inteiro ao meu destino. Restava o café.

Entrei no bar e disse ao empregado: Um cafezinho, e logo no primeiro gole me arrependi, porque o café parecia ter sido feito na semana anterior com pó de cortiça e água de esgoto.

Deixei a metade no copo, acendi o cigarro, joguei a primeira baforada ali na porta, olhando o cume dos prédios já envoltos pelas sombras, olhando a gente nervosa que passava pela rua numa direção e noutra. Foi então que vi o homem sair correndo de uma lanchonete do outro lado da rua, a uns cem metros de onde eu estava. A princípio não dei atenção ao fato, já que estou sempre vendo pessoas correndo pela rua, mas aquela tarde o sujeito não estava apenas correndo, estava atirando também. Isso mesmo. Ele corria pela calçada e se virava para trás e dava tiros em direção à lanchonete.

Agindo por instinto, muito mais do que racionalmente, saquei minha arma e corri atrás dele.

Ei! Você, idiota! Pare!

Ele não demonstrava ter me ouvido, pois continuava correndo, agora para a avenida Rio Branco, na altura da pequena praça que abriga um terminal de ônibus. Ainda deu um último tiro, não mais em direção à lanchonete, mas para o alto, como se fosse um aviso, como se ele dissesse para um possível perseguidor: Olha aí, cara, eu ainda tenho munição, posso mudar a pontaria e atirar em você. Eu tentava não me intimidar. Corria atrás dele e atirava, para o alto, sempre, até que entramos no terminal, onde o perdi de vista. Ainda procurei o sujeito pelas ruas estreitas coalhadas de gente e de ônibus e táxis e carros particulares, a arma na minha mão, chamando a atenção, mas ele tinha desaparecido como por encanto.

Não demorou muito e chegou uma viatura da Polícia Militar.

Pára! Pára!, os guardas berraram saltando do carro e correndo na minha direção.

Tratei de sacar minha credencial e levantar acima da cabeça antes que eles metessem os pés pelas mãos e me enchessem de chumbo.

Parando bem perto de mim, o tenente comandante da patrulha botou a respiração em ordem e deu uma ordem a seus homens:

Tudo bem, turma. É colega nosso. Da Civil.

Entabulamos uma pequena conversa, na qual expliquei do que se tratava, o cafezinho no bar, o cigarro na porta, pacífico e tranqüilo, o homem saindo da lanchonete, voltando a cabeça e dando tiros. Eu e os soldados fomos na viatura até a lanchonete. O dono e os poucos fregueses estavam em alvoroço. Todos falavam ao mesmo tempo, todos queriam avançar detalhes do sujeito que tentara assaltar o caixa, o dono abaixara-se e abrira uma gaveta, talvez o ladrão tivesse pensado que ele iria pegar uma arma. Pelo sim pelo não, correu para fora e, da rua, para intimidar e garantir a fuga, atirou contra o pequeno grupo.

Não acertou ninguém.

O oficial continuou interrogando as pessoas. Eu havia posto o revólver de volta no coldre, ao entrar na viatura, agora tirava e examinava o tambor e, com desprazer, verificava que não tinha mais nenhuma cápsula íntegra. Indaguei dos PMs se alguém tinha munição de 38 sobrando para me emprestar. Ninguém tinha. Bem. Foi o que eles me disseram. Se tivessem e não quisessem emprestar, eu compreenderia. Guardei o revólver na cintura de novo. Toquei na manga do oficial:

Vou chegando. Tenho coisas para fazer.

O quê, por exemplo?

Vim aqui ao centro tentar prender uma pessoa. Vou continuar tentando.

Ele mandou que um soldado anotasse meus dados naquela prancheta deles, nome e cargo, delegacia em que trabalhava, horário e local da ocorrência. Forneceu o próprio nome, que tratei de esquecer na primeira oportunidade, e disse que estava à minha disposição, caso eu precisasse dele para alguma coisa. Eu não sabia em que podia me ser útil. Em todo caso, anotei sua gentileza, me despedi dos soldados, e quando apertava a mão do último, alguém me lançou um elogio:

Foi bonito o que você fez. Quem dera todos os tiras de São Paulo fossem machos assim como você.

Lembrei das palavras do veado que havia telefonado para a delegacia, me gozando, insinuando que eu não era esperto nem macho. Dei as costas aos homens e caminhei na direção da esquina da Rio Branco com a Duque de Caxias. Cheguei a pensar em desistir da cana, é ruim tentar prender alguém sem uma arma carregada na cintura, mas eu já tinha chegado tão longe... E também julgava que Ronaldo, o bom bicheiro, aquele sim, um sujeito esperto, se eu chegasse a encontrá-lo, não iria me obrigar a sacar arma e dar tiro. Decidi continuar em frente. É claro que se ele estivesse acompanhado de seus asseclas, como era seu costume, eu teria que dar meia-volta e bater em retirada. Era um risco que eu podia correr.

Diante do hotel Três de Ouros, não vi Ronaldo e ninguém parecido com ele. Nas imediações não havia carros suspeitos, e na portaria, onde um mulato franzino cochilava atrás de um balcão, tudo parecia tão normal e modorrento como em qualquer hospedaria de beira de estrada. Achei melhor atravessar a rua e entrar na praça Princesa Isabel. De lá poderia vigiar a entrada do Três de Ouros. Se Ronaldo aparecesse, eu poderia voltar correndo à portaria e fazer o que tinha de fazer.

* * *

De madrugada, voltando para a delegacia, após conhecer a viúva de Toninho, encontrei o cartório sombrio e silencioso, quase vazio, exceto pela figura corpulenta e espaçosa de Mauricy. Perguntou como tinham sido as coisas. Era normal que perguntasse.

Bem, o meu amigo morreu mesmo. Quanto a isso não há nenhuma dúvida.

Mauricy não estava para brincadeiras. Tarde da noite, com sono, naquela tensão própria de quem espera uma hecatombe a qualquer momento, ele queria mais era ir direto ao ponto.

Porra, Venício, pára com isso. Fala sério. O que você descobriu, além dessa coisa óbvia?

Repeti ao escrivão aquilo que ouvira na delegacia da Vila Olívia e na Homicídios. Disse também que tinha pedido autorização para investigar o crime e ela havia sido dada. Ele ficou horrorizado.

Investigar um homicídio? Você, um tira de plantão?

Eu, um tira de plantão. Devia favores ao Toninho, gentilezas, pequenas amabilidades. Toda vez que a gente se encontrava, ele pagava tudo... nunca paguei uma garrafa de cerveja, ele não deixava. Talvez lhe devesse a vida também. Fizemos uma diligência na Praia Grande a fim de prender um cara. Você vai perguntar se a morte dele pode ter relação com o fato. Poder, pode, mas eu não boto muita fé, já que a diligência era minha, a cana era minha, e se alguém tivesse que tomar tiro, esse alguém era eu mesmo. De qualquer forma, quero investigar a morte dele, descobrir o assassino, prender. Quando mais não seja, é uma questão de justiça. Não. De justiça, não. De fidelidade.

4

Quando acordei, imaginei que fossem duas horas da tarde. Abri a janela e vi que o dia estava nublado mas agradável, não prometia sol nem ameaçava chuva. Por um momento me espreguicei ali, olhando o prédio que faz divisa com o meu, tentando afastar do corpo aquela sensação de peso que me acomete no dia seguinte ao plantão noturno. Vou morrer sem resolver alguns problemas básicos, e um deles é essa bucha. Fechei a janela e fui ao banheiro para tomar banho e fazer a barba. Quando me penteava diante do espelho, pressionei com mais força o lado esquerdo da cabeça, e ela reclamou, porque o ferimento que eu tinha ali ainda não havia cicatrizado.

A dor me fez lembrar da cana frustrada na Praia Grande. Afastei o pensamento e fui em frente.

No quarto, botei a roupa de todos os dias, calças jeans, tênis, camiseta e jaqueta, enfiei na cintura meu velho 38 e, no cós da calça, atrás do corpo, o par de algemas. Agora podia enfrentar o dia e as tarefas lá fora. Estava mais ou menos em ordem: lavado, barbeado, vestido e calçado, só não tinha perfume, que nunca foi do meu feitio usar. Abri a porta do apartamento e dei meia dúzia de passos pelo corredor até ouvir o meu nome. Parei e me voltei. Era Mitiko, minha vizinha do fim do corredor.

E aí, grande detetive?, ela perguntou rindo.

Sempre me chamava de grande detetive quando queria puxar conversa ou me dizer alguma coisa ou simplesmente me encher o saco. Mitiko e suas roupas típicas, a bermuda larga e curta, que revela grande parte das coxas brancas, a blusa de linho, com mangas e bolsos, igual roupa de homem. Era fácil imaginar que ela não usava nada por baixo. Perdi a conta das vezes que vi os peitos da Mitiko quando ela usava aquela blusa de linho e se abaixava na minha frente. Conversamos um pouco sobre o dia e sobre o marido dela, Mário, meu amigo de longa data, a quem eu via raramente, ele estava sempre fora, trabalhando, além do que viajava muito, a serviço. Quando acabamos a conversa, ela me falou no telefonema:

Uma amiga sua telefonou ontem à noite.

É mesmo? Que amiga?

Não sei. Ela não disse o nome, e eu também não perguntei. Imaginei que fosse sua amiga porque ela parecia muito íntima. Não perguntou pelo sr. Venício nem pelo investigador Venício. Disse assim: Pode me chamar o Venício aí?

Está bem, Mitiko, está explicado. O que ela queria? Deixou recado?

Não. Só disse que telefonava mais tarde.

Você sabia que eu estava de plantão?

Sabia.

Por que não mandou a mulher telefonar para a delegacia?

Mandei. Mas ela não quis. Disse que odeia delegacias de polícia, só em pensar em falar com policiais, mesmo no telefone, ela fica com urticária. Então nós desligamos. Acho que não simpatizamos uma com a outra.

O.k. Eu compreendo.

E fui saindo, mas aí me lembrei que precisava telefonar, pedi emprestado o aparelho de Mitiko, que me atendeu com toda a boa vontade, como é normal no comportamento dela. E no comportamento do Mário também. Entramos em seu apartamento e eu peguei o número de Márcia e disquei, mas não tinha ninguém em casa. Ninguém me atendeu, pelo menos. Perguntei a Mitiko se podia usar sua lista telefônica. Ela me mandou apanhar numa estante de madeira perto do telefone, e ainda me lascou uma bronca por eu ter pedido, quando devia simplesmente pegar a lista e usar.

Não faz o meu gênero. Você me conhece.

Não sei como chegou a ser policial, ela comentou, meio divertida.

Procurei o número de um cemitério chamado Chora Menino, que fica perto da casa de Márcia. A funcionária me informou que o velório de Antônio Carlos Pessoa estava ocorrendo ali e acrescentou que o enterro seria às cinco horas e quis me dar o endereço, mas eu dispensei, por conhecer bem o cemitério. Antes de desligar, agradeci a gentileza da mulher, mas ela não me deu resposta, talvez não tivesse o hábito de ser gentil com os vivos. Devolvi o fone ao gancho e caminhei para a porta. Mitiko nos meus calcanhares:

Está envolvido em outra investigação?

Um amigo foi morto esta noite. Esse que eu dei o nome pro cemitério. Fiquei muito chateado e pedi ao Departamento de Homicídios que me deixasse investigar.

Ou seja, os caras da Homicídios não descobrem nada, aí entra em ação o grande detetive do Horto Florestal e racha o crime.

O pessoal da Homicídios não vai investigar. Não enquanto eu não esgotar as minhas possibilidades.

Quais são as suas possibilidades?

Não sei. Eu mal acabei de ligar o motor.

Com isso, cheguei à porta, e Mitiko, se aproximando para abrir a fechadura, praticamente colou seu corpo contra o meu. Dei um passo para trás. Ela me sorriu. Pensei que faria algum comentário, mas ela ficou só nisso, me sorriu e abriu a porta. Desci pelas escadas. O prédio é pequeno, todos os prédios daquele condomínio são pequenos, só têm quatro andares, portanto não precisam de elevador. É chato descer à noite, quando se está sem cigarros, mas em compensação as taxas de uso são bem menores que nos prédios grandes, de modo que há uma compensação.

Caminhei até a esquina, entrei no bar do Luís. Talvez devesse chamar de boteco. O espaço é pouco, as mesas são pobres, amassadas e riscadas, com aquela propaganda imbecil da fábrica de cerveja, a mesinha de sinuca tem o pano rasgado, as caçapas rotas. Às vezes me enche o saco porque fica a meio caminho do banheiro, de modo que ao caminhar para os fundos a fim de tirar a água do joelho costumo esbarrar na ponta do taco de alguém. Agora, a comida é caseira, tragável, o Luís é gente boa, bem como a mulher dele, Cármen.

Como se não bastasse, aceitam me fiar a despesa, para que eu pague no começo do mês seguinte, quando recebo meu hollerith. Não é pouca porcaria. Ninguém na cidade me faz tamanho favor.

Luís não estava, só a mulher dele.

Estou com pressa, eu disse. Me sirva qualquer coisa, está bem?

Vai ter tempo para a cervejinha?

Pra ela eu sempre tenho tempo.

Cármen me levou o almoço, bife, arroz e feijão, uma salada mínima, mais a meia garrafa de cerveja. Comi pacificamente, olhando os carros passarem na rua estreita, quase batendo os pára-lamas na guia. Luís tinha feito um muro ao lado do bar, os carros quebraram de porrada, ele derrubou o muro e colocou alguns mourões, que os carros já esfolaram também. Pessoas andavam pelo asfalto, indo para a padaria ou para a banca de jornais, voltando da padaria ou da banca de jornais. Algumas me cumprimentavam. Outras passavam direto, fingindo não me ver ou me reconhecer. Não costumo dar atenção a esse tipo de coisa. Polícia é assim mesmo. As pessoas só gostam quando precisam.

Depois do almoço e da cervejinha, a conta devidamente pendurada, como de hábito, caminhei de volta até a portaria do meu prédio e peguei meu fusquinha.

Dirigi até a praça da Vitória, o lugar onde Toninho foi morto. Parei o carro e olhei para um lado e outro, me lembrando das palavras de Débora, a escrivã do distrito ali perto, que tinha falado: Um crime besta, numa pracinha besta. Se não foi isso que ela falou, foi algo parecido. Em volta da praça só tem prédios, um cartório civil, um muro comprido e alto, pintado de verde, que imaginei fosse de algum colégio público. Nem bancos havia. Não era de admirar que o assassino, ou assassina, tivesse coragem de agir ali, como igualmente era compreensível que ninguém tivesse presenciado nada. Vi um bar. Embora estivesse longe, passando o muro verde, achei que talvez fosse uma boa caminhar até lá.

Entrei, encostei a barriga no balcão. O homem que atendia ali, talvez o dono, se aproximou limpando as mãos no avental. Não precisou me perguntar nada.

Um refrigerante, pedi. Qualquer marca serve. Desde que não esteja muito gelado. Eu trabalhei ontem à noite e quando eu trabalho à noite fico sujeito a gripe... talvez devido ao vento frio que entra na delegacia.

Ele entendeu o recado.

Apanhou uma garrafa de guaraná, embaixo, no balcão, naquele lugar onde ficam as bebidas sem gelo, abriu-a diante de mim, depois caminhou até a pia e apanhou um copo. Deixou-se ficar ali perto, as mãos sobre o balcão. Agora ele já sabia que eu era policial e talvez abrisse o bico. Tem pessoas que simplesmente não agüentam. Quando vêem um policial, vão logo dizendo coisas... a maioria das quais, claro, não tem valor algum. O senhor veio investigar a morte daquele investigador, não foi?, ele perguntou. Confirmei. Tomei um gole do guaraná fingindo que estava gostando.

Foi uma coisa de louco, ele disse. Então um detetive pára seu carro numa pracinha de bairro, vem um cara e mete chumbo nele. Onde é que nós estamos? A bandidagem não respeita mais a polícia?

Ele queria que eu manifestasse minha posição sobre aquele fato, mas eu não tinha nada para dizer. Nada que eu quisesse dizer ali.

Sabe de alguma coisa? Chegou a ver o assassino?

Não vi nada. O bar fica muito longe do lugar onde o crime aconteceu. Mas tem um freguês chamado Moisés que parece ter visto alguma coisa. Se quiser ir falar com ele, posso dizer onde mora.

Eu queria.

O homem me levou até a porta e apontou uma esquina, depois da qual começava a rua do Moisés. Ele não sabia o nome da rua nem o número da casa, mas não tinha como errar, eu podia tocar a campainha em um portão de ferro, pintado de zarcão, que ficava ao lado da padaria. Agradeci e tentei pagar o refrigerante, mas ele recusou receber. Era um cara muito legal. Muito simpático e tudo. Dava informação à polícia e ainda financiava a bebida.

Caminhei até o portãozinho pintado de zarcão. Toquei a campainha, olhei para os lados, para os homens na porta da padaria, com uma garrafa na mão, e toquei a campainha de novo. Então a folha foi aberta e uma mulher surgiu na minha frente, rápida e lépida como se o tempo todo ela tivesse estado bem ali, junto às lâminas de ferro. Eu lhe disse que era investigador de polícia e que precisava falar com o Moisés e ela me olhou com desprezo, mas afastou-se para o lado para que eu pudesse entrar. Ignorei o sentimento que nutria por mim. Percorremos um corredor longo e estreito, que ficava mais estreito porque a padaria armazenava ali a lenha a ser queimada. Entramos numa casinha de fundos, paramos numa pequena sala. A mulher não me havia dito nenhuma palavra no portão, nem disse nenhuma ali dentro. Simplesmente me deixou na sala e entrou num cômodo e disse para alguém:

Pode ir levantando. Tem um policial aí.

Moisés era um homem jovem, branco e desleixado, a barba já crescida, os cabelos em desalinho. Eu havia pensado que ele estivera dormindo, ou simplesmente deitado, mas mudei de opinião ao ver sua roupa em ordem, um pouco suja, é verdade, mas sem amassados. Foi muito gentil e simpático. Talvez fizesse o tipo bom malandro. Talvez andasse por aí dizendo aquela frase manjada: Bom cabrito não berra. Deu-me a mão e sorriu:

Eu já estava esperando a polícia. Sabia que vocês viriam a qualquer momento.

Lembrei daqueles filmes de cavalaria e índio, as cenas em que um ator de segunda diz para outro ator de segunda: Eles estão chegando: eu sabia que viriam a qualquer momento.

O dono do bar informou que você viu alguma coisa a respeito do crime de ontem.

Foi. Eu vi. Quer dizer: nada de muito importante. Foi assim, ó. Eu ia passando pela praça, aí pelas dez horas, umas quinze para as dez, e reparei naquele carrão bonito e novo, fiquei olhando. Como todo mundo, eu acho. Dentro não tinha nada de anormal. Só dois homens conversando.

No boletim de ocorrência da polícia consta que o crime ocorreu por volta de dez e meia. Imagino que aconteceu depois que você passou. Logo, os sujeitos que você viu eram a vítima e o assassino. Como o carro era da vítima, era ele que estava sentado no banco do motorista. Devo concluir que o outro homem que você viu, no banco do passageiro, era o assassino. Confere?

Confere. Mas eu não estou dizendo nada. Não estou dizendo que o homem que eu vi era o criminoso. Só disse que vi dois homens dentro do carro.

Isso basta. Descreva o homem.

Aí não vai dar. Era de noite, a iluminação da praça é ruim, como você deve imaginar, eu não vi direito. E não estava interessado em olhar os homens dentro do carro. Estava interessado era mesmo no carro.

Me dê os dados principais. Se era moreno ou louro, se lhe parecia alto ou baixo, se usava óculos ou...

Nada. Não posso dizer nada. E não vou me arriscar, não vou ficar dizendo coisas que mais tarde me comprometam.

Comprometer como?

Ah, eu não sei. Desculpe, seu policial, mas eu não posso dizer mais nada. Era um homem... eram dois homens dentro do carro. Se eram altos ou baixos, louros ou morenos, se usavam óculos... isso eu não posso dizer. Desculpe.

E Moisés parecia mesmo pesaroso, lamentando não ter mais informações para dar. Sua mulher ainda estava por ali, na sala, segurando uma bacia de roupa, atenta à nossa conversa, de modo que eu tinha de lhe fazer alguma pergunta — nem que fosse por mera formalidade:

E a senhora? Sabe de alguma coisa?

Eu nem estava lá, ela me disse na lata.

Isso eu já imaginava. Mas pode ter ouvido alguém falar alguma coisa sobre o crime.

Ouvi. Todo mundo aqui no bairro ficou sabendo. Agora, se os homens eram louros ou morenos, ou...

Antes que ela repetisse pau a pau as palavras de Moisés, achei que era tempo de cair fora. Agradeci a eles, apertei suas mãos, e a testemunha perguntou se iria precisar depor formalmente. Era um sujeito que sabia das coisas, usava os verbos nos tempos certos, sabia dizer "formalmente". Talvez ficasse em casa estudando português enquanto a mulher lavava roupa para o sustento da família. Caminhei de volta pelo corredor, abri eu mesmo o portão de ferro e, na padaria, encostei o corpo no balcão e pedi café. Havia meia dúzia de homens por ali. Interroguei dois, ninguém sabia de nada.

O dono do lugar me disse que todo mundo tinha conhecimento do crime, mas ninguém tinha visto nada. Se tivessem visto, já teriam ido ao Departamento de Homicídios para informar. Era um ponto de vista razoável.

Na pracinha besta, de nome pomposo, Vitória, tomei meu carro e dirigi até a avenida Conde de Frontin. No terceiro ou quarto viaduto virei à direita e fui levando o carro mansamente até a zona norte. Cheguei ao cemitério do Chora Menino já com a tarde começando a cair. O pequeno estacionamento não tinha mais que duas dúzias de vagas, duas das quais estavam desocupadas, o que me levou a pensar que Toninho não fora muito querido enquanto vivia. Mas isso podia se dar por causa de sua profissão. Para muita gente não existem policiais bons. Policial bom é policial morto.

No velório havia pouca gente. Fui passando entre as cadeiras e cumprimentando ligeiramente de cabeça.

Parei junto ao caixão. Tinham enrolado um pano na cabeça de Toninho para disfarçar os estragos do tiro e os estragos da necropsia; era um pano branco e velho, com manchas de sangue em toda a extensão. Meu amigo me pareceu triste, com o rosto e as mãos exangues, a barba feita havia mais de vinte e quatro horas. Outra vez aquela impressão que todo morto me causa: de que tinha encolhido com a morte. De que fora maior enquanto vivo. Senti de novo aquela porrada no estômago, coloquei minha mão sobre a mão dele e fiz uma promessa, em voz baixa para não ser ouvido:

Nós vamos pegar ele, meu velho.

No canto da sala, perto de uma janela, um tailleur escuro, saltos altos, óculos negros, como convém a um velório, a viúva de Toninho, Márcia. Dei-lhe a mão.

Como vão as coisas?, perguntei.

Aquela frase formal e vazia, monótona, que a gente está sempre repetindo, por isso ela perdeu o significado.

Tudo bem, ela respondeu. Dentro do esperado.

Dei uma olhada geral nos presentes:

Parentes do Toninho?

Alguns são parentes, outros são amigos, outros são vizinhos... E tem dois homens ali, disse ela girando o olhar para dois sujeitos sentados lado a lado, que são da polícia. Minha filha e meu genro vieram também. Ali, perto da porta. E os pais de Toninho... aquele casal de velhos no canto. E um dos meus cunhados, o Alberto, que é dentista, e a mulher dele, a Elizabeth. O outro cunhado, o médico, Clodoaldo, não apareceu. Tem algumas pessoas que eu não conheço. Acho que eram amigas do Toninho. Vai interrogar alguém?

Interrogar não é o termo. Vou apenas conversar com quem for possível. Uma questão: Toninho era bem moreno, quase mulato, e o casal de velhos que você está apontando como pais dele são brancos.

Era filho adotivo. O dentista e Clodoaldo são filhos biológicos. É assim que se fala?

Quando me aproximei do casal de velhos, eles se levantaram para me dar a mão. Estavam tristes, e nem poderia ser de outra forma, mas ao me verem pareceram menos tristes. Talvez ficassem mais relaxados ao receberem pêsames de policiais, uma gente que poderia logo, logo estar levando tiro também.

Eu era amigo do filho de vocês, e porque era amigo estou fazendo a investigação. Já fui à delegacia que registrou o fato, já fui à Homicídios, e agora no começo da tarde interroguei um homem que viu o assassino... Que viu a pessoa que eu imagino seja o assassino. Vocês têm alguma coisa pra me dizer?

Sobre o crime ou sobre o Toninho?, perguntou o velho.

Sobre o crime e sobre o Toninho. Qualquer coisa serve. Para quem está começando, qualquer coisa serve.

O pai falou primeiro. Tinha uma voz forte e metálica, cada palavra parecia estar arrebentando um pedaço dos meus tímpanos.

Eu não sei nada sobre o crime. A Núbia também não, e ele rolou os olhos para sua mulher, como se esperasse uma contestação, que acabou não acontecendo, já que ela, Núbia, parecia concordar com suas palavras. Sobre o nosso filho, claro, eu posso dizer alguma coisa. Era um homem contraditório. Fazia amigos com facilidade, porque sabia rir e contar piadas, prometer coisas, mas não conseguia manter a amizade... conforme o tempo passava, ele ia se aborrecendo com as pessoas, descobrindo defeitos; e os outros iam descobrindo os pontos fracos dele também. Os amigos de um dia logo viravam desafetos. Depois que ele morreu, algumas pessoas vieram dizer que o assassino é alguém que ele prendeu. Eu não acho não. Acho que era inimizade que ele fez por aí, no dia-a-dia, na vida cotidiana, inimizade de bairro, de trânsito...

Aquele tipo de suposição não me levava a lugar nenhum.

Sabe por que ele estava naquela praça da zona leste, de noite? Conheciam os hábitos dele, os interesses?

Alguns hábitos, sim. Os interesses, não. Ele não se abria com ninguém. Falava muito, pelos cotovelos, mas era só para se sobressair, para aparecer; de importante, de fundamental, ele não dizia nada. Ninguém lhe parecia bastante bom para merecer uma confidência dele. Eu penso que suspeitava de todo mundo. Não era de admirar que tivesse entrado na polícia.

Além da inconsistência de suas observações, o homem parecia estar ficando irritado. Ainda bem que Núbia entrou na conversa:

O Paul não se dava com o Toninho. Nunca se deu.

O senhor é filho de estrangeiros?, perguntei ao velho.

Descendente de alemães, ele informou com orgulho.

Voltei a atenção para a mulher:

A senhora tem alguma coisa a dizer?

Não concordo com muita coisa que o Paul falou. O Toninho não era *tudo isso* que ele diz. O que acontece... o que acontece é que nosso filho tinha muitos problemas.

E ela começou a chorar. Paul caminhou até a porta e ficou olhando para fora. Mesmo do interior do velório via-se que as sombras do final da tarde caíam sobre os carros e sobre o telhado das casas e pareciam engrossar a tristeza da morte. O velho examinava a paisagem como um general meditando sobre um campo de batalha coalhado de inimigos. Fui conversar com Alberto, o dentista, e com sua mulher, Elizabeth, que o marido se apressou em informar que fora modelo. Talvez pensasse que isso era importante. Falamos sobre Toninho e sobre o crime e sobre Clodoaldo. Nem Alberto nem sua mulher tinham nada de importante a informar. Tive a impressão de que não queriam falar sobre o morto.

De qualquer forma, quero que vocês saibam que minha delegacia é a delegacia do Horto Florestal, a 38. Se souberem de alguma coisa, se se lembrarem de algum fato importante para a investigação...

Como é que a gente vai saber o que é importante para a investigação?, perguntou Elizabeth.

Não é necessário que *saibam* o que é importante; apenas que se lembrem de coisas que *possam* ser importantes. Podem também usar o telefone de uma amiga minha, Mitiko. Têm onde anotar aí?

Alberto sacou de um celular e jogou na memória os telefones da minha delegacia e da minha vizinha.

Por que seu irmão não veio ao enterro?

Está viajando. Um congresso na Argentina.

Pedi licença, caminhei até a filha e o genro do morto. Não me disseram nada que tivesse alguma importância. A mulher era escrevente do fórum de Guarulhos, o genro trabalhava numa locadora de filmes de vídeo.

Você é o gerente?, perguntei querendo agradar.

Não. Sou um mero balconista. E virou o rosto para o outro lado.

Talvez confessar seu humilde cargo de balconista fosse uma vergonha para ele. Muito metido, o cara, eu pensei. Gente que menospreza um trabalho digno só porque é humilde não passa de uma gente metida. Tentei falar com os policiais. Mal dei a mão a eles e um funcionário do cemitério entrou no velório e disse que estava na hora de o féretro sair.

Houve um chororô no momento de fechar o caixão, a mãe e a filha e a cunhada de Toninho caíram em pranto. O pai dele, o irmão, a viúva, Márcia, esses não choraram mais do que eu mesmo. Homens do cemitério mais os dois policiais ergueram o caixão pelas alças e levaram para fora. Nós os acompanhamos. Atravessamos um campo verde com a cautela com que atravessaríamos um campo minado e chegamos a uma cova aberta onde os coveiros já esperavam com as pás e picaretas. Um deles disse: O Haroldo quer nos matar. Parecia a conclusão de uma conversa que ele e seu companheiro vinham tendo.

No momento em que o caixão desceu, seguro pelas cordas, meu coração se apertou e meus olhos se encheram de lágrimas. O tempo todo eu tento bancar o durão, mas nos momentos decisivos...

Adeus, meu velho, lembro de ter pensado. Vá tranqüilo. Isso não vai ficar assim não.

Quando voltávamos para o prédio, emparelhei com os policiais. Um deles trabalhava na delegacia do Parque Peruche, disse que conhecia a vítima muito pouco, porque Toninho trabalhava na chefia do distrito, na investigação, fato que eu já sabia, e ele, Adalberto, trabalhava no plantão.

O outro policial era do sindicato. Não conhecia a vítima, não sabia o que se tinha passado, estava ali porque havia recebido a incumbência de estar ali, já que era diretor de comunicação do órgão de classe.

Nós temos que olhar a realidade, colega, ele me disse. Se todo mundo fosse sindicalizado, as coisas não chegavam a esse ponto.

Eu não sabia se ele se referia à morte do tira ou às condições de vida dos policiais em geral.

Não perguntei nada. Mesmo porque o pequeno grupo já estava junto ao portão do cemitério, as pessoas tinham que trocar apertos de mãos, repetir as declarações de pesar e solidariedade, oferecer seus préstimos. Os pais de Toninho saíram à rua sem olhar para trás, ignorando os demais, inclusive o filho e a nora deles, a neta. Procurei me aproximar de Márcia, estendi a mão. Ela não aceitou. Um momentinho, me disse. Recebeu a despedida das outras pessoas. Depois que elas saíram, a portaria, com sua catraca eletrônica e seu porteiro uniformizado, pareceu mais inóspita que antes. Márcia falou quase num sussurro:

As coisas pequenas do Toninho, carteira, talões de cheques, credencial, arma e algemas, já consegui receber. O carro, ainda não. Telefonei ao IC, mas o homem que me atendeu informou que eu devia levar um advogado.

Por quê?

Ele não disse. Só falou que eu levasse um advogado. Você pode dar um jeito?

5

Parei o carro na esquina da avenida Imirim, esperei oportunidade para entrar. Quando consegui, fui levando o fusquinha na direção da cidade. A noite estava quase chegando. Ler placas de trânsito ficava mais e mais difícil. Levei uns quarenta minutos para chegar à Teodoro Sampaio. No saguão do IML, depois de enfiar meu carro numa vaga, vi no relógio da parede que já eram seis e meia. Perguntei a uma recepcionista:

Sabe se o Silveira ainda está aí?

Ela olhou para o mesmo relógio que eu:

Acho que já foi embora. Em todo caso, o senhor sobe. Sabe qual é o andar dele?

Eu sabia. Tomei o elevador e quando saí peguei um corredor comprido e malcheiroso, embora estivesse claro que a faxineira havia trabalhado ali não fazia muito tempo. Na sala onde se fazem os laudos, a maioria dos funcionários tinha ido embora (os micros já cobertos com o protetor de plástico), restavam só duas mulheres, uma das quais suando ao lado de uma pilha de anotações. Talvez tivesse entrado mais tarde aquele dia e precisasse compensar. A outra moça era jovem e, limpando as unhas, parecia tão à vontade como se estivesse num salão de beleza. Silveira estava nos fundos da sala, atrás de sua escrivaninha atulhada de papéis. Aproximei-me, e quando me viu, levantou sorrindo e me estendeu a mão. Se há um camarada em toda a polícia que gosta verdadeiramente de mim, é o Silveira.

Olá, meu chapa, eu disse tentando parecer leve e fagueiro naquele final de quinta-feira pesado e triste.

Apertei-lhe a mão com prazer.

Por onde você tem andado? Não vá me dizer que continua naquele distrito pulguento e naquele pulguento apartamento.

Ele podia xingar meu distrito e meu apartamento, porque já tinha estado lá. Havíamos trabalhado juntos quando ele era escrevente, meramente contratado, na delegacia, e quando fora me visitar, mais de uma vez, para tomar biritas e conversar... ele gostava muito de Sônia, e Sônia gostava muito dele. Às vezes ele levava a mulher, Zoraide, que não tem papas na língua, o tipo que não diz ânus, diz cu mesmo. Às vezes ela e Silveira quebravam o pau na nossa presença, e Zoraide costumava dizer uma frase que jamais vou esquecer: Não pisa no meu rabo que eu mordo.

Sentei diante do amigo:

Como vai a digníssima?

Vai bem. Sempre pergunta por você. Quando vamos ao supermercado ela diz: Se o Venício fosse aparecer em casa pra jogar sinuca, eu comprava lingüiça e carne-seca e toicinho e fazia uma feijoada. Por que o Venício não aparece mais? Eu digo que depois que você separou da Sônia ficou meio xarope; ela diz que todo homem depois de abandonar a esposa fica meio xarope. Lógico que ela fala em causa própria.

Não abandonei a Sônia. Nem ela me abandonou. Ninguém deixou ninguém. Você sabe, porque conhece a história toda. E a Zoraide também.

Ela sabe. Mas finge esquecer.

Fizemos uma pausa, olhando na cara um do outro, a fim de descobrir sinais não detectados ainda, e então Silveira me ofereceu café. Havia uma garrafa térmica sobre uma mesinha preta envernizada, encostada num canto da parede. Nisso, a menina que tinha estado cuidando das unhas se levantou de sua cadeira, pegou a bolsa, disse tchau e foi saindo. Ninguém lhe respondeu. Ela rebolou em direção à porta como uma modelo por uma passarela. Silveira balbuciou entre os dentes: Vaca. Como eu tinha dito que aceitava o café, ele pegou a garrafa e despejou duas doses... digo duas doses com a consciência de estar sendo preciso. Eram dois copos tão pequenos como copos para licor. Depois do café, e depois que acendi o cigarro, estávamos prontos para falar de coisas sérias.

Falei no crime:

Soube que apagaram um tira ontem à noite? Pros lados da zona leste?

Soube. Os dados do laudo já estão aqui. Foi disso que você veio atrás?

Foi. Na verdade, vim atrás do laudo. Mas já previa vagamente que não estaria pronto. Como somos amigos há longos anos, julguei que você poderia me adiantar as informações... Em caráter não oficial, claro.

Ele apanhou uma folha rabiscada ao lado de sua mesa. As letras eram tão pequenas e tão confusas que pareciam hieróglifos. Leu alguma coisa, comentou que atualmente andavam matando muitos policiais, e em seguida me passou a folha. Li o que precisava ler. A maioria das informações eu já sabia, outras não interessavam. De relevante mesmo, havia duas: o tiro em Toninho fora encostado, pois havia marcas de pólvora junto à orelha direita, e a arma usada fora uma 45. Devolvi a folha:

E quanto a impressões digitais dentro do carro?

Havia muitas. A maioria de Toninho. As outras não constam de arquivos policiais. Taí uma coisa que você vai ter que descobrir sozinho.

E Silveira depositou de novo a folha sobre a pilha ao lado de sua mesa. Continuamos conversando. Sobre Toninho, sobre os baixos salários, sobre o nível da vagabundagem, que não distingue mais entre paisanos e policiais, e sobre Zoraide e sobre Sônia. Fiquei de aparecer na casa dele. Silveira tem uma mesa de sinuca de tamanho oficial, uma mesa de que ele cuida com o carinho e desvelo de um pai, e é gostoso jogar ali, é gostoso endereçar a bola a uma determinada caçapa e observar que ela rola sobre o pano sem desvios nem percalços. O chato de jogar com Silveira é que tendo mesa em casa ele pode se dar ao luxo de treinar todo dia e por conseqüência está sempre derrotando os amigos.

Levantamos ao mesmo tempo.

Quer mais um café?

Não, obrigado. Trabalhei ontem à noite, e você sabe como eu fico no dia seguinte ao plantão noturno: o corpo mole, a cabeça pesada, o estômago atrapalhado. E esse café aí, não sei não...

Aparece em casa, meu.

Com certeza. Lembranças à patroa.

Caminhei para a porta. Embaixo, no estacionamento, peguei meu carro e fui seguindo na direção da Doutor Arnaldo. Tencionava descer pelo Pacaembu, mas passei batido pelo farol certo, de modo que fui cair na esquina da Consolação com a Paulista. Bem. Não tinha problema. Ia descer a Consolação e depois a Duque de Caxias e depois a Rio Branco e finalmente chegar à zona norte, porque era meu destino final daquele dia. E de todos os outros também. Fui parando atrás dos demais carros, engatando a primeira, parando, voltando ao ponto morto, engatando a primeira de novo. Até que o trânsito engrossou de vez perto do cemitério da Consolação.

Do outro lado da rua, um bar. Gente feliz sentava-se às mesas e ao balcão, lá dentro, e gente mais feliz ainda sentava-se às mesas de madeira, na calçada.

Lembrei-me de outro bar, na Duque de Caxias, no qual fiquei sentado por um bom tempo, casmurro e infeliz. Descera aos Campos Elíseos com a intenção de prender Ronaldo, e perto da estação Sorocabana, quando tomava café em um boteco, vi um sujeito dando tiros. Corri atrás dele, dei tiros também, perdi o sujeito no burburinho do terminal de ônibus e fiquei sem munição, depois ainda tive que prestar esclarecimentos à Polícia Militar. Por volta de sete e meia eu ainda estava de campana, no bar, olhando a entrada do hotel Três de Ouros, na esperança de ver o bicheiro.

Foi então que os homens entraram. Eram seis, eram jovens, quatro negros e dois brancos, e não se pareciam com nada... não pareciam trabalhadores e não pareciam bandidos. Vestiam moletom e tênis e carregavam sacolas de plástico como se estivessem voltando de um campo de futebol. Eu estava sentado na primeira mesa além da porta, de onde podia vigiar o hotel, e atrás de mim havia outras pessoas sentadas, trabalhadores engolindo o jantar pobre, casais tomando cerveja e conversando baixinho. Havia uma mesa desocupada bem atrás da minha. Os homens sentaram ali e chamaram o dono do bar, o homem que eu julgava fosse o dono. Era um sujeito já entrado em anos, baixinho e careca, franzino, o corpo mais adequado a um trabalho leve, de vendedor de loteria, por exemplo. Mas ele estava ali, no bar, sozinho, tentando fazer várias coisas ao mesmo tempo... servir comida, servir bebida e atender o telefone.

Ei, tio!, disseram os rapazes. Venha aqui.

Virei a cabeça para ver melhor o que se passava. O homem deixou a caixa registradora, mergulhou por baixo do balcão de fórmica e chegou à mesa dos rapazes; ficou ali de pé, humilde, esperando.

Tem uísque aí?, um deles perguntou.

Depende. Que tipo de uísque?

Chivas. Tem Chivas aí?

O homem pensou por um momento, as rugas na testa mais acentuadas, coçando a cabeça onde tempos antes houvera cabelos. Demorou muito para dar uma resposta que devia saber na ponta da língua.

Não tem. Chivas Regal não tem.

Então traga outro. Que outro uísque importado o tio tem aí?

Nenhum. Importado não tenho nenhum. Uísque mesmo (ele virou a cabeça em direção às prateleiras, no fundo, inseguro e abobalhado, talvez já com medo), uísque mesmo eu não tenho nenhum. Querem uma vodca?

Os homens recusaram. Um deles se levantou e foi ao balcão, encostou a barriga e esticou o olhar, checou as prateleiras. Dali mesmo deu a notícia aos demais:

Ele tem uísque estrangeiro. Tem, mas não quer vender.

O homem procurou se defender:

Eu não vendo certas bebidas depois das seis da tarde.

Era uma mentira tão deslavada, tão sem imaginação, ele mesmo se sentiu ridículo, demonstrava ridículo o rosto que virou na minha direção. Outro membro da turma se levantou. Era mais velho e maior que os companheiros e, pelo fato de ter feições grosseiras, assustava mais. Botou as duas patas nos ombros do barman e disse em tom ameaçador:

Olha aqui, tio, você tá nos humilhando. Nos humilhando, entendeu?

O homem deu um solavanco no próprio corpo a fim de se livrar daquelas garras indesejáveis.

Eu tenho a bebida, ele disse com grande esforço. Mas não quero vender. Me fazem um favor? Saiam do meu bar, está bem? Aqui na esquina da Rio Branco com a Duque tem muitos bares. Podem entrar em qualquer um.

Nós não queremos qualquer um. Queremos o seu bar. Entramos aqui e queremos ser atendidos aqui. Vá buscar a bebida dos gringos. E vê se não demora.

Não era pedido, nem sugestão. Era ameaça. Qualquer cego veria que se tratava de ameaça. Um casal, que bebia e conversava nos fundos, talvez tenha imaginado que a cena iria acabar mal, e antes que isso acontecesse, os dois se levantaram e de mãos dadas caminharam entre as mesas e o balcão. Pararam junto ao dono do bar e perguntaram quanto era a despesa. O dono voltou à caixa registradora a fim de fazer suas contas; os homens já estavam irritados, ficaram mais irritados ainda.

Ei, tio, eles disseram, a gente estava falando com você! Tenha pelo menos a educação de nos ouvir até o fim.

Longe deles, na caixa registradora, o homem reuniu forças para uma resposta azeda:

Não podem me impedir de atender os fregueses que têm dinheiro para pagar a conta.

Aquela frase foi realmente a conta. Um dos homens, o que era maior e estava mais furioso que os demais, sentiu-se verdadeiramente ofendido, por ele e pelos amigos, de modo que pulou por cima do balcão e juntou o barman pelos colarinhos. Eu tinha que fazer alguma coisa. O chato de ser polícia é que de vez em quando a gente tem de vestir a camisa. Aquela história pouco original de que polícia é polícia vinte e quatro horas por dia. Pulei também o balcão e empurrei o sujeito na direção do corredor onde ficavam as mesas e as cadeiras. Lá, ele parou e olhou para trás, me conferiu, enquanto seus comparsas se juntavam a ele. Passando sob o balcão, de volta, me aproximei do grupo:

Olha aqui, turma, eu sou policial, mas não quero agir como polícia. Vão embora, está bem?

Os homens se entreolharam. O sujeito que tinha tentado agredir o dono do bar se voltou para os colegas:

Vocês ouviram essa? Ele é polícia, mas não quer agir como polícia. Virou-se para mim: Então por que me empurrou lá de dentro?

Para evitar um mal maior. O homem está com medo de vocês. Não percebem? Está com medo de vender a bebida e não receber o pagamento. Talvez isso não seja muito elegante da parte dele, mas é o seu direito. Não quer vender a bebida, não quer. É antipático, mas é certo.

Ele tem que vender a bebida pra gente, disse um mulatinho baixo e troncudo, os ombros largos de lutador de capoeira.

Os outros fizeram coro:

Isso mesmo. Ele tem que vender a bebida. E você, se é mesmo polícia, vá lá e diga isso pro homem. Não fique aí fazendo média, puxando o saco dele.

Não estou puxando o saco de ninguém e não vou dizer nada a ninguém. Vão embora. Vão embora antes que seja tarde.

Seja tarde para quê?, perguntou um outro, a quem não pude identificar. Isso, claro, não faria nenhuma diferença.

O dono do bar mandou vocês saírem. Se não obedecerem, se insistirem em ficar aqui, vão cometer um crime chamado invasão de domicílio. Eu sei. Sou formado em direito e sei o que estou dizendo.

É mesmo?, alguns dos rapazes perguntaram ao mesmo tempo, a zombaria dançando nos olhos.

Dei um passo para trás e segurei na coronha da arma:

Acho que vou dar voz de prisão a vocês.

Voz de prisão?, repetiu o sujeito mais alto e mais corpulento. Baseado em quê? Isso aqui é um lugar público, é um bar. Um boteco, muito do sem-vergonha, por falar nisso. Ninguém pode nos expulsar daqui... Que é que você vai fazer? Nos levar a todos até a delegacia mais próxima? Vai algemar todos nós? Cadê sua viatura? Quando a gente estava vindo pra cá não vimos viatura nenhuma. Cadê sua arma? Você vai puxar a arma, não vai? Puxa ela aí, puxa!

Tirei a arma e apontei para eles, mas então me lembrei que estava descarregada e enfiei rápido na cintura de novo. Isso foi um erro. Se tivesse mantido a arma apontada, não teriam como saber se estava carregada ou não, e poderiam sentir medo, acatar minhas ordens e se mandar do bar. Mas não. Agindo por instinto, nervoso, o trabalho difícil durante o dia e o fracasso da diligência me pesando nos ombros, acabei cometendo aquele erro infantil. Os homens perceberam que eu estava sem munição e riram. Isso mesmo. Olhavam-se, riam, olhavam o dono do bar, encolhido atrás da caixa registradora, tornavam a rir. Ouvi novas provocações:

Vai chamar seus colegas? Vai telefonar a eles? Cadê seu telefone? Você não tem celular, seu idiota?

Eu podia suportar quase qualquer coisa daquela cambada, mas não ia tolerar que me chamassem de idiota. Fechei as mãos e levantei os braços me preparando para a luta. Sabia que seria derrotado, mas sabia também que fora longe demais, tinha chegado a um lugar de onde não podia voltar, precisava encarar. Os homens tomaram posição para me agredir.

6

Quando cheguei à delegacia do Parque Peruche, já era noite fechada e uma névoa espessa cobria o pátio, tornando indistintos os carros estacionados ali. Além do mais, algumas lâmpadas estavam queimadas, o que colaborava para dar ao local aquele ar triste e sisudo. Alguns soldados da companhia militar andavam por ali, fumando, conversando, retirando coisas de porta-malas de carros particulares. Fechei meu fusca e caminhei para o distrito. Quando cheguei à porta e tornei a olhar para os soldados, eles já se encaminhavam para a portaria, talvez convocados para ouvir instruções.

No corredor do distrito, tentei pegar a escada e subir ao primeiro andar, mas havia uma porta gradeada impedindo a passagem. Fui ao plantão. Não havia ninguém esperando para registrar ocorrência e na sala do delegado dois homens conversavam, ambos de paletó, só que um deles tinha gravata e o outro não. Entrei no cartório. Havia um sujeito algemado na cadeira diante da mesa do escrivão. Não parecia triste ou revoltado como as pessoas que geralmente sentam nas delegacias, algemadas. Pelo contrário: pareceu-me tão consciente e relaxado como o próprio escrivão. Parei junto à mesa dele:

Meu nome é Venício. Vim aqui falar com o pessoal da chefia.

Na escada que leva ao primeiro andar tem uma porta gradeada. Viu se ela está trancada?

Vi. Está.

Então eles todos já foram embora.

Estou investigando a morte de um investigador dessa delegacia. Antônio Carlos Pessoa. Talvez alguém no distrito possa me falar sobre ele. Quem mais está aqui? Parece que no momento só tem você e o delegado... presumindo-se que o delegado seja aquele homem de terno conversando aí nessa sala ao lado.

Eu não posso falar nada sobre o Toninho porque mal conhecia. Faz só duas semanas que vim removido pra essa delegacia. Aquele homem ali de gravata é o delegado da equipe. Ele conhecia. Se quer falar com ele, fique por aí e espere.

Voltei ao corredor, li alguns cartazes na parede, sobre aquelas pessoas inocentes cândidas cheias de boa vontade simpáticas procuradas pela polícia, injustamente, claro, e também sobre campanhas de vacinação do governo. Pouco depois os dois homens de paletó saíram, passaram por mim sem dar nenhuma atenção, como se eu fosse um fantasma. Seus passos ressoaram no pátio. Continuei olhando os avisos na parede, e logo estava chateado, dado que ler cartazes em repartição pública não é um esporte muito divertido. Fui à porta de saída da delegacia. Queria fumar sem poluir o ar saudável do prédio.

No pátio, atrás de uns carros, lá longe, perto do alambrado que separava o prédio da rua, os dois homens de terno estavam conversando. Acendi um cigarro e fiquei olhando. Sem nenhuma má intenção, claro. Não tinha chegado à metade do cigarro quando o homem sem gravata enfiou a mão no bolso, tirou uma coisa de lá, parecida com uma carteira ou um envelope bojudo, passou ao outro homem. Rápido ele enfiou no próprio bolso.

Voltaram à delegacia, lentos, meio tensos, olhando para os lados. Ao me verem, pararam, vacilaram, mas depois avançaram na minha direção.

Queria alguma coisa?, perguntou o delegado.

Eu disse meu nome e o que fora fazer ali. Pensei em acrescentar que estava na porta fumando um cigarro, simplesmente, e que não tinha visto nada suspeito no pátio, mas me faltou coragem para ir tão longe. Eles entraram na delegacia e caminharam até o plantão e eu segui atrás e parei junto à porta da sala onde o escrivão trabalhava. Delegado e subordinado trocaram algumas palavras confidencialmente no canto do cartório. Em seguida o homem que estava algemado foi solto. Friccionou os pulsos para ativar a circulação do sangue, agradeceu ao delegado e ao escrivão, apertou a mão deles e foi saindo.

Vê se não volta mais, o delegado disse.

Talvez fosse melhor ele dizer: Vê se volta logo.

Depois de prometer que não voltaria, aquela havia sido a primeira e última vez (do quê?), o ex-detido, rindo, caminhou para o corredor, juntou-se ao homem sem gravata e ambos saíram definitivamente do distrito. O delegado foi me procurar. Ganhei um tapinha nas costas, e ele me convidou a entrar em sua sala privativa. Queria que eu me sentasse, mas recusei, me desculpando, e continuei de pé junto à porta.

Não vou demorar, eu disse. Só queria fazer algumas perguntas sobre o Toninho. O Antônio Carlos Pessoa.

Quem sabe das coisas é o pessoal da investigação. Mas eles já foram embora.

Eu sei. Vi a porta fechando a escada. O senhor conhecia bem o Toninho?

Bem, não. Mas de vez em quando a gente se falava. Ele descia ao plantão e perguntava se estava tudo bem, ia à carceragem e dava uma olhada. Se via alguma coisa suspeita, vinha falar com a gente, se oferecia para inspecionar o presídio. Era um cara legal. Fiquei chateado quando soube que tinha sido assassinado.

Tem alguma idéia de quem possa ter matado ele?

Nenhuma. Deve ter sido algum cara que ele prendeu e depois foi solto. Todos nós estamos sujeitos a isso. Eu digo à minha mulher todo dia...

Olhei o relógio no pulso dele. Passava das oito horas.

Preciso ir andando, doutor. Tenho um encontro marcado, e é daqueles que não admitem atrasos.

Ele contornou a mesa e apertou minha mão dizendo que gostaria de ter alguma informação mais substancial para me dar. Parecia não se dar conta de que eu havia cortado a conversa abruptamente com uma desculpa absurda... era como se ali eu fosse uma autoridade superior a ele. Voltei ao pátio. Apanhei meu carro e tratei de não pensar mais no que vira na delegacia; de resto, é o feijão-com-arroz, a paisagem cotidiana.

Dirigi calmamente até o meu bairro, fiz um lanche no bar do Luís, regado com meia garrafa de cerveja, e quando dava instruções para pendurar a conta, um homem chegou e me convidou para jogar sinuca. Eu já o conhecia, tínhamos conversado uma vez a respeito de pescarias, ocasião em que ele me convidou a ir ao Rio Grande, estava organizando uma excursão, com direito a peruas de cabine dupla, geladeiras portáteis, esquemas de hotel e gente contratada para limpar o peixe. Recusei o convite educadamente e ficamos amigos: tão amigos que agora de vez em quando ele me chamava para jogar sinuca. Sobre pescarias, não voltou mais a falar. Como eu não queria jogar, me despedi dele, de outros conhecidos por ali, me despedi do Luís (a mulher dele, Cármen, não estava mais) e subi para o meu apartamento.

Estava na sala, vendo televisão, tentando relaxar, aí tocaram a campainha e eu pensei em Mitiko, era sempre ela, quando havia telefonemas, que tocava a campainha e me avisava. Quando abri a porta, tive uma surpresa.

Olá, Mário. Como vão as coisas?

Ele me apertou a mão e disse que as coisas iam bem: Se melhorar, estraga. Em seguida me falou do telefonema.

Tem uma mulher no telefone. Não quer dizer o nome nem o assunto que quer falar com você.

Fomos juntos até o apartamento dele, e logo depois de entrar eu vi Mitiko, que vinha de um cômodo próximo, talvez do quarto. Já estava de pijama. Parecia uma boneca de cinema com aquelas calças compridas, largas e deslizantes. Assim que nos cumprimentamos, ela passou rápido para a cozinha... nada de colar o corpo no meu e me cravar os olhos nos olhos. Peguei o fone.

Oi, seu desaparecido, me disse uma voz de mulher, grave, tentando ser engraçada e leve.

Oi, Neusa, respondi. Como vão as coisas?

As coisas vão legal. Poderiam estar melhores se você aparecesse mais. Por que sumiu?

Andei correndo de um lado para outro. Um amigo meu foi assassinado e eu estou fazendo a investigação.

Desde quando?

O amigo morreu ontem.

E antes disso, por que você não veio me visitar?

Problemas. Problemas. Mas eu vou resolver. Vamos retomar nossos antigos...

Venha hoje. É cedo ainda.

Hoje não dá. Eu trabalhei ontem à noite e...

Eu sei. Telefonei para esse número e a mulher que atendeu me disse que você estava no plantão.

Pois é. O trabalho noturno me deixa quebrado. Você sabe disso porque nós já conversamos a respeito. Você até me ensinou uns macetes para eu relaxar na manhã seguinte, mas o fato é que não funcionou. Hoje eu só consegui dormir três horas. Das onze às duas da tarde. E meu corpo precisa de seis horas de sono, pelo menos. Agora estou quebrado, atrapalhado, os nervos fora dos eixos, vim para casa cedo, estava na sala assistindo televisão e tentando relaxar quando você telefonou. Outro dia eu passo no teu apartamento.

Ela não gostou da promessa. Ainda tentou me jogar uma isca:

Eu quero te mostrar uma coisa.

De que tipo?

Por telefone não vou falar. Você vai ter que vir aqui. Venha. Estou te esperando.

Hoje não posso. Já disse. Vou tomar um banho quente e deitar. Se não conseguir dormir na primeira meia hora, vou à farmácia e compro um remédio. Tchau.

Quando você vem?

Não sei. Depende do trabalho que estou fazendo agora. O que você tem para me mostrar?

Não digo. Só pessoalmente. Tchau.

E ela bateu o telefone, dura e autoritária como um funcionário da Receita Federal. Agradeci a Mário, gritei um tchau a Mitiko, na cozinha, e caminhei de volta ao meu apartamento. Pensava em Neusa. Tinha muita consideração por ela e, de certa forma, dentro das minhas capacidades, gostava dela. Conhecera-a no ano anterior, quando sua filha, uma advogada chamada Éver, fora assassinada. O corpo tinha sido jogado na rua em que fica a delegacia do 38, numa noite de chuva em que nossa equipe estava de plantão. Eu e Roney o recolhemos e levamos ao hospital. Não adiantou nada; ela já estava morta quando chegamos lá. Por causa disso, pelo fato de eu haver tentado socorrer a vítima, fiz a investigação, vindo a prender o assassino, um arquiteto chamado Válter. Depois do caso encerrado, eu e a mãe da vítima nos tornamos amantes.

Contrariando minha expectativa, dormi fácil. Acordei na sexta-feira lépido e disposto, fazendo planos para a investigação. Ao abrir a janela, vi que o dia combinava com meu estado de espírito, estava fresco e leve e claro, parecia verão; respirando fundo, me senti jovem e menos desencantado. Para alguma coisa servem os dias claros e enxutos.

Fui à padaria para tomar café. Vi no relógio da parede que passavam cinco minutos das oito horas. Eu tinha muito tempo ainda. Tomei um café sossegado, olhando o movimento de pessoas entrando e saindo, o dono despejando broncas nos dois empregados, os motoristas de táxi disputando freguês na calçada ao lado. Depois da média com pão e manteiga, parei na porta e fumei um cigarro, matei tempo, e mesmo assim estava adiantado, não podia sair naquele momento e fazer o que eu precisava. Andei um pouco pelo quarteirão. Cheguei ao supermercado. Os donos chamam de super, mas na verdade é minimercado, porque só tem meia dúzia de prateleiras e um pequeno açougue, onde só vendem carne de vaca e frango. Passei em revista as novidades que havia para ver. Depois disso, resolvi mesmo ir embora.

Tomei um táxi. O motorista era meu conhecido, não gostava de falar muito, o que era uma sorte, porque eu também não estava a fim de conversar. O trânsito estava fácil, de modo que chegamos ao Instituto de Criminalística uns quarenta minutos depois. Era um prédio novo (novo pra mim, bem entendido) junto à Cidade Universitária, no qual eu nunca havia trabalhado, cujas dependências eu não conhecia ainda. Perdi algum tempo na portaria até convencer a funcionária de que eu era da casa e precisava falar com alguém a respeito de um carro apreendido. Perdi outro tempo nos andares superiores, falando com investigadores e escrivães, sem chegar a nenhum resultado, prova de que às vezes ser da casa não adianta coisa nenhuma.

Finalmente me vi cara a cara com um delegado. Bom, as coisas agora vão caminhar mais rápido, pensei. Para o bem ou para o mal.

Era um homem jovem e branco, rechonchudo, aquele jeito de quem tomara muita porrada na infância dos amiguinhos mais fortes e mais ágeis. Informei-o sobre a investigação e sobre a conversa que havia tido com Márcia ainda no velório.

Segundo ela, alguém do IC exigiu a presença de advogado para entregar o carro do Toninho.

Esse alguém sou eu mesmo.

E por quê, doutor?

Eles fazem questão de ser chamados de doutores. É verdade que alguns abrem mão disso, ficam até constrangidos com o tratamento, mas a maioria ainda exige, de modo que é sempre bom, no início da conversa, quando a gente está precisando deles, chamá-los de doutores.

Burocracia, reconheceu ele. O inventário dos bens do investigador ainda não foi aberto. Ainda não se sabe quem é quem na herança. A rigor não posso entregar o carro para ninguém, ele tem de ficar depositado na mão de uma autoridade pública até que um juiz autorize a entrega. Isso é antipático, mas é assim.

É um carro grande e novo, caro. Se ficar num pátio por aí, vai aparecer alguém para usar, para depenar. Acho que a polícia pode abandonar certas práticas, certas exigências, e entregar o carro. Ou então pelo menos depositar na mão de alguém. Como eu sou policial, me ofereço para receber em depósito.

Trouxe procuração da viúva? Algum papel?

Não trouxe nada. Estou trabalhando na investigação com permissão da Homicídios e a vítima foi morta dentro do carro e eu preciso dele para entender melhor os fatos a serem investigados. A viúva me autorizou verbalmente.

A autoridade pareceu estar balançando. Eu não sabia direito o que estava dizendo, mas, em compensação, ele também não sabia direito por que estava embaçando a entrega do carro. Tentou um último recurso:

Pelo jeito você não sabe ainda o que tinha dentro do Cherokee.

Que eu saiba, só tinha a vítima, seus documentos, arma, dinheiro, essas coisas...

Tinha cocaína também. Muita. Setecentos e cinqüenta gramas.

7

No jipe Cherokee de Márcia, procurei entender os comandos.

Quando me senti apto, acelerei e tratei de sair do estacionamento do IC, com toda a cautela, evitando ralar nos carros mais próximos.

Fora uma batalha liberar o carro. O delegado que presidia o feito tentou embaçar a entrega de todas as formas. Acho que discutimos (no bom sentido) por mais de meia hora. Ele chegou ao cúmulo de telefonar para a Homicídios visando a confirmar se eu estava mesmo na investigação e de falar com o diretor de sua divisão pedindo conselhos. O diretor era um delegado já velho (devia andar aí pelos setenta anos), com quem eu tinha trabalhado numa das delegacias da zona oeste. Quando ele soube que era eu a pleitear o depósito do carro, deu uma orientação sucinta:

Se é o Venício que está solicitando, pode fazer.

O delegado aquiesceu em entregar o carro, mas acrescentou que iria instaurar inquérito para apurar o encontro da cocaína. Com aquilo, eu não tinha nada a ver. Até me ofereci para depor, se meus conhecimentos fossem de alguma valia.

Peguei a avenida preferencial, e então, já me sentindo mais à vontade no carro, pude acelerar em direção da Marginal. Cheguei rápido e fácil à delegacia do Parque Peruche. Não diria o mesmo quanto a encontrar no pátio uma vaga onde coubesse o Cherokee. Rodei por uma alameda e outra, esperei que alguém saísse do distrito para me doar a vaga, mas foi em vão. Não que ninguém tivesse saído do distrito. Uma mulher de roupa negra e pasta de executivo igualmente negra deixou a delegacia e foi pegar seu Chevette no pátio. Mas na vaga não cabia o jipe. Acabei largando o carro ali, junto ao muro.

Um mecânico estava curvado diante do capô de uma viatura. Pedi ajuda:

Aquele carro é apreendido. Se alguém reclamar que ele está comendo espaço, você me chama.

Dei meu nome e a seção da delegacia onde eu poderia ser encontrado.

Subi ao primeiro andar. A primeira sala à esquerda era a do delegado titular, o chefe da repartição. Achei que era minha obrigação lhe dizer duas palavras sobre minha presença ali. Entrei em sua sala. Sobre a mesa dele não se via uma folha de papel, uma caneta, um grampeador; nada. Era como se o titular da escrivaninha estivesse de mudança, esperando que o pessoal do caminhão recolhesse os móveis. Trabalhava de paletó e gravata, que estavam impecáveis, sem uma mancha, uma dobra. Talvez fosse o tipo que escalava um funcionário até para lavrar a assinatura nos papéis oficiais. Tem gente que faz qualquer coisa para não se comprometer.

Seu nome era Alexandre Dacosta, e mais tarde eu iria descobrir que o apelido era Lagartixa. Talvez porque ele tivesse o rosto comprido, estreito e sulcado de rugas. Eu me apresentei, disse meu nome e o que fazia ali.

Um horror, ele reconheceu quando falamos na morte do Toninho.

Pode me dizer alguma coisa sobre ele?, perguntei. Ou sobre o trabalho dele? Pode ser importante para a investigação.

Posso falar tanto do trabalho como da personalidade do Antônio Carlos. Era um cara legal. Em todos os sentidos. O tipo que está sempre de sentinela, que não se importa de trabalhar de dia ou de noite, que desce à cadeia quando é preciso e dá pau nos presos. Quantas vezes não telefonei para o celular dele e pedi trabalho extra. Uma certa ocasião ele começou a trabalhar num caso às duas horas da tarde de uma sexta-feira e foi até as oito horas da manhã de segunda.

Que tipo de caso?

Crime contra o patrimônio. Dois malacos e uma menina assaltaram um supermercado aqui no Parque, levaram seiscentos mil reais. O Antônio Carlos estava fora da delegacia, na rua, trabalhando em outra coisa, mas soube do caso antes de nós, me telefonou e se ofereceu para perseguir os assaltantes, dizendo que tinha uma pista. Eu dei a permissão. Ele convocou um outro policial daqui, o Ricardo, e os dois atravessaram o fim de semana trabalhando. Os dois, não. Ricardo não agüentou o sufoco até o fim. Mas o Antônio Carlos, sim.

Ele pegou os bandidos? Recuperou a grana?

Infelizmente, não.

E sobre a morte do Toninho, naquela praça da zona leste, na área da Vila Olívia, o senhor sabe de alguma coisa? Tem alguma pista, uma opinião, um palpite?

Nada. Não me consta que ele tivesse inimigos, exceto os inimigos que nós temos, mercê de nossa missão policial, e eu não sei o que ele estava fazendo na zona leste. Talvez tivesse alguma amante lá.

Havia cocaína no carro dele.

Muito policial anda com cocaína dentro do carro. Para comprar informações, claro.

Depois daquela, achei melhor bater em retirada. É claro que ainda disse duas ou três frases e ouvi duas ou três afirmações, mas a pequena entrevista estava encerrada, com seus frutos previsíveis... nenhum. Lagartixa pediu que eu o mantivesse informado da investigação, que lhe desse notícias quando esbarrasse na primeira pista importante. Forneceu o número do seu celular e eu lhe disse o número da minha delegacia. Levantei, fiz alguns salamaleques como despedida, ele elogiou meu trabalho e minha dedicação ao morto, e foi tudo. Depois da sala do titular, no mesmo lado do corredor, ficava a sala da investigação, onde Toninho havia trabalhado efetivamente.

Quando entrei, me ocorreu que tinha escolhido uma péssima hora para estar ali. Havia dois tiras na sala, um dos quais eu não conhecia, que estava falando no telefone perto da janela; o outro era o Rodrigues. Um tira alto e espadaúdo, atlético, de rosto comprido e anguloso, cabelos lisos como talos de capim.

Você, Venício? Por aqui?

Sim. Eu mesmo. Como vão as coisas?

Mal. Está vindo pra essa delegacia? Já temos muitos ratos por aqui.

Foi o que eu pensei quando vi você. Mas fique tranqüilo. Não estou vindo trabalhar nesse distrito. Não vim tirar o queijo de suas patas. Estou investigando a morte do Toninho.

Está na Homicídios agora? A última notícia sua me dava conta que tirava plantão no Horto Florestal.

Não estou na Homicídios. Estou na Homicídios. É uma história muito complicada e muito difícil pra você. Quem é o chefe aqui?

O Valdo, e Rodrigues virou a cabeça para a esquerda, displicente, para indicar que na sala ao lado trabalhava seu chefe.

Tentei abrir a porta, mas ela estava trancada por dentro. Ouvi vozes como de alguém no telefone. Enquanto isso, Rodrigues disse ao outro tira, aquele que estivera falando ao celular: Vamos, e eles caminharam para a porta e saíram ao corredor. Fiquei sozinho na sala. Sentei na única cadeira, acendi um cigarro e me preparei para esperar. Estava surpreso de ter esbarrado em Rodrigues. E levemente irritado. A gente se conhecia fazia muito tempo, desde que ele havia entrado na polícia, na verdade, e eu trabalhava na rua, numa ronda chamada RUDI. Ela não existe mais e eu nem lembro o que significava RUDI... Rondas Unidas o quê?

Puseram Rodrigues para trabalhar comigo porque eu já tinha uma certa experiência. Ele era genro de um desembargador do Tribunal de Justiça do Estado e diziam as más línguas que entrara na polícia pela porta dos fundos. Fiquei de olho nele para descobrir até onde esse boato tinha razão de ser, mas a verdade é que não tive tempo para chegar a nenhuma conclusão.

Uma noite, rondando pela Santa Ifigênia, envoltos pelo frio e por uma névoa grossa de cortar com faca, suspeitamos de um homem que tentava abrir um carro e nem sequer atinava com a chave correta. Nós o abordamos, revistamos, ocasião em que descobrimos, num coldre na perna, uma arma grande e pesada, nova, importada e cara. Origem, alemã. Rodrigues ficou louco pela arma. Ao interrogar o contraventor, ficamos sabendo que a pistola era do patrão dele, o sujeito havia pegado quando saíra do escritório, já de noite, porque tinha um encontro na boca-do-lixo e tinha medo de assalto ou agressão. Rodrigues expôs sem mais aquela os termos de um acordo possível:

É o seguinte, meu jovem. Você nos entrega a pistola, vai embora numa boa, de fininho, e nós esquecemos que você não tem porte de arma.

Não posso chegar na firma sem a arma, disse o homem com a voz embargada de preocupação. Eu perco meu emprego.

É mesmo?, perguntou Rodrigues, já enfiando a pistola na cintura. Devia ter pensado nisso antes de roubar a arma do seu patrão.

Eu não roubei ela. Só tomei emprestado antes de sair para o encontro.

Falou com seu patrão? Ele deu a autorização? Tem certeza de que ele autorizou você sair do escritório com *essa* arma?

O homem estava à beira das lágrimas. Era contador da firma, ganhava bem, não podia se dar ao luxo de perder o emprego, porque talvez não conseguisse outro, o que significava que ele faria qualquer acordo... Qualquer um que não envolvesse a perda da arma. Ou seja: queria nos oferecer dinheiro. Mas Rodrigues não se interessava pelo dinheiro. Não aquela noite. Queria a arma. Estava feliz por ter na cintura o cano moderno, sofisticado e caro. O homem começou a chorar. Chorar mesmo, as lágrimas caíam no rosto, ele enxugava com as mangas da malha. Por amor de Deus, meus amigos, ele dizia. Rodrigues deitava e rolava.

Amigo um cacete, meu. Amigo agora, que você está precisando de nós. Quer saber de uma coisa? Vai puxando o carro, tá ouvindo?

As lágrimas do contador se tornaram mais grossas, mais constantes, correndo pelo rosto com maior velocidade. Fiquei com pena dele. Era uma coisa que me assaltava com muita freqüência, a compaixão; se eu tivesse pretendido ganhar dinheiro na polícia, nunca teria feito sucesso. Acabei tomando o partido do contador.

Vamos fazer o seguinte, disse ao Rodrigues. Pega a grana dele. Eu não quero nada pra mim. Fica com ela toda. Mas deixa o cara ir embora com a arma. Emprego está difícil.

Ele que se foda. Não fui eu que botei a arma na mão dele. Não sou eu que vou lhe procurar um novo emprego.

Você é muito duro com certas pessoas, eu disse. Aliás, é fácil ser duro com certas pessoas. Devolve a arma, porra.

Eu já estava irritado, e Rodrigues também, pois não esperava que o tira mais velho se metesse a advogado de contraventores desconhecidos. Bateu o pé, recusou-se a devolver a arma. Estendi o braço e arranquei a máuser da cintura dele. Quando ele tentou esboçar alguma reação, já era tarde, eu já estava com a pistola entre as mãos, assim ele ciscou um pouco por ali, me xingando e xingando o contador, mas não havia mais nada que ele pudesse fazer. Minto: havia uma coisa que ele podia fazer. Me ameaçar. Isso ele fez com toda a ênfase e toda a competência. Disse que no dia seguinte iria procurar certas pessoas, de modo que eu poderia fazer as malas, já que na RUDI não trabalharia mais.

O contador foi embora, sem dar a arma nem dinheiro, e nós continuamos na patrulha, amargando o frio e a umidade, sem trocar uma palavra até de manhã. Não fui transferido da ronda. Continuei trabalhando na rua, com outro parceiro, pois Rodrigues se bandeara para outra equipe, e logo depois a RUDI desapareceu. Como ela, outras rondas sumiram ao longo do tempo, não deixando marcas na segurança pública; deixaram saudade em policiais da velha-guarda.

Ouvi que a conversa na sala ao lado chegava ao fim, ouvi um telefone sendo colocado no gancho, por isso bati na porta de novo. Logo ela se abriu. Na sala estava o chefe da investigação, um homem de meia-idade, elegante e cheiroso, a roupa intacta como se ele tivesse retirado da loja aquele dia. Estendeu a mão enquanto eu lhe dizia meu nome.

Valdo, ele disse. Qual é o problema?

Parecia o tipo que passa o tempo todo resolvendo problemas. Pedi ajuda na investigação da morte do Toninho.

Você era amigo dele? A Homicídios colocou na investigação um amigo do morto?

Não sou da Homicídios. Sou do plantão da 38. Estou na investigação porque me ofereci e a Homicídios concordou.

Valdo coçou o queixo:

Plantão da 38... Venício... Acho que já ouvi falar de você.

Bem ou mal?

Mal. Me disseram que é um puta cu-de-ferro. É verdade?

Não sei o que é isso, respondi tentando ser irônico. Nunca ouvi essa expressão antes. E também não estou interessado. No momento só me interessa esclarecer a morte do Toninho. Você tem alguma informação que possa ser útil?

Tenho. A polícia está no fim. Acha que essa frase pode ser útil?

Acho que não. Em todo caso, prossiga.

Eu também estou no fim. Cinqüenta e cinco anos, com hérnia de disco e úlcera nervosa, e ainda trabalhando, porque não posso me aposentar. Tempo para me aposentar eu tenho... aposentadoria proporcional, claro. Mas se eu me aposento agora, com salário reduzido, eu me fodo.

Talvez eu seja muito burro mesmo. Ainda não consegui pegar o sentido. O que o fim da polícia e o seu próprio fim têm a ver com a morte do Toninho?

Muita coisa. O Toninho era um dos nossos. Investigador. Não faz muito tempo, nem dez anos, investigador era respeitado, passava na rua de viatura e a bandidagem virava o rosto, disfarçando, porque encarar tira era cana na certa. Matar investigador e oficial da PM, nem pensar. A Civil e a Militar iam pra cima, caçavam o matador, enchiam de bala, ainda deixavam um bilhete em cima do corpo, com a caligrafia do policial, porque o Judiciário não se interessava em punir o pessoal das fileiras.

O Judiciário sempre gostou de pegar policial.

Podia até gostar. Mas não conseguia. Não conseguia botar as provas no papel. Lembra do Esquadrão da Morte?

Eu me lembrava. Mas não gostava de falar nele.

A gente precisava ter uns dez esquadrões da morte agora. Voltar aos tempos do cacete e bala. Julgar o bandido lá mesmo, no local do crime, e executar. Se a gente estivesse metendo bala nessa cambada, eles não estariam matando policial, e gente como eu não ficava doente, não precisava trabalhar caindo aos pedaços. Deu pra entender agora?

Fingi que tinha dado.

Onde está o Ricardo? Era aquele tira que estava na sala do lado, ainda há pouco, com o Rodrigues?

Não. O Ricardo não veio trabalhar hoje. Ele tem alguma coisa a ver com a morte do Toninho?

Que eu saiba, não. Apenas o delegado titular me disse que Toninho e Ricardo trabalharam no caso do assalto ao supermercado. Imaginei que os dois formassem uma dupla, uma equipe.

E formavam.

Estavam trabalhando juntos em alguma investigação?

O último caso em que trabalharam foi o caso do Biscate, um vagabundo chulé aqui da área. Não conseguiram dar a cana, mas apreenderam umas coisas roubadas.

Vou falar com ele. Vagabundo chulé não mata policial, mas, enfim... Quando mais não seja, isso pode me ajudar a conhecer um pouco do estilo do Toninho.

Bom, para conhecer o estilo dele, não tem outro caminho mesmo.

E Valdo caminhou para um armário de madeira no canto da sala, um armário já velho, de estilo antigo, quase tão grande como um caminhão FNM, dentro do qual havia muitas prateleiras de tábuas grossas, algumas de tábuas finas, e vários escaninhos, onde se viam armas, documentos, munição. Tudo na sala era velho. A escrivaninha do chefe, com seu tampo de madeira escura, mais riscado que o rosto de uma anciã, o cabide no outro canto da parede — ele não parecia ser torto para melhor acomodar a roupa, guarda-chuvas e capas, mas ter sido entortado com o tempo e o calor. Valdo vasculhou uma prateleira, pescou uma folha de papel, levou para a mesa e leu de cabo a rabo antes de empurrá-la na minha direção:

Aqui está. O grande dossiê. Do Evaldo Conceição de Melo, vulgo Biscate. Quer saber de uma coisa, Venício? O apelido dele diz tudo.

Não tenho a menor dúvida, eu disse pegando a folha de papel.

No canto da mesa havia um bloco de anotações, apanhei uma folha e uma esferográfica, anotei o nome, apelido e endereço do venerável criminoso. Levantei:

No carro do Toninho foi encontrada cocaína. Setecentos e cinqüenta gramas. Que é que você acha disso?

Valdo ficou surpreso. Se estivesse de pé, creio que teria dado um pulo.

Cocaína? No carro de Toninho? Ah, duvido. Isso é armação.

De quem?, perguntei.

Não sei. Do criminoso. De quem encontrou o corpo. De algum filho-da-puta que não gostava do Toninho e quer atirar lama na memória dele.

Se desfazendo de setecentos e cinqüenta gramas de pó? Ao preço atual de mercado?

Pode ser. Por que não? Nesse mundo tem gente pra tudo.

Agradeci o que ele havia feito por mim e pela investigação, o que não fora muita coisa, considerando-se que só me dera o endereço de Biscate, e fui saindo. Peguei o corredor, passei pela sala de Lagartixa, defronte à sala do escrivão-chefe, e desci a escada. No pátio, o mesmo mecânico continuava trabalhando no mesmo carro, sinal de que a pane fora mesmo grave. Ou então ele não tinha lá muita competência. Perguntei se o Cherokee dera algum problema, e quando ele olhou para mim e para o jipe, compreendi que não lembrava mais da nossa conversa. Menos mau. Retirei o carro do pátio, levei até o portão, ali parei esperando o momento adequado para entrar no trânsito. Olhei a padaria do outro lado da rua, com sua fauna de sempre, gente escorada no balcão tomando cerveja ou café, homens de pé, na porta, batendo papo.

No bar da avenida Duque de Caxias, eu sabia que ia perder a luta, que ia tomar porrada, mas não havia nada que eu pudesse fazer, não podia chamar viatura para me socorrer nem podia sair correndo como um garotinho assustado. Também não podia sacar arma e dar tiro porque ela não tinha munição. Os homens se entreolharam e sorriram, se preparando para a festa. Não era todo dia certamente que tinham a oportunidade de quebrar a cara de um investigador de polícia. Então ouvi uma voz forte, vindo da porta, me virei e vi aquele sujeito de pé, a curiosidade brilhando nos olhos negros.

Que diabo está acontecendo aqui?, ele perguntou.

Eu sou polícia. E vou sair na porrada com esses caras. Se você quiser fazer alguma coisa, tire os fregueses do bar.

O sujeito se aproximou do grupo. Não era grande nem musculoso, mas tinha aqueles cabelos negros, encaracolados, e aquele bigode basto como uma touceira de capim, o que dava ao seu aspecto um quê de autoridade.

Eu também sou polícia, informou.

E tirou do bolso do paletó uma carteira e levantou para que todos a vissem. Não havia dúvida. Era mesmo um policial. Os homens abaixaram os braços, eu também abaixei os meus, o dono do bar se aproximou e disse: Agora tem polícia aqui, como se todo aquele tempo ele tivesse ignorado minha pessoa ou minha função. Como se eu não fosse nada. O estranho repetiu:

Que é que está havendo aqui?

Contei rapidamente o que havia acontecido, o pedido feito pelos homens, de uísque importado, os motivos pelos quais o dono do bar não quis vendê-lo, a reação dos indivíduos. E minha intervenção. Aquele sujeito que todo o tempo tinha mantido uma posição mais aguerrida, bancando o líder do grupo, aproveitou para me xingar, me chamando de autoritário e reacionário, e exigindo o reconhecimento dos seus direitos. O policial ouviu a todos com a maior paciência. Como um juiz tomando depoimentos no fórum. Quando todos falaram o que tinham para falar, ele disse:

Polícia tem que ser respeitado. Meu colega aqui falou que vocês tinham que sair do bar, devia ter sido obedecido.

Um dos homens não gostou de ouvir aquilo:

O tempo em que a polícia mandava a gente fazer as coisas e nós saía correndo e pulando miudinho já passou. Agora a gente conhece os nossos direitos.

Está bem. Já falou o que tinha de falar. Agora podem ir embora.

Acontece que não queremos ir embora, disse o líder.

O policial se enfureceu. Deu um tapa na cara dele. Outro cara que tentou dar um passo à frente tomou um chute nos países baixos.

Todo mundo de cara pra parede! Estão me ouvindo? De cara pra parede e com as mãos na cabeça, seus filhos-da-puta!

8

Eu não conhecia muito bem o bairro da Consolata. Embora tivesse estado lá duas vezes, uma para entregar uma intimação e outra para prender um suposto estuprador, não me lembrava mais da geografia nem do nome das ruas principais. Em algumas esquinas tive mesmo que pedir informações aos moradores. Antes de colaborar eles tinham que olhar o Cherokee. Em terra de cego quem tem um olho é rei. Naquele bairro pobre, de ruas simples, de terra, por onde costumavam circular carros pequenos, velhos e deteriorados, o jipe de Márcia brilhava e esnobava.

Levei algum tempo até chegar à rua estreita, de ladeira, com uma curva braba para a esquerda. Comecei a descer devagar, cauteloso, já que havia carros estacionados de um lado e outro, e crianças brincando, algumas chutando bola, outras jogando peteca. Mulheres gordas e vestidas em trajes caseiros conversavam na porta das casas com vendedores de religião... vendedor de religião a gente conhece de longe, eles usam terno e gravata, e têm aquele olhar ávido e faminto. Quando são mulheres, usam aquelas saias démodés, que vão até o meio da perna. A casa de Biscate, diferente das demais, já que era grande e, em certo sentido, bem conservada, ficava em um terreno mais baixo que a rua, de modo que os muros, dos lados da construção, eram altos como muros de presídios.

Desci do carro, e um grupo de garotos me cercou:

Quanto custa esse carrão aí, moço?

Não sei. Ele não é meu.

E de quem é?, eles perguntaram.

Qualquer resposta seria inútil, por isso não dei resposta nenhuma. Bati palmas junto ao portão, e uma mulher apareceu à porta. Olhei o papel que havia copiado na sala de Valdo.

O Evaldo está?, perguntei tentando dar à voz um tom casual, de camaradagem.

Não adiantou nada. A mulher desconfiou de mim. E me encheu de perguntas. Queria saber de onde eu conhecia o filho dela, qual o assunto que queria tratar com ele, e quando eu disse que era polícia e tinha uma intimação, foi pior. Ela virou a cabeça para o interior da casa e gritou para alguém: Polícia! Fiquei em guarda. Boa coisa não iria sair dali. Soltei a presilha do coldre e segurei na coronha da arma. Ouvi uma porta batendo na casa, dei alguns passos para a esquerda e outros para a direita, vi um homem tentando saltar o muro nos fundos.

Disparei dois tiros consecutivos em direção à grama que corria solta dos lados da casa, fazendo com que o homem descolasse do muro como papel de parede seco. Saltei o portãozinho e corri até lá, conseguindo chegar antes que ele tentasse pular de novo. Ainda estava no chão, apalermado, me olhando como se eu tivesse acabado de cair de outro planeta. Peguei-o pela gola e fiz que se levantasse:

Biscate, você é um grande filho-da-puta.

Essa mulher aqui é a minha mãe, ele disse olhando para a dona que havia me atendido.

E daí? Continuo dizendo que você é um grande filho-da-puta. Se você não me entende, ela entenderá. Vamos entrar. Eu quero falar com você. Não tente nenhuma gracinha, está bem? Não sei até onde posso me controlar. Esses dois tiros eu dei para o chão. Os próximos...

Entramos na casa pela porta da frente, paramos na sala grande mas humilde, de poucos móveis, e todos já com sinais de tempo e desgaste. Agora eu tinha certeza de que o homem era mesmo o Biscate. Chamara-o de Biscate e ele não havia reclamado. Sentou numa cadeira e abriu as pernas, umas pernas cabeludas e tortas, coisas nojentas e escandalosas escapando da bermuda de boca larga. Usava também uma camisa social, xadrez. Toda a roupa era ridícula, já que a bermuda também era xadrez. Estava descalço. Na pressa de fugir talvez não tivesse tido tempo de pegar sapatos. Ou tivesse julgado que descalço teria mais chance de saltar o muro e correr.

Vai buscar um copo de água, ele ordenou à mãe.

Era mesmo um vagabundo. O típico. Só vagabundos chapados falam assim com a própria mãe, Vai buscar um copo de água.

A mulher deixou a sala e ele me convidou a sentar. Mas eu preferi ficar de pé.

Não vim te prender, eu disse. Só queria falar com você. Não precisava ter saído correndo.

Quando eu soube que você era polícia, tratei de dar no pé. Com polícia é assim: primeiro a gente foge, depois faz perguntas.

Nesse momento um carro parou diante da casa e uma voz de homem gritou:

Ei, vocês aí! Vamos saindo!

Achei que eu devia ir primeiro. Não queria que Biscate saísse à rua e tentasse botar em prática seu velho brocardo de correr primeiro e fazer perguntas depois. Da porta vi que era um carro da Polícia Militar, e o homem que havia gritado era um cabo.

Quem está dando tiro por aqui?, ele perguntou.

Tirei minha funcional e levantei bem alto para que ele se convencesse logo.

Sou polícia também. Da Civil. Estou aqui a serviço. O vagal que mora nessa casa tentou fugir e eu dei dois tiros pra assustar ele. Mas está tudo sob controle.

O cabo ainda me perguntou o nome e a delegacia onde eu trabalhava e depois que eu informei ele fez um gesto a seus homens conclamando-os para irem embora.

Voltei à sala no momento em que a mãe de Biscate lhe dava o copo de água. O veado tomou, devolveu o copo e nem agradeceu. A mãe ficou por ali, os olhos amorosos postos no filho.

Que é que você tem feito de errado, para fugir assim?, perguntei.

Nada, meu.

Meu é a puta que pariu. Mais respeito, está bem?

Está bem. Nada, seu policial.

Conhece um tira chamado Toninho? Do Parque Peruche?

Conheço. Ele veio aqui e apreendeu uma mercadoria que um amigo meu tinha roubado.

Como é que é? Mercadoria que um amigo seu tinha roubado?

Eu tenho um amigo chamado Bilé, que às vezes faz umas coisas erradas... O senhor pode imaginar. Na semana passada ele invadiu uma loja perto do largo do Japonês. Güentou umas coisas eletrônicas, rádios, toca-fitas, videocassetes. Pediu que eu escondesse aqui até que ele pudesse vender no mercado. Ele está procurado, sabe? O pessoal da Divisão de Capturas tem mandado de prisão contra ele. Eu não queria guardar os bagulhos porque não quero mais problema com a justa, mas ele me ameaçou... Sabe, seu policial...

Me chame de Venício.

Sabe, Venício...

Seu Venício!

Seu Venício, o cara é barra-pesada. A mãe conhece ele... Não é, mãe? O Bilé não é barra-pesada?... Então. Ele me ameaçou, eu fiquei com medo, então concordei em guardar os bagulhos. Mas o Toninho descobriu. Quer dizer, o seu Toninho. Veio aqui com outro polícia, o Ricardo, e levaram os bagulhos pra delegacia. O Ricardo... seu Ricardo... queria me guardar também, mas seu Toninho fez um acordo com ele: Vamos deixar o Biscate em paz, por enquanto. Só interessam os bagulhos. Entraram no quarto e pegaram as coisas e botaram na viatura e foram embora. Mais tarde eu passei na delegacia pra assinar o auto de apreensão. Foi aí que eu vi por que ele tinha resolvido livrar a minha cara.

Biscate fez uma pausa para melhor avaliar a minha reação. Eu não queria perder mais tempo:

Me conte. Por que o Toninho resolveu livrar a tua cara?

A maior parte das coisas tinha sumido. A parte melhor, mais cara. O videocassete e o toca-fitas e o aparelho de som, a televisão catorze polegadas a cores com controle remoto, a impressora. Outras coisas ficaram. As que não valiam muito. Discos, teclados de computador, rádios de pilha.

E você não botou a boca no mundo? Não reclamou para o delegado?

Eu? Botar a boca no mundo? Reclamar de apreensão de bagulho feita por investigador? Pra quê? Correr o risco de ser acusado de ofensa e desacato e receber voz de prisão? Eu não. De mais a mais, as coisas nem eram minhas. E mesmo que fossem. Assinei o papel numa boa e saí de fininho. Ainda agradeci seu Toninho por me deixar voltar pra casa. Não agradeci seu Ricardo porque ele não estava lá.

Por que Ricardo não estava na delegacia? Você sabe?

Não sei.

Você está procurado? Tentou fugir de mim por medo de entrar em cana?

Não estou procurado. Estou limpo... Quer dizer, limpo limpo não estou não. Tem umas coisinhas aí que falta esclarecer. Mas não tem mandado de prisão contra mim rolando por aí. Tentei fugir por aquilo que já disse: quando polícia vem se aproximando eu já vou saindo. Me acostumei assim... O senhor vai me levar?

Não. Vou fingir que você está em liberdade provisória. Sabe que o Toninho foi morto na quarta-feira de noite?

Não sabia. Foi mesmo?

O que você sabe a respeito disso? Não vou perguntar pelo Bilé, suposto ladrão das coisas apreendidas pelo Toninho, porque não acredito nessa lengalenga. Talvez o Bilé nem exista. Quem assaltou a loja foi você, e os bagulhos eram seus. Agora o policial encarregado da diligência foi assassinado. Que é que você sabe sobre isso? Não me venha fazer essa cara inocente.

Não está achando que eu matei o homem, está?

Não. Estou convencido de que você não tem colhões pra isso. Mas talvez saiba quem apagou ele. Talvez tenha ouvido dizer por aí... pelas bocas...

Mas eu não sei, seu Venício! Juro que não sei!

A mãe do Biscate tentou dizer alguma coisa, em defesa do filho, logicamente, que eu respondi com uma acintosa indiferença.

Vamos dar uma busca pela casa.

Eles concordaram com a maior boa vontade, de modo que entramos pelos dois quartos e pela cozinha, fomos até os fundos, onde havia armários velhos e garrafas e jarras de vinho empoeiradas, uma churrasqueira portátil, enferrujada. Não toquei em nada. Não remexi coisa nenhuma. Não esperava encontrar ali uma arma calibre 45. Queria mesmo era dar uma geral, saber o que havia de criminoso. Mas a casa não tinha nada. Fui saindo. A mãe e o filho-da-mãe seguiam colados ao meu corpo, se eu paro num ponto qualquer, eles me atropelam. Junto ao portãozinho me fizeram perguntas sobre procedimentos policiais, mas eu lhes dei pouca atenção.

Entrei no jipe e me mandei para a casa de Márcia. Ela não estava lá. Tinha deixado um bilhete na porta, endereçado não a mim, mas a qualquer pessoa que fosse procurar por ela: Precisei sair. Estou na avenida Imirim, 1810. Peguei o jipe de novo.

No endereço em questão havia um comércio de carros usados, o que me levou a imaginar que era a loja de Toninho. Parei na porta e, quando entrei, fui atendido por um homem branco, de uns trinta e cinco anos, o queixo fino e os cabelos ralos, com um falso ar de simpatia na cara. Achei melhor não perguntar por Márcia naquele primeiro momento.

Sou investigador de polícia.

O sujeito não me deu a menor bola. Fez mesmo um ar de tédio, o ar que ele faria se recebesse um oficial de justiça com uma intimação, ou um fiscal do ICM.

Estou investigando a morte do Toninho.

Não tenho nada para informar. A gente era sócio aqui. Ele entrava, saía, me ajudava a comprar os carros e vender, dava cobertura quando eu precisava, a gente repartia o lucro. Era tudo. Eu soube que ele tinha sido assassinado e senti muito, mas infelizmente não tenho nenhuma informação para dar.

Loja de carros usados dá muito problema, eu disse.

Que tipo de problema?

Clientes insatisfeitos. Gente que pensa estar comprando uma coisa e está comprando outra. Levam o carro, pensam que está em bom estado, quando vão sair com a família ele quebra.

Aqui não vendemos carros com defeito. Porque só compramos de gente conhecida. Quando não conhecemos, mandamos fazer revisão. Todos os nossos clientes ficam satisfeitos. Às vezes a gente cobra caro, mas sabe o que está negociando.

Como é seu nome mesmo?

Isaac.

Bem, Isaac, vou te dizer uma coisa. Eu já comprei muito carro usado. Já vi muita gente no plantão se queixando de carros usados. Já intimei muito coleguinha seu, e já encanei alguns também. Não venha me enrolar com esse papo, está bem?

Ele ficou me olhando feio, os olhos ferozes, procurando palavras para jogar em cima de mim; algo o refreou. Uma lucidez de último instante, acho. Resolvi me afastar dali. Um homem, junto com uma garotinha, passava pelo portão com os olhos postos nos carros e Isaac naturalmente tinha que lhe dar atenção. Foi uma boa saída para nós dois. Caminhei até o escritório. Márcia estava lá, sentada atrás de uma escrivaninha, e nem parecia viúva, não lembrava alguém que tivesse perdido o marido de forma violenta. Tinha uma blusa branca, de seda, de botões, e alguns deles estavam fora das casas, de modo que era possível ver o sutiã branco, de renda. Era o que ela queria. Que os homens vissem seu sutiã branco, de renda.

Sentei diante de sua mesa:

Vim trazer o carro.

Algum problema, lá no tal de IC?

Problema problema, não teve nenhum. Houve alguma dificuldade para eu retirar o carro, já que não sou herdeiro do Toninho, não sou eu que vou abrir o inventário... Você já se informou sobre o inventário?

Ainda não.

Tem que abrir dentro de trinta dias a partir da morte do *de cujus*.

Você é advogado?

Não. Advogados são bacharéis em direito com autorização da Ordem dos Advogados para praticar a advocacia. Eu sou apenas formado em direito.

Ah, que bom, ela disse sem objetivo algum, talvez nem sabendo o que estava falando.

Tinha cocaína no carro do Toninho.

Fico surpresa. O Toninho não era disso.

Do que ele era?

Bem, ele... Você sabe... O Toninho era um homem muito atirado. Muito doidivanas. Ele gostava de tudo, principalmente das coisas erradas. Gostava de sair à noite, de beber e fumar, gostava das coisas boas, era boca-suja. Adorava piadas. Que ele fazia questão de contar na frente de mulheres e crianças. Chegava tarde em casa. Quando chegava. É verdade que nunca vinha bêbado, em toda a minha vida nunca vi o Toninho cair em qualquer lugar, a não ser na cama, de sono, mas *toda* noite chegava chumbado em casa. Eu sabia por causa dos olhos vermelhos e do ronco ao meu lado. Eu disse *toda* noite, mas estou me referindo às noites em que voltava a casa. Agora, não me consta que ele fumasse cocaína.

Cocaína não é fumada. É cheirada. Viu o Toninho alguma vez com coisas suspeitas em casa? Achou coisas estranhas nos bolsos dele?

Há muitos anos deixei de mexer nos bolsos do meu marido. Justamente para não encontrar coisas suspeitas.

Presenciou algum telefonema estranho? Alguém com ares de fora-da-lei telefonava para a casa de vocês?

Não. Ninguém suspeito. O Toninho era muito cuidadoso nesse ponto. Nosso número não estava na lista e ele não dava a ninguém, fosse homem ou mulher, suspeito ou não. De resto, tinha o celular dele. Se precisava conversar coisas escusas, devia conversar no celular. Ou na delegacia.

Estou vindo da casa de um criminosinho chamado Biscate. Ele furtou ou assaltou uma loja e guardou os bagulhos em casa. O Toninho descobriu e foi lá e apreendeu tudo e levou para a delegacia. Mas nem todos os bens foram apresentados ao escrivão ou delegado. A maioria, a parte mais valiosa, desapareceu. Você está sabendo alguma coisa sobre isso?

Daqui a pouco você vai perguntar se o Toninho chegou em casa com objetos roubados e eu ajudei a esconder.

Posso dar uma olhada por aqui?

Se eu disser que não pode, você vai fuçar do mesmo jeito.

Comecei a busca pelo pequeno escritório, não com vistas aos bens apreendidos, que não caberiam ali, mas com vistas a qualquer indício de que Toninho tivesse mesmo feito a receptação. Não encontrei nada. Saí à área onde ficavam os carros, dei uma geral por ali, chegando mesmo a abrir um carro grande, uma picape muito velha e enferrujada, que parecia morar no pátio fazia muito tempo. Não tinha nada. Nem dentro do porta-malas nem entre os bancos nem em lugar nenhum. Voltei ao escritório. Isaac estava conversando com Márcia, mas quando entrei, ele saiu... acintosamente, para deixar claro que eu era persona non grata na loja. Sentei de novo diante da viúva.

Como está se sentindo aqui? Está gostando do seu sócio? Acha que dá para trabalhar com ele?

O cara é asqueroso. Não está vendo que é um tipo asqueroso?

Fiquei satisfeito de ouvir aquilo. Eu não era o único a antipatizar com Isaac.

Pus as chaves e os documentos do jipe sobre a mesa, e Márcia apenas olhou para eles, indiferente como uma funcionária de banco examinando o extrato de um cliente pobre, ou de um policial comum. Pareceu-me que ela não se importava muito com carros grandes e de luxo e com dinheiro e tudo o mais que tivesse valor. Talvez se preocupasse apenas com a aparência: seu rosto tinha tudo o que o rosto de uma vedete teria, desde batom, o óbvio, até rímel. Era evidente que ela gostava de ser vista. Caminhei para a porta. Ouvi seus passos às minhas costas e me voltei. Ela parou muito perto, talvez para não precisar levantar a voz e ser ouvida pelo sócio:

Parece que fui um pouco rude com você. Acho que estou muito tensa, com essa nova vida, tomando conta de loja de carros usados, tendo que aturar um tipo como o Isaac.

Teve a morte do seu marido também.

Isso não é nada. De certa forma eu vinha esperando um desfecho trágico há muito tempo. Não era só pelo fato do Toninho ser investigador. Era pelo comportamento dele mesmo.

Está explicado, eu disse dando mais um passo para fora.

Para onde você vai agora?

Já é meio-dia. Um pouco mais, um pouco menos. Vou almoçar e pegar meu carro no meu condomínio.

Leve o jipe. Depois você me traz. Não vou precisar dele hoje. Aliás, nem sei dirigir esse troço.

Agradeço. Mas não gosto de usar coisas alheias. Dá um azar desgraçado. Só fui na casa do Biscate com o jipe porque estava ansioso, com pressa, imaginando que alguém pudesse ir na minha frente... Não aconteceu nada de trágico, o carro não foi batido, não tomou tiro, está ótimo. Agora chega. Vou tomar um táxi. Tchau.

Passa lá em casa de noite, ela convidou.

Para quê?

Para nada. Bater papo.

9

O começo da tarde estava quente, e no pátio da delegacia parecia mais quente ainda. Era como se o calor subisse do asfalto entre os carros estacionados e ascendesse ao céu. Desci do meu fusquinha e caminhei até a porta da delegacia, mas não cheguei até lá. Ouvi meu nome:

Ei, Venício!

Quando me virei, vi o soldado Neco. Nunca soube o nome dele e provavelmente vou morrer sem descobrir. Havia trabalhado na companhia junto à delegacia do Horto Florestal e volta e meia, como seus colegas, levava ocorrência ao nosso plantão. Enquanto o escrivão trabalhava, a gente costumava conversar, às vezes atravessávamos a rua e tomávamos café ou aperitivo na padaria. Ele não tinha carro. Morava em Itaquaquecetuba e eu não podia entender como poderia trabalhar na zona norte de São Paulo sem possuir carro. Ele dizia que nem todo mundo tinha a sorte de ser vizinho de seu local de trabalho como eu.

Por força de nossa amizade, acabei lhe vendendo um Corcel azul, velho, cansado e mal-humorado, mas orgulhoso e impávido, que na época não me servia mais. Com o dinheiro recebido e mais algumas economias (quando eu era casado, gastava mais do que quando divorciado, e mesmo assim, estranhamente, tinha dinheiro guardado), comprei um outro carro, igualmente velho, mas em melhores condições. Nós dois ficamos felizes da vida. Neco porque podia transitar motorizado entre São Paulo e Itaquá e eu porque não precisava ouvir as queixas de Sônia toda vez que a levava à casa da mãe dela. A alegria entretanto durou pouco. Tudo de bom na minha vida acaba logo.

Neco me procurou uma tarde na delegacia e disse que o Corcel havia baixado oficina e ele não tinha dinheiro para resgatá-lo. Aceitei receber o carro de volta. Mauricy, que ouvia a conversa, me jogou na cara:

Você é louco? Vendeu o carro, e agora que ele está dando problema, você vai pegar de volta?

Eu sabia que ele estava certo, tecnicamente certo, vamos dizer assim, mas eu não podia suportar a idéia de que o carro estava numa oficina, parado, inútil, enquanto Neco, meu amigo Neco, penava num ônibus indo para Itaquá e vindo para São Paulo. Um irmão de Sônia, um tal de Reginaldo, andava precisando de carro, então lhe vendi o meu, com prejuízo (o cunhado ficou muito contente), e resgatei o Corcel das mãos de Neco. Ele também ficou feliz. Todo mundo, aliás, ficou feliz. Todo mundo, menos eu. O único a tomar prejuízo, já que havia perdido as economias que tinha no banco antes da desastrada negociação.

E aí, meu?, Neco perguntou enquanto trocávamos um aperto de mão.

Eu não sabia que ele tinha sido transferido da companhia; no momento trabalhava ali, junto à delegacia do Parque Peruche.

Conversamos por uns cinco minutos sobre trabalho, família, carros, preço de gasolina e óleo, aumentos absurdos no supermercado. Assunto interessante não me lembro de nenhum.

Bem, mas o resto está bom, eu disse a fim de demonstrar que precisava ir andando.

Tirando o ruim, disse Neco, o resto está tudo jóia.

Apertamos as mãos de novo, então eu olhei no pulso dele e vi que eram duas e dez, trocamos mais algumas frases vazias e entrei na delegacia. No primeiro andar não encontrei Lagartixa, cuja sala estava com a porta encostada, as luzes apagadas. Talvez ele já tivesse encerrado a semana. Era sexta-feira, de tarde, e muito funcionário público simplesmente não tem paciência de esperar pelo sábado. Caminhei até a sala da tiragem. Não encontrei Rodrigues, e isso foi ótimo, não sei como meu estômago se sentiria se eu me encontrasse com ele duas vezes no mesmo dia. Naquela primeira sala só havia o tira que eu tinha visto de manhã falando no telefone e que depois tinha saído com Rodrigues.

Vim falar com o Valdo, eu disse.

Ele não está. Saiu em diligência.

Essa expressão, "sair em diligência", é muito boa mesmo, quebra uma porção de galhos.

Fiquei por ali, passando os olhos pelo jornal, saindo ao corredor e olhando os trabalhos no distrito, indo à cantina, nos fundos, e tomando café de garrafa. Nem para dar sabor ao cigarro ele servia. Já estava pensando em me arrancar quando Valdo chegou com dois tiras que eu não conhecia. Rodrigues não estava com eles. Devia andar em diligência em outras plagas, outros brejos. Valdo não gostou muito de me ver. Nada a estranhar. Entrou para a sala dele e eu entrei atrás. Parei perto de sua mesa fingindo ignorar seu desprezo.

Estive na casa do Biscate, declarei.

É mesmo? Como foram as coisas lá?

Ótimas. Ele tentou fugir pulando um muro ao lado da casa e eu dei dois tiros.

Acertou quantos?

Nenhum. Atirei só para assustar. Ele caiu e eu corri pra cima antes que ele tentasse de novo. Depois nós conversamos. Na conversa ele é muito bom. Muito mais do que para pular um muro que ele talvez conheça desde a infância. Me falou nos bens que foram apreendidos na casa dele. Disse que sumiu mais da metade.

Sumiu como?

Ele não sabe. Ou melhor: sabe, mas não disse, não é besta de se meter em assuntos de polícia. Mas eu e você bem podemos imaginar como os bens foram desviados, não podemos?

Eu não sei de nada, Valdo declarou com veemência, na defensiva. Não participei da diligência, não recebi os bens, só tomei conhecimento dos fatos em caráter oficial, quando Toninho me apresentou o relatório da investigação.

Cadê o Ricardo?, perguntei.

O que ele tem a ver?

Estava com o Toninho na apreensão dos bens. Eu quero falar com ele.

Não veio trabalhar hoje. Já te disse isso de manhã. Não me pergunte o endereço dele, porque eu não tenho aqui. Nem o telefone. Faz três meses que ele trabalha na chefia deste distrito, três meses eu digo a ele para fazer o cadastro, mas sem resultados. A hierarquia na polícia acabou.

Alguém no distrito deve ter o endereço dele.

Fale com o escrivão-chefe.

Apertei a mão de Valdo, fato que ele desprezou, tendo apertado a minha com uma atitude completamente ausente, como se desse uma esmola a mendigo. Voltei ao corredor e entrei na sala oposta ao gabinete do delegado titular. O escrivão-chefe estava a postos. Era um homem de meia-idade, aí pelos quarenta anos, branco, de cabelos lisos e escassos, com marcas de espinha pelo rosto. E aquele mau humor fatal. No pouco que conversamos ele meteu o pau na polícia, que funciona mal, quando funciona, no governo, que paga mal, quando paga, e no povo brasileiro, que é venal, cínico, leviano, mal-intencionado e carnavalesco. Perguntei o que ele achava da investigação policial. Era uma pergunta meramente provocativa.

Daniel Tolle foi categórico:

Que investigação policial? Onde você ouviu falar nisso?

Deixei passar a resposta absurda. Sabia o que ele diria a seguir, caso eu continuasse provocando. Além disso, magoado como ele parecia estar, poderia acabar se voltando contra mim. Eu não queria isso. Dava a impressão de ser leal e honesto e eu gostava dele. Gostei de seu ar cansado, de seu linguajar correto, e da maneira desencantada como via nossa instituição, se expressando num tom que parecia sincero, muito diferente portanto do tom usado por Valdo. Eu não queria de forma alguma entrar em conflito com ele. Pedi o endereço de Ricardo, e quando Daniel caminhou para o arquivo a fim de pegar a ficha, vi que tinha um defeito na perna. Mancava, e não era pouco.

Compreendi que fosse tão amargo com relação à polícia, ao país e ao povo brasileiro.

Copiou o endereço numa folha de papel sulfite e a entregou a mim. Agradeci.

Conhecia bem o Toninho?, perguntei.

Aquele que foi morto na quarta-feira?... Conhecia. Infelizmente. Uma vez emprestei cem mangos para ele sair de um sufoco. Sabe quando me pagou?

Nunca, eu disse para encurtar a conversa.

Isso mesmo. Nunca.

Talvez tenha esquecido.

Com certeza. Esses caras caixa-alta estão sempre esquecendo de pagar suas dívidas. Principalmente quando os credores são pobres e loques como eu.

Depois de lhe apertar a mão, tomei a direção das escadas. No pátio, li de novo o endereço de Ricardo, enfiei no bolso e entrei no carro. Tinha perdido um tempo precioso esperando por Valdo e precisava achar um jeito de compensar. Desci para a avenida, passei diante da padaria, com seus desocupados de sempre, e fui mergulhando rumo à Marginal. O trânsito estava pesado e imaginei que era devido ao fim de semana que se aproximava... nos fins de semana ensolarados os paulistanos se mandam para o interior ou litoral. Não me levou muito tempo chegar a Pirituba. Demorei mais para encontrar o prédio.

Era um condomínio em tudo e por tudo igual ao meu, com aqueles prédios pequenos e baixos, o reboco comido em vários lugares; até os carros estacionados nas ruas estreitas e os garotos brincando na calçada e as mulheres papeando na entrada dos prédios pareciam os mesmos. Uma mulata baixa e quadrada como uma lutadora de sumô me viu com o papel na mão e perguntou o que eu procurava.

A rua A.

Ela ensinou onde ficava a rua A: bem atrás do prédio dela.

Contornei o edifício e cheguei ao prédio onde morava o Ricardo. Onde eu achava que morava o Ricardo. No segundo andar, num apartamento parecido com o meu (os construtores seriam os mesmos?) fui atendido por uma mocinha de olhos nervosos:

Quem? Ricardo? Eu não conheço nenhum Ricardo não.

Ela girou a cabeça para o interior do apartamento e chamou por alguém:

Seu Agenor! Tem um homem aqui procurando por um tal de Ricardo!

Seu Agenor era o pai do policial. Parecia no fim da linha. Embora já fosse o meio da tarde, ele ainda estava de pijama, constituído de uma camiseta branca, suja na gola, e uma calça de moletom cinza. Sandálias de plástico, como é de rigor. Não gostou de me ver. Não gostou que eu estivesse procurando pelo Ricardo. Não quis saber se eu era investigador, comendador ou proxeneta. A cada pergunta que eu fazia, ele respondia com um monte de informações, a maior parte das quais não tinha nada a ver com a informação que eu havia pedido. A mocinha que me atendera ainda rondava por ali, atrás dele, me olhando com o rabo do olho, e Agenor não gostou nadinha daquilo:

Não tem o que fazer, não, sua vadia?

Afinal de contas, eu disse, se o Ricardo não mora mais aqui, o senhor pode me dar o endereço dele, não pode?

Posso. Se você prometer não voltar mais aqui. E se não disser a ele que falou comigo.

Posso prometer não voltar mais. Agora, não dizer que falei com o senhor...

Ele nem ouviu minha resposta. Virou a cabeça para trás e deu uma ordem:

Pega aquele cartão que eu deixei em cima da geladeira.

A menina caminhou pelo apartamento, voltou logo em seguida e me passou um cartão de visita, ensebado, como se tivesse sido manuseado muitas vezes. Agenor já tinha se afastado da porta, estava sentado numa cadeira de palhinha perto de uma televisão. Era a imagem da velhice desamparada, rabugenta e psico. Botei o cartão no bolso e agradeci à "vadia" e ela me deu um sorriso amigável, assim como se dissesse... bem, deixa pra lá. Não sei mesmo se o sorriso amigável tinha alguma intenção a mais. Desci, tomei o carro e dirigi para o centro da cidade.

Ele era a imagem do vigor e do otimismo. Talvez por causa dos cabelos, da cor da pele, do peito e dos ombros largos, e da roupa elegante... naquela noite, na Duque de Caxias, ele usava um paletó xadrez e uma calça de mescla marrom ou preta. Havia humilhado os seis homens. Primeiro os encostou na parede, depois os revistou, e por fim os expulsou do bar, com a maior simplicidade, assim como se estivesse pedindo uma garrafa de cerveja. O líder do grupo ainda tentou registrar uma queixa, dizendo: Você está fazendo isso porque é polícia e está armado, mas ele ignorou suas palavras:

Área, meu. Área.

E foi enxotando os homens como se estivesse enxotando bêbados do plantão.

Depois que eles se foram, nos sentamos em volta da mesa.

Meu nome é Antônio Carlos Pessoa. Todo mundo me chama de Toninho.

Prazer. Venício. Obrigado por me dar uma força. Estou no plantão há muitos anos e perdi um pouco da velha forma. Não sei como iria me sair com essa cambada... com certeza ia perder a briga, tomar porrada... Estou desarmado. Com revólver, mas sem munição.

Vamos tomar o quê?

Eu só bebo cerveja.

E eu só tomo uísque. Pelo menos quando encontro uísque de boa qualidade.

Virou a cabeça disposto a gritar pelo dono, mas ele estava bem ali, junto de nós, o olhar lânguido e agradecido. Toninho pediu uma garrafa de cerveja e uma dose de uísque importado, e o dono pegou aquela garrafa que tinha recusado vender para os homens e trouxe à nossa mesa e ainda pediu desculpa por não nos atender melhor. Meu empregado não veio hoje, ele disse. Tomei um gole da cerveja e Toninho experimentou seu uísque e nós falamos sobre a grande coincidência de ele se encontrar ali, justo quando eu precisava de ajuda.

Talvez não tenha sido coincidência. Talvez nosso encontro já estivesse escrito no livro lá em cima... E ele apontou o indicador para o teto, como se houvesse mesmo um livro junto à única lâmpada.

Como não gosto desse tipo de assunto, tratei de cortar logo:

Trabalha onde?

Na chefia do Parque Peruche. E você?

Plantão do Horto Florestal. Estou aqui porque vim prender um cara, não encontrei, sentei nesse bar para vigiar a entrada daquele hotel ali... Embora eu apontasse o Três de Ouros, Toninho não girou a cabeça para olhar. Eu já ia sair. Estava decidido a ir embora. Então aqueles caras entraram e começaram a bater boca com o dono do bar, eu previ confusão e tentei consertar as coisas, quase quebrei a cara.

Quase eles quebram a sua cara.

Foi isso que eu quis dizer.

Eu também estava trabalhando. Na segurança de um político de Brasília. Ele veio a São Paulo porque tem de depor numa comissão da Assembléia Legislativa e eu fui ao aeroporto e apanhei o sujeito, levei pro hotel, que fica aqui na Duque, na esquina da São João. Como ele não ia precisar mais de mim, me dispensou. Amanhã de manhã preciso voltar aqui e apanhar e levar para a Assembléia. Você disse que estava tentando prender um cara. Quem?

Um bicheiro chamado Ronaldo. Conhece?

Nunca ouvi falar. O que não é nenhuma surpresa: a cidade agora tem tanto bicheiro... Estou estranhando a tua diligência. Prender pessoas não é bem a função da tiragem do plantão. A não ser que se trate de flagrante, naquelas situações em que a gente esbarra no crime e no criminoso. Não me parece que seja esse o caso. Qual é o problema?

Faz algum tempo venho tentando prender esse cara. Sem nenhum motivo pessoal. Queria encanar só para mostrar que as coisas não são fáceis como ele pensa. Como a corja igual a ele pensa. Uma vez quase que eu consigo. Montei uma campana em frente ao Jockey e quando ele saiu tentei fazer a prisão. Mas ele estava com um monte de capangas, os capangas pularam em cima de mim, me dominaram e arrancaram minha arma, rasgaram o mandado de prisão. Fui humilhado, para ser mais preciso. Claro que eu fiquei puto e me prometi continuar na cola do veado até realizar a prisão. Consegui uma segunda via do mandado. Como não tenho o endereço da casa dele, ou do bunker (já tive um endereço, mas era falso), tive que ficar na minha, esperando uma nova oportunidade. Hoje recebi uma deduragem pelo telefone. O informante disse que agora no começo da noite o Ronaldo viria visitar uma pessoa no hotel Três de Ouros. Eu não botava muita fé na informação, mas resolvi pagar o sapo. Peguei o mandado e a minha arma e vim.

Trouxe a arma sem as balas?

Trouxe com as balas. Porra, Toninho, você tá pensando o quê? Que eu sou algum débil? Um código treze? Vim armado. No sentido amplo da expressão. O problema é que eu dei uns tiros num assaltante ali perto da estação Sorocabana e fiquei desmuniciado.

Devia ter voltado para o distrito.

Você me tirou de uma grande fria hoje. Mas pare de me dizer o que eu devia ter feito, está bem?

Ele levantou seu copo, as pedras de gelo dançando dentro:

Viva a nossa polícia!

10

O prédio na praça da República não era melhor que o prédio em Pirituba. Apenas maior. Depois de sair do elevador, caminhei por um corredor não muito católico, escuro e frio, até chegar à porta do apartamento 43. Quando toquei a campainha, ouvi um barulho esquisito lá dentro, como se estivessem arrastando cadeiras. Em seguida me senti observado por alguém através do olho mágico.

Meu nome é Venício. Da polícia. Estou procurando o Ricardo.

A porta se abriu, e na minha frente havia um homem jovem, musculoso e louro, o rosto limpo como o rosto de uma mulher. Bonito. Estivera fazendo ginástica, porque seu corpo, nu da cintura para cima, brilhava com o suor. Eu sou o Ricardo, ele disse. Mas não abriu a porta. Informei de novo que era colega dele e pedi para entrar no apartamento a fim de podermos conversar, mas ele simplesmente se plantou ali junto da porta como um porteiro de clube recebendo um não-sócio indesejável. Perdi um pouco a calma:

Porra, Ricardo, que é isso? Somos colegas. Não vai me convidar para entrar?

E fui empurrando a porta. Se ele não dá um passo para o lado, eu o teria empurrado também. Quando eu já estava do lado de dentro, o homem fez uma queixa:

Vocês são muito gozados. Vão chegando no apartamento da gente e entrando. Agora vá um de nós forçar a entrada da casa de um de vocês.

Você não é o Ricardo. Não é investigador de polícia. O que está havendo aqui?

Ele fechou a porta e deu alguns passos para o interior da sala. Agora estávamos bem próximos, praticamente respirando um no rosto do outro, e à curta distância descobri um dado fundamental: eu não gostava dele. Talvez não goste de homens mais jovens, musculosos, saudáveis e bonitos, principalmente aqueles que podem se dar ao luxo de ficar em casa nas tardes de sexta-feira, malhando. Tornei a dizer que ele não era o Ricardo, e o homem riu na minha cara com desprezo: como é que eu sabia que ele não era o Ricardo? Não gosto de piadas fora de hora. Sou muito ignorante em certas questões, principalmente quando estão tirando uma da minha cara.

Pegue sua credencial. Ou sua identidade.

Ei, meu chapa, não veio aqui investigar a minha pessoa, veio?

Vá tomar no seu cu.

Não fale palavrão, tio. Não combina com você. Está muito velho, não deve sair por aí dizendo palavras chulas. Muito velho também para trabalhar na polícia.

Aquilo me enfureceu verdadeiramente, e eu lhe dei um empurrão. O homem riu. Parecia tão à vontade na minha presença enraivecida como estaria na presença de uma antiga namorada. Ele tentou me atingir com um soco. Tinha visado o meu rosto, mas eu dei uma esquiva, como aprendera na Academia de Polícia, de modo que o soco me apanhou apenas num lado da cabeça. Justamente o lado esquerdo, onde eu tinha o ferimento ainda não cicatrizado. Bem, aquilo foi o bastante. Prendi a respiração, curvei as costas e joguei os punhos para a frente, dei dois socos no estômago do cara e, enquanto ele procurava ar para respirar, lhe acertei o queixo.

O soco não apenas pegou no lugar que eu tinha visado como também saiu com a força adequada. O homem musculoso e atlético caiu entre uma poltrona e um aparelho de televisão como um saco de batatas.

Ouvi uma voz vindo de um corredor interno:

Ei, o que está acontecendo aí?

E um homem moreno, franzino, de altura mediana, surgiu na sala. Imaginei que fosse o Ricardo, embora ele não tivesse o físico adequado ao trabalho policial. Era assim: até ali eu tinha visto dois homens, um era bonito demais para ser investigador de polícia, o outro pequeno e débil demais.

Polícia, eu disse. Venício, da delegacia do Horto Florestal.

Ele me estendeu a mão:

Eu sou o Ricardo. Você veio procurar a mim... isto é... veio falar comigo?

Foi.

O homem louro se levantava do chão e parecia querer continuar a briga, mas Ricardo lhe deu uma ordem, ele sentou no sofá e ali ficou, massageando o queixo, raivoso e atônito como um cão. Ricardo me levou para a cozinha. Tomei um copo de água, ele me convidou para sentar em volta da mesa de fórmica e ofereceu chocolate de uma garrafa térmica. Não apenas tomei o chocolate, que estava melhor do que eu poderia supor, como fumei um cigarro, jogando a fumaça em direção de uma lâmpada suja de cocô de mariposa. Ricardo sentou do meu lado. Embora fosse jovem, tinha um ar cansado, como se estivesse com a saúde abalada. Pensei em AIDS. Depois me dei conta de que pensava em AIDS por causa do homem que parecia morar ali também e afastei o pensamento.

Estou trabalhando na investigação da morte do Toninho.

Uma morte estúpida, ele sentenciou. Você já descobriu o que ele fazia para os lados da Vila Olívia, de noite, com aquele carrão dele?

Não descobri. Na verdade, pouco sei do crime. O assassino era um homem, segundo me falou uma testemunha, conhecido de Toninho, já que estava no carro, no banco do passageiro, e a arma era uma 45. Fora isso, não sei mais nada. Faz dois dias que estou no caso e ainda não tenho uma única pista.

Falou com a investigação da nossa delegacia?

Falei. Tudo o que descobri foi o endereço de um tal de Biscate. Você e Toninho estiveram na casa dele e apreenderam uns bens roubados e levaram para o distrito.

Biscate é um ladrãozinho pé-de-chinelo da nossa área. Curtia uma namorada, uma puta à-toa chamada Janete. Ele fez uma loja no largo do Japonês, e Janete dedurou porque ele andava com outra. Eu e Toninho fomos lá e pegamos as coisas. A *res furtiva*, como os majuras gostam de falar. Na verdade, quem pegou mesmo foi o Toninho.

Se está colocando as coisas assim, já sabe que boa parte dos bens, a parte que valia mais, foi desviada, não apareceu no distrito.

Eu já sabia.

O Toninho vendeu os bagulhos?

Não sei.

Onde ele escondeu, se é que escondeu em algum lugar?

Não sei. Olha, Venício, eu e o Toninho trabalhamos juntos algum tempo, fizemos umas diligências, mais por imposição da polícia do que por afinidade pessoal. Ele não aprovava meu estilo de vida e eu não aprovava o dele. Quando vinha aqui e via o Mauro (imaginei que Mauro fosse o companheiro de apartamento, o homem louro que eu havia derrotado), ele me fazia críticas. E quando eu entrava naquele carrão dele, eu é que lhe fazia críticas. Depois do trabalho na casa do Biscate, quando eu soube que certas coisas tinham desaparecido, pensei que ia sobrar pra mim e saí de cena por uns dias. Então o Toninho foi assassinado.

No carro dele encontraram cocaína. Setecentos e cinqüenta gramas.

Para uso pessoal não era. Toninho era muito inteligente para cair na droga. Devia estar com o pó para apanhar alguém.

Estava na cola de algum viciado?

Estava na cola de um traficante. O Grajaú.

Ele mora ou tem muquifo na Vila Olívia?

Muquifo eu não sei onde ele tem. Mas eu conheço o endereço dele. Fica na Barra Funda. Posso te dar, se acha que vai interessar.

Claro que vai interessar. Para quem está no escuro, qualquer toco de vela serve.

Ricardo saiu da cozinha e eu imaginei que fosse pegar papel e caneta para anotar o endereço de Grajaú. Aí chegou o amigo dele. Abriu a geladeira e apanhou uma garrafa de água me olhando com o rabo do olho de vez em quando. Pensei que ainda estivesse com raiva, humilhado por ter sido surrado por um homem bem mais velho, menos corpulento e menos saudável, e cheguei a sentir pena dele. Pedi desculpas. Tinha ficado irritado porque ele havia tirado sarro da minha cara e eu não podia admitir isso.

Olha, Mauro, não leva a mal. Nós da polícia somos muito ciosos de certas coisas. De certo status.

Como se eu não soubesse, foi a resposta rancorosa e irônica.

Ricardo me levou uma folha de papel com um endereço rabiscado a caneta. Levantei, já que não tinha mais nada a fazer ali. Pensei em perguntar o motivo pelo qual o colega não estava comparecendo ao trabalho, mas logo mudei de idéia: eu não tinha nada a ver com aquilo.

Desci, andei até o estacionamento, retirei meu carro e tratei de pegar a São João, caminho fácil, lógico e rápido para chegar à Barra Funda.

Quando ele me telefonou, eu estava de folga. Mitiko foi ao meu apartamento e disse de maneira dramática:

Tem um homem no telefone. Às vezes ela fala de forma dramática, dá um simples recado como se estivesse se referindo a um parente com câncer. Tem um homem no telefone. Lembro que era de tarde e estava um pouco frio e eu não tinha intenção de andar aquele dia uma distância maior que a distância que separava meu apartamento do bar do Luís. Não tinha trabalhado a noite anterior, mas por algum motivo desconhecido estava mole e cansado como um doente.

Fui ao apartamento da minha amiga. Do outro lado do fio, a voz de Toninho:

Como vai essa força?

Mesmo por telefone procurava parecer cordial, alegre e cheio de otimismo.

A força está em baixa, eu disse.

Vamos sair e tomar uma cerveja... Você gosta de cerveja, se bem me lembro.

Sim. Gosto. Mas hoje não estou a fim.

Deixe disso. Se não está a fim, procure ficar a fim. Vamos sair.

Algum motivo especial para esse convite tão... tão...

Insistente? Sim. Eu tenho um motivo especial. Amizade. Faz bem uma semana que a gente não se vê, está na hora de sentar num bar, tomar uma birita e jogar conversa fora. Diga que aceita, o.k.?

Eu disse que aceitava, e marcamos um encontro numa avenida do bairro. Por volta de oito horas me dirigi para lá. Era uma churrascaria com um nome banal, Boi 900, em razão de ela ficar no número 900 da avenida. Muita imaginação do proprietário, como se vê. O lugar estava meio vazio, e nem era para estar de outra forma, já que a noite apenas começava, e a semana ia bem no meio. Toninho ocupava sozinho uma mesa nos fundos, perto da fileira de janelas. Fui até lá. Ele se levantou para me cumprimentar demonstrando um entusiasmo que nem os meus melhores amigos já demonstraram. Seu abraço foi quente e forte.

Porra, Venício, há quanto tempo! Senta aí, bichão.

Assim que eu sentei, chegou o dono do restaurante, que se chamava Janílson, ou Jamílson, ou Jaílton... naquele momento não entendi bem.

Esse é o Venício, Toninho disse. Um velho amigo. Do peito. Muito querido. Quando ele vier aqui, mesmo que eu não esteja, dê um atendimento VIP a ele... Tudo bem?

Tudo bem, disse Jaílton. Ou Janílton. Ou...

Ficou ali de pé ao lado da mesa, conversando conosco e olhando o movimento, a atuação dos seus empregados. Os negócios andavam ruins, ele dizia. O dinheiro na praça era pouco, os preços dos fornecedores alto, por isso os fregueses fugiam, iam para as lanchonetes, os McDonald's da vida. Mas ele iria esperar. Continuaria apostando no governo, que era formado por gente honesta e competente, não tinha nada a ver com a cambada anterior — eu nem me lembrava mais quem era a cambada anterior. Fizera muito bem em votar no partido vencedor. Não tinha se arrependido e não iria se arrepender jamais. Até ali eu havia permanecido calado. Quando ele falou aquele besteirol sobre seu voto, me insurgi: o governo atual estava simplesmente vendendo as empresas nacionais e aplicando o dinheiro em atividades escusas e nos matando a todos de fome.

Não, de fome não, ele disse. Comida tem muita. Falando nisso, vão fazer os pedidos agora?

Mais tarde, disse Toninho. Agora vamos tomar um goró. Meu amigo gosta de cerveja, e eu vou querer uísque. Você sabe a marca que eu gosto.

Eram amigos de longa data; um dia eu iria descobrir que Toninho tinha muitos amigos de longa data.

Enquanto ele tomava seu uísque importado e eu minha cerveja nacional, conversamos sobre nossas vidas, a rotina diária, o trabalho na polícia. Ele contou como fora investigar uma denúncia de falsificação de moeda e entrara numa casa do Jardim São Bento e encontrara o falsário dentro de um guarda-roupa. Era mesmo o falsário?, perguntei. Não era o amante da esposa do falsário? Depois falamos sobre política e mulher, Toninho disse que tinha uma amante que não era muito bonita mas na cama era um avião... e naquele momento talvez pela primeira vez eu tive inveja dele. Do homem que tinha um avião na cama.

Falamos sobre Ronaldo. Não o jogador de futebol. O bicheiro.

Ainda quer prender o Ronaldo?, Toninho perguntou.

Ainda. Enquanto ele estiver solto, andando por aí com aqueles capangas dele, enquanto o mandado estiver na minha mão, eu vou querer prender. Vejo a questão como ponto de honra. Já te disse.

Ontem eu estava conversando com um amigo do DEIC, e por acaso falamos no Ronaldo. Por acaso, não. Eu disse a ele que você estava querendo encanar o bicheiro. Por coincidência o meu amigo conhece ele. Sabe que tem uma casa na Praia Grande. Na opinião desse colega do DEIC, uma campana na Praia Grande poderia ser bem-sucedida, porque o bicheiro vai sempre para lá, com pouca segurança.

O Ronaldo tem envolvimento com droga?

Não sei. O meu amigo não falou. Por quê?

Porque na Praia Grande está correndo muita cocaína.

Bicheiros costumam ter envolvimento com uma porção de coisas, fora o bicho. São dados a explorar desde escola de samba — estou falando em escola de samba como negócio — até venda ilegal de arma. Você sabe disso. É tira também. Talvez saiba até mais do que eu.

Achei que Toninho estava me sondando. Ainda não o conhecia bem — jamais cheguei a conhecê-lo bem, na verdade — e tratei de tirar o corpo:

Vou te dizer uma coisa que vai te espantar: eu tenho pouca informação sobre o submundo. Acho que sou um policial um tanto alienado.

Tem a ver com o seu trabalho no plantão. O plantão deixa a gente meio distante, aéreo, apático.

Talvez seja. Mas também pode ser vocação, tendência. Agora, vamos falar de coisas mais práticas: como eu posso falar com o teu amigo e pedir que ele me dê o endereço na Praia Grande?

Vai descer até lá e fazer a campana?

Vou.

Eu consigo o endereço. Telefono para a tua delegacia ou para aquela mulher... Como é mesmo o nome dela?

Mitiko.

Pela voz que ela esbanja no telefone, parece boa e tesuda.

É boa e tesuda. Com certeza. Mas é casada e direita. Outro uísque?

Ele compreendeu que eu não queria continuar falando sobre Mitiko, o que era verdade, já que não me parece justo ficar revelando coisas de uma amiga a quem devo tantos favores. Voltamos a conversar sobre Ronaldo, sobre a churrascaria, sobre as atividades de Toninho. Ele não me falou sobre a família. Talvez nessa noite, não lembro bem, tenha me falado na loja de automóveis. Sim. Foi naquela noite. Eu tinha visto o jipe Cherokee estacionado no pátio da Boi 900, comentei alguma coisa sobre ele, Toninho disse que lhe pertencia e aí se referiu à loja. Para quem tem loja de automóveis é fácil ter carro importado e caro, ele disse.

Achei que era uma explicação lógica e clara.

Como é que você concilia o trabalho policial com a atividade de comerciante?

Bem, eu tenho um sócio. É ele que fica na loja o dia inteiro fazendo o trabalho braçal. Mas é fácil conciliar atividades diversas... quando se tem saúde e interesse.

Também me pareceu uma explicação clara e lógica.

Ele chamou o garçom a fim de pedir mais bebida e depois nós pegamos nossos pratos e fomos até o bufê nos servir de salada e maionese. Foi um jantar bom e farto e, na medida do possível, alegre. Eu estava empolgado com a possibilidade de descer à Praia Grande e surpreender o bicheiro. Cheguei a pedir a Toninho que tentasse um contato aquela noite mesmo com nosso colega da polícia, mas ele tirou o corpo fora:

Vamos com calma, Venício. O afobado come cru. Assunto como esse tem que ser pessoal.

Quando o jantar terminou, eu me ofereci para rachar a conta, mas ele não permitiu.

Eu sou amigo do dono. Pra que servem as amizades?

Não me pareceu lógico, embora fosse bastante claro.

Tinha julgado que encontraria uma casa nova e bonita, já que Grajaú era traficante de drogas, mas a casa em que devia morar, segundo a informação de Ricardo, era baixa, velha, feia e parecia imprensada entre os prédios novos e grandes. Quando toquei a campainha, a porta principal se abriu, vagarosamente, e uma empregada foi ao portão falar comigo... eu sabia que era empregada por causa do jaleco azul que ela usava sobre a calça comprida. Não abriu o portão. Ficou do lado de dentro, as mãos nos bolsos, me olhando tensa e preocupada. Eu lhe disse meu nome e o motivo pelo qual estava ali. Como não sabia o nome de Grajaú, tive que falar assim mesmo, Grajaú (chamar as pessoas pelo apelido me irrita, embora às vezes seja uma boa prática, dado que estabelece camaradagem e simpatia).

Ele não mora aqui, ela disse.

E onde mora?

Eu não sei. Eu não conheço ele. Já ouvi falar, mas não conheço.

Eu sabia que ela estava mentindo.

Posso entrar na casa e dar uma olhada?

O senhor tem um mandado?

A empregada sabia das coisas. Grajaú talvez lhe tivesse dado instruções ou, se ele não morava mesmo ali, o advogado dele. Eu lhe disse que não tinha mandado, mas estava trabalhando num caso de homicídio, e então ela se interessou e perguntou quem tinha sido morto. Comecei a explicar que um amigo da polícia havia sido... e aí uma mulher idosa apareceu na porta e indagou o que estava acontecendo. A empregada retrocedeu até lá, falou com ela, depois entrou na casa, deixando aberta a porta, por onde eu via o vulto das duas mulheres passando numa direção e noutra. Continuei ali, esperando, a tarde começando a pesar sobre a cidade, até que de repente a moça saiu correndo lá de dentro.

Ela está passando mal, ela está passando mal.

Tentou abrir o portão, mas atrapalhou-se com a chave, perdendo um tempo precioso. Ofereci ajuda, poderia levar a mulher de carro a um hospital.

O senhor é da polícia.

E daí?

Daí que ela está passando mal justamente porque o senhor é polícia. Vou chamar um táxi. O filho dela nunca ia permitir que a mãe entrasse num carro de policial.

O Grajaú pelo visto não está em casa. Não estando em casa, não pode resolver o problema da mãe. Quem vai resolver sou eu.

O portão já estava aberto, empurrei e passei para a calçadinha que levava à porta principal. Na sala encontrei uma senhora bem idosa sentada numa poltrona, os olhos revirando, suor escorrendo do rosto, o corpo inteiro tremendo. Eu lhe disse duas ou três palavras de encorajamento, peguei pelos ombros e fiz com que se levantasse. A empregada já estava por ali, procurando ajudar. Levamos a mulher até o portão, onde ela ficou, escorada na moça e na grade, o corpo dobrado para um lado. Sorte que meu carro estava realmente perto. Dei ré até o portão. Pusemos a mulher dentro do automóvel e a empregada fechou a casa correndo e correndo eu dirigi para o pronto-socorro do bairro.

11

Calculei que fossem umas seis horas da tarde. Sentei numa mureta ao lado do pronto-socorro e fiquei esperando que a mãe do Grajaú fosse medicada. Não sabia o seu nome, e na verdade não sei até hoje. Lamento. Era uma velhinha simpática: no carro não falou uma palavra, não deu o menor trabalho, e quando foi posta na maca, ainda no pátio, pegou na minha mão e me olhou longamente, duas lágrimas misteriosas escorrendo pelas faces.

Eu torcia para que minha vítima se recuperasse logo a fim de poder conversar com ela.

Olhava a paisagem quando o homem se aproximou e me cumprimentou. Eu não sabia de onde ele havia surgido. Não o tinha visto sair do PS nem o tinha visto vir da rua. Ficou ali de pé, me olhando do alto, tentando ser simpático:

O tempo vai virar, ele disse.

E ergueu a cabeça para o céu, procurando reforço para sua idéia. Eu não fiz um gesto. Não me parecia que o tempo fosse virar e, se fosse o caso, eu estava pouco ligando. Continuei em silêncio, olhando as coisas em volta, e o sujeito ali, do meu lado, tentando ser agradável, o que era um tanto difícil, já que, além de ter os traços grosseiros, vestia aquela malha de acrílico marrom tão inadequada ao clima.

Eu tinha intenção de descer à praia esse fim de semana, mas acho que não vai dar.

Sentou do meu lado, esperou meu comentário para aquela declaração profunda, eu não fiz comentário nenhum, então ele puxou um maço de cigarros do bolso da calça. Tem fogo?, me perguntou. Saquei do isqueiro e passei para ele e ele me ofereceu cigarro e depois me agradeceu umas três ou quatro vezes. Comecei a pensar que o sujeito tinha algum interesse especial em mim. Cheguei a imaginar que fosse veado, mas ele simplesmente não fazia o tipo. Também cheguei a pensar que fosse polícia. Em pronto-socorro costuma aparecer muito polícia, para especular se tem bandido ferido sendo medicado, para tentar esclarecer se determinados acidentes foram acidentes mesmo ou crimes.

Você é da polícia?, perguntei.

Ele riu com um certo escárnio:

Eu? Polícia? Deus me livre.

Como não gostei da frase, falei de forma um tanto incisiva:

Eu sou investigador. Você sabia disso?

Ele não respondeu. Fumou e jogou a fumaça para o alto e continuou fumando e jogando a fumaça para o alto e me olhando de vez em quando ou olhando de vez em quando a paisagem. Quando o cigarro já estava bem no meio, ele disse:

Vamos ao bar tomar alguma coisa?

Eu não queria me afastar dali porque não sabia quando a mãe do Grajaú iria ter alta, e ainda pretendia falar com ela. E também não gosto de falar e andar com estranhos. Por outro lado, estava curioso. Não é todo dia que estamos sentados na mureta de um pronto-socorro e somos abordados por homens altos e corpulentos vestidos de forma incorreta que puxam papo e nos convidam para o bar. Que diabo o sujeito poderia querer? Pedir ajuda para um problema pessoal? Oferecer algum produto — vamos dizer, uns cinqüenta gramas de cocaína, umas cinco pedrinhas de crack? Será que eu tinha pinta de viciado, algum trejeito para o qual nunca tinha dado atenção? Parecia veado e não sabia? Resolvi experimentar. Levantei no momento em que ele jogava a bituca do cigarro na rua.

Vamos ao bar. Agora descobri que eu quero beber alguma coisa.

Havia bares em todo lugar, ao lado do pronto-socorro e do outro lado da rua, à esquerda e à direita, mas o homem queria ir a um que ficava no outro quarteirão, depois que se passava um cruzamento complicado, onde havia um inferno de atividades. Pensei na mulher que eu tinha socorrido. Se ela saísse do hospital na minha ausência e tomasse um táxi, eu teria que ir de novo ao seu endereço. Bom, paciência. Era um risco que eu tinha de correr. Agora estava fisgado pela curiosidade e não iria recuar.

Entramos no bar que o homem indicou, um bar um tanto diferente dos demais, porque era comprido e estreito, as mesas ficavam em fila, entre o balcão e a parede. E era escuro. Eu nunca tinha visto um boteco tão escuro como aquele. Ali dentro um casal podia copular tranqüilamente e um assassino podia tranqüilamente dar cabo de sua vítima. Talvez a mulher que trabalhava no balcão do café, e que parecia ser a única empregada ali naquele momento, não tivesse se dado conta de que a noite já se aproximava e por isso deixara de acender as luzes. O homem que me convidara caminhava para o fim do corredor, eu seguia atrás dele. Nos fundos havia um espaço maior, quadrado, uma espécie de clareira, com mesas um pouco menos estragadas que as mesas do corredor.

Só uma estava ocupada. Por três homens. Um deles eu reconheci:

E aí, Jefferson? Como vai essa força?

A força vai bem, ele respondeu. A vida é que anda um pouco ruim, minha mãe acabou de baixar hospital. Quero te agradecer ter socorrido ela.

Então você é o Grajaú!, eu disse me sentando. Não tem que agradecer coisa nenhuma. Fui na Barra Funda para falar com você, quando ela me viu começou a passar mal... Que doença ela tem mesmo?

Pressão alta. A velha é hipertensa. Por isso eu deixo uma enfermeira na casa dia e noite. Tenho medo que ela bata as botas de um momento para outro.

Gostei dela, eu declarei me lembrando da cena na entrada do hospital, quando a mulher pegou na minha mão e deixou escapar duas lágrimas.

Obrigado — Grajaú parecia comovido.

Agora vamos falar de coisas menos complicadas. E de gente mais complicada, talvez. Estou reparando que você evoluiu. Do ladrãozinho de bicicleta do Jardim Peri chegou ao traficante Grajaú. Parabéns.

Quando eu te vi sentado na mureta do PS e decidi falar com você, sabia que iria ouvir essa história. A história dos roubos de bicicleta.

Na adolescência, Jefferson morava numa favela perto da delegacia em que eu trabalhava, uma favela com o sugestivo nome de Jardim, e tinha o mau hábito de roubar bicicletas. Talvez não fosse muito hábil: volta e meia era levado à delegacia. O padrasto dele, um pedreiro chamado Raimundo, nordestino humilde e trabalhador, boa gente pacas, ia ao distrito chorar as mágoas. A gente não queria nem saber; dizia: O Jefferson é um ladrãozinho muito do sem-vergonha. Devia ficar em cana para sempre. Mas a gente sabe que o senhor vai na FEBEM e tira ele, e no dia seguinte outra bicicleta será furtada. Era o que acontecia. Raimundo tirava Jefferson da FEBEM e aí ele afanava mais uma bike.

Grajaú me apresentou ao bando, a parte da quadrilha mais próxima, já que junto à porta do bar devia ter outros asseclas. Hoje não lembro mais os nomes deles. O capanga que me escoltara do pronto-socorro já estava integrado à turma, sentado numa das cadeiras em volta da mesa, as pernas cruzadas, mascando um palito, feliz da vida por ter cumprido missão tão difícil. Jefferson me ofereceu bebida e café. Recusei os dois. O fato de conhecê-lo desde a adolescência não queria dizer que eu iria beber e fumar com ele e seus jagunços. Falamos sobre a morte de Toninho.

Eu soube, ele freou compungido, como se estivesse mesmo lamentando. Foi por causa dele que você foi à minha casa? Está na investigação do crime?

Foi por causa do crime que fui à sua casa. No carro do Toninho tinha cocaína. Um tira que trabalhava com ele, o Ricardo, me disse que Toninho estava querendo pegar você, e nós imaginamos que a coca era isca. Não para você, é claro, mas para algum viciado freguês seu.

O Toninho não estava querendo me pegar. Isso é devaneio. Ele não era homem de pegar peixe graúdo como eu... desculpe a falta de modéstia. O negócio dele era outro. É claro que se você quiser continuar investigando nessa linha, pode continuar. Não vai descobrir nada, mas pode continuar... Não me julgo tão importante a ponto de dizer o que um tira deve ou não deve fazer. Mas eu insisto nesse ponto: Toninho não estava atrás de mim, e se estivesse, sabia como se aproximar e vender seu peixe. Nossa conversa seria outra. Você sabe o que eu estou querendo dizer, não sabe?

Não sei. Me diga.

Um dos homens sorriu. Depois acrescentou, muito orgulhoso de sua inteligência e tudo:

Às vezes os empresários sabem mais do que a polícia.

Empresários?, perguntei. A que espécie de empresário você está se referindo?

Ele olhou Grajaú, o patrão, que devolveu o olhar de forma rancorosa, deixando claro que não aprovava aquele tipo de papo. Talvez nem aprovasse o fato de o capanga ter entrado na conversa.

Desde que eu soube da morte do tira, disse Jefferson, tenho pensado numa coisa. Eu tinha um assessor chamado Herculano que entrou em cana pela mão de Toninho. Não sei o que aconteceu no momento da cana, mas o fato é que o Herculano odiava o Toninho. E ele é o tipo esquentado, o tipo sem regra e sem norma, o tipo que mata o cunhado só porque o cunhado bateu na irmã dele. Você manja? Conhece o cara que está em cana e diz: É, eu tive de matar o meu primo, ele era um cara muito folgado, eu pedi um cigarro e ele recusou dar? O trouxa que diz: Prisão foi feita pra homem? Esse é o tipo do Herculano. Como colaborador, excelente. Enquanto esteve comigo, nunca faltou um dia. Agora, como indivíduo...

Sabe se ele tem arma 45?

Não sei.

Mora na zona leste? Mais precisamente, na Vila Olívia? Área do 21 DP?

Não. Mora na Santa Cecília. Posso te dar o endereço dele, se está disposto a ir até lá.

Estou disposto a ir até o inferno. Mesmo porque não tenho nada mais importante no momento.

Grajaú tirou uma agenda do bolso do paletó, sacou uma caneta de ouro, anotou o endereço em um guardanapo e entregou a mim. Enquanto eu o guardava, tornou a me oferecer bebida e café. Recusei um e outro, mesmo reconhecendo que um aperitivo naquele final de tarde e final de semana seria bem-vindo. Levantei:

Bem... Acho que vou andando. Da sua mãe, claro, você cuida de agora em diante.

Grajaú arregalou os olhos:

É mesmo! Eu estava esquecendo da minha mãe. Puta filho desnaturado, esquecer a própria mãe! Adriano, disse ao homem que lhe estava mais próximo, vai no pronto-socorro e se informa sobre a minha mãe. Vê que hora vai ser liberada ou se vai ser preciso levar em outro hospital.

Estendeu a mão sem levantar da cadeira. Apresentei despedida a seus homens com a cabeça, eles se despediram de mim da mesma forma, e eu saí para a rua no momento em que o auxiliar de Jefferson saía também. Peguei meu carro atrás do pronto-socorro e dirigi direto até a Santa Cecília. Parei numa rua arborizada, os prédios altos e largos tomando quase todo o espaço, imprensando as casas que teimavam em continuar ali. O trânsito era pesado. Um táxi na minha frente parou em fila dupla para deixar um passageiro e quase causa um terremoto. Eu estava em fila dupla também, do outro lado, igualmente causando transtorno.

Uma mulher deixou o meio-fio com seu carro grande e bonito e eu me apressei a ocupar o lugar. Não devia ter me apressado tanto: a dona levou bem uns quinze minutos para conseguir botar o carro na corrente de novo.

Caminhei pela calçada, olhando a fachada dos prédios. Passei por um clube antigo, tradicional, e pela janela vi gente dançando lá dentro. Mal pude acreditar nos meus olhos: a noite ainda nem tinha começado direito e o pessoal já estava na gandaia. Puta gente feliz, eu pensava me contorcendo de inveja.

O número que Grajaú havia me dado se referia a um cortiço. Do portão, na rua, eu via o corredor escuro e estreito, sujo, abaixo do nível da calçada, acompanhando a construção. Um lugar perigoso para um tira. O tipo de local que favorece a tocaia e o assassinato covarde. Mas não só assassinos moram em cortiços. Ao longo do corredor, no lado esquerdo, também havia casas de trabalhadores, por cujas portas, abertas, saía cheiro de comida. Comida honesta, pensei. Adquirida com suor. Abri a cancela de madeira e desci ao corredor e enfiei a cabeça por uma porta e uma mulher se afastou do fogão limpando as mãos no vestido... houve um tempo em que aquele vestido fora vermelho. E as flores que tinha nele eram azuis. Dei o nome de Herculano, ela informou que ele morava na penúltima casa.

Saiu ao corredor e apontou com a mão.

A gente pobre e simples tem uma forma toda especial de ser gentil e simpática.

Na porta de Herculano, bati e esperei, a mão na coronha do revólver, já que Grajaú havia dito que ele estivera em cana (não; havia dito que Toninho o tinha prendido; eram coisas diferentes) e que era um sujeito violento, sem regras nem normas, nas palavras do traficante. Surgiu uma mulher. Morena, baixinha (o tipo mignon que nos dá vontade de botar embaixo do braço e levar para casa), de rosto miúdo e seios pequenos, coxas firmes. Por baixo do vestido gasto existia com certeza um mundo de maravilhas.

Estou procurando o Herculano.

O senhor é da polícia?

Sou.

Pode entrar.

Pensei que o homem estivesse em casa, mas ele não estava. A mulher se chamava Helena, e assim que eu entrei, ela me convidou a sentar. A casa era minúscula, como as demais do cortiço, e estou chamando de casas com excessiva boa vontade, só porque gostei deles. Tinha apenas duas partes, a parte onde eu estava, que era cozinha, sala de jantar e banheiro, e o quarto, que ficava ao lado.

A gente não gosta que os vizinhos saibam que a polícia vem aqui. O senhor falou para alguém que era policial?

Não. Só disse que estava procurando o Herculano e a mulher da primeira porta me informou. Não fez perguntas e eu não acrescentei nada. Onde está o Herculano? Ele é seu marido?

É. Ele está regenerado. Por isso a gente não gosta que os vizinhos saibam que a polícia vem aqui.

Um policial chamado Antônio Carlos veio aqui prender o seu marido?

Veio. Faz um mês, um mês e pouco.

Ele morreu. Foi assassinado.

Não foi o Herculano quem matou. Ele está regenerado.

Eu sei. Você já me disse. Onde ele está agora? Trabalhando?

Procurando serviço.

Ah, entendo. Quem sustenta a casa, já que o homem ainda está procurando trabalho?

Eu. Como doméstica. Tenho dois empregos. Numa casa trabalho segunda, quarta e sexta, na outra trabalho terça, quinta e sábado.

Parece bastante duro.

Eu não me queixo. As coisas já estiveram piores.

Embora simples e pobre, empregada doméstica, a mulher falava bem e com desenvoltura, como se tivesse tido oportunidades melhores na vida... oportunidades que ela não pôde ou não soube aproveitar. Antes de conhecer o atual marido, talvez. Queria que eu tomasse alguma coisa, um suco, um café solúvel, e eu acabei aceitando o café, naquela atitude temerária que só os fumantes são capazes de tomar. Ela abriu um armário de aço pintado de branco, o metal aparecendo por baixo da pintura esfolada. Enquanto preparava o café, conversamos sobre a cana que o Toninho havia dado no marido dela. Por quê, hein?, eu perguntei. Helena explicou que o marido tinha matado duas pessoas enquanto trabalhava para o seu Grajaú e que estava respondendo aos processos em liberdade.

Ele foi preso, mas saiu. O juiz deixou sair.

Com que arma ele matou os dois homens? Uma pistola 45?

É um revólver grande, não é?

Achei que não devia perguntar mais nada. Se Helena não conseguia distinguir revólver de pistola, provavelmente não tinha mais nada de importante que pudesse me dizer. Tomamos o café e eu fumei um cigarro e dei uma olhada nos dois cômodos, especialmente dentro das vasilhas de mantimentos e debaixo do colchão; não vi arma nenhuma.

Por que o Herculano odiava o Toninho? Só por causa da cana?

A prisão ele podia aceitar. Já tinha estado preso antes, tinha mesmo matado os dois homens, não estranhava ter que ir preso. Mas o policial fez uma coisa... bem, foi uma coisa muito chata... ele...

Diga logo, dona.

Ele passou a mão em mim. Enquanto o Herculano estava no quarto, se trocando pra ir à delegacia, o policial pegou nos meus seios e na minha... O senhor sabe o que eu quero dizer. Eu também fui muito burra. Devia ter ficado de bico fechado. Mas mulher, é gozado, quer mostrar que os homens se interessam por ela... Acho que é isso aí. Eu devia ter escondido o fato, mas entrei no quarto e disse ao Herculano que o policial tinha me bolinado. Ele ficou cego de raiva. Quis agredir o investigador... Como era mesmo o nome dele?

Antônio Carlos.

Quis partir pra cima do Antônio Carlos, mas ele sacou a arma e disse: Vem, me dê a oportunidade de matar você. Nós precisamos de espaço na cadeia. O Herculano não pôde fazer nada. Só ficou ali, babando de raiva... O senhor entende, meu marido é nortista, não sabe lidar com certas coisas, na terra dele quando um homem mexe com a mulher do outro dá sangue. Eu me arrependi muito, mas era tarde, o Herculano estava sofrendo, já tinha que ir preso, além de ir preso via a mulher dele sendo molestada por outro homem. Fiquei com medo que o policial tentasse me pegar de novo na frente dele. Não sei o que o Herculano ia fazer. Talvez tentasse agredir, mesmo o investigador estando com o distintivo e a arma. Ainda bem que não teve mais nada. O Herculano já estava pronto, o Antônio Carlos botou as algemas nele e foram embora.

Continuamos conversando, e eu acabei fazendo uma coisa chata, perguntando coisas da vida pessoal dela, condições de trabalho, hora em que saía de casa e voltava. Não gostei disso. Não queria que ela pensasse que eu estava me interessando por ela. Já bastava o papelão que Toninho tinha feito. Eu não queria contribuir para mais descaso da Polícia Civil. Quando eu me levantava tencionando ir embora, chegou Herculano, um homem moreno e baixo, atarracado, de jeito inseguro. Difícil ver nele o matador inconsciente que Grajaú tinha procurado me vender. Estranhou me ver ali e eu tive que dar explicações.

Polícia. Mas não vim prender você. Vim pedir informações sobre um tira chamado Antônio Carlos.

O Toninho?... Que é que tem ele?

Foi morto. Na quarta-feira de noite numa praça chamada Vitória. Na zona leste. Você trabalhou para o Grajaú, não foi?

Foi. Era um dos homens de confiança dele.

Ele me disse que você é assassino.

Fui assassino por ordem dele. E do bando. Aquele filho-da... E Herculano olhou a mulher, arrependido, deixando claro que ela não aprovava o linguajar dele. Matei dois homens. Isso não quer dizer que tenha matado o Toninho. Eu não gostava dele, mas não ia chegar no ponto de matar um policial.

O que ele fez com a sua mulher foi muito chato.

Herculano virou-se para Helena:

Você contou pra ele?

Vamos esquecer isso, eu disse antes que ela respondesse. Não tem nenhuma importância.

Falamos sobre o crime, sobre o passado de Herculano e sua recuperação, seus planos para o futuro. Quando falava sobre Helena, olhando-a seguidamente, podia-se ver que era louco por ela. Não admirava que ficasse ofendido quando alguém a bolinava. Mas não iria matar um investigador de polícia por causa disso. Tratei de encerrar a conversa e fui tomando o corredor e caminhando para a rua. Helena ficou em casa, mas o marido me acompanhou até o portão. Ali nós paramos, olhando a rua e a noite, as pessoas paradas na escada do clube de dança, quem sabe decidindo se deviam entrar ou sair de uma vez. Voltamos a falar sobre o que o Toninho tinha feito à mulher.

Sabe o que eu fico pensando hoje?. É o seguinte: E se o Toninho resolvesse transar com a Helena dentro da minha casa? Se decidisse comer ela me apontando a arma? O que eu iria fazer?

E ele me olhou angustiado, os olhos úmidos e bojudos, esperando a minha resposta. Eu não sabia o que dizer. Não sei como se sente um homem louco pela esposa vendo-a ser estuprada em sua própria casa, debaixo do seu nariz, por um policial armado. Por qualquer sujeito, armado ou não. Para não falar tolices, acabei não dizendo nada. Apenas lhe dei um tapinha no ombro tentando expressar que sua angústia tinha razão de ser e tratei de escorregar pela rua em direção ao carro.

12

A garagem no subsolo do prédio estava um tanto movimentada, já que era o começo da noite e muita gente voltava do emprego, precisava estacionar para subir aos apartamentos e descansar, jantar ou não fazer nada. Por outro lado, muita gente estava saindo também, indo para a escola, plantões nas delegacias e hospitais, ou simplesmente indo comprar pizzas. Procurei agir ali dentro com cautela. Ainda bem que meu carro era pequeno, não tive maiores dificuldades para enfiar na vaga. Estava tirando as pernas, os sapatos ralando na porta, quando o porteiro se aproximou para falar comigo. Procurei ser gentil, embora a gente não se topasse muito:

E aí, seu Vicentinho, como vão as coisas?

Vicentino, ele disse. Não Vicentinho.

Desculpe. Sempre cometo esse engano.

Vi o seu carro passando pela rampa, não reconheci o senhor, por isso vim dar uma olhada.

Devia ter me reconhecido. Nós nos conhecemos desde a morte da dra. Éver. E meu carro é o mesmo. Agora, me diga uma coisa: o senhor veio checar porque achou que eu poderia ser um estranho; e se fosse mesmo? Se fosse um estranho querendo usar a vaga de algum condômino? Ou praticar um assalto? O que o senhor faria?

Tomaria as minhas providências.

Podia se envolver em alguma violência.

Não tenho medo de violência. Não quando estou cumprindo a minha função.

Fui me afastando dele. A cidade vem se tornando mais e mais violenta, o crime fica cada vez mais sofisticado, assaltantes entram nos prédios fingindo ser encanadores, bombeiros ou empregados da companhia telefônica, arrasam os porteiros e depenam os condôminos, pegam crianças como reféns... e aquele homem já velho, fraco e curvado, dizendo que não temia violência quando estava cumprindo sua função. Achei melhor não comentar. Fui seguindo para o elevador acompanhado pelo olhar inamistoso do velhinho. No oitavo andar tudo estava como eu tinha visto da última vez, tudo era limpo, impecável, o chão escorregadio de tanta cera. Toquei a campainha no apartamento e fiquei esperando. Ser examinado pelo olho mágico sempre me causou uma sensação desconfortável. Isso me acompanha desde os tempos em que era boy.

Quando a porta foi aberta, um bafo morno me atingiu o rosto. E um corpo moreno e sólido me atingiu o corpo moreno e apenas meio sólido. Neusa se atirou em meus braços e nós trocamos beijos e eu peguei em suas nádegas e ela negaceou o corpo, sorrindo:

Aqui, não, seu tarado.

Passamos para o interior da sala, ela fechou a porta maciamente, como uma secretária de consultório fecha a porta do médico. Havia tomado banho pouco antes, os cabelos ainda estavam molhados, e tinha posto um vestido de jérsei meio folgado, por isso ele dançava sobre seu corpo em movimentos lânguidos e sensuais. Nós nos abraçamos de novo. Neusa tinha seios possantes e ainda rijos, que ela tornava mais possantes e mais rijos com uns sutiãs pesados, modeladores. Suas coxas abarcaram minhas coxas. Trocamos um beijo profundo, depois do que ela me pegou no membro:

Como vai o meu punhal incandescente?

Não muito incandescente, receio dizer. E não muito punhal também.

Eu dou um jeito nele. Mais tarde vou deixar ele não apenas incandescente; vou deixar completamente doido. Agora vem aqui, quero te mostrar uma coisa. Lembra que eu falei no telefone que tinha uma coisa para te mostrar?

Lembro.

Então é chegada a hora. Vem aqui.

E me levou pelo braço, me fez entrar em seu quarto. Giovanni estava lá. Na cama que pertencera a Éver, perto da janela. Achei-o mais magro que da última vez que o vira e seu olhar perdido parecia mais perdido que antes. A barba branca e rala era composta de fios duros e esticados como arame e na gola de seu pijama havia sujeira acumulada. Pensei que tinha obrigação de lhe dizer alguma coisa. Era idiota, eu sei, porque ele estava em coma, já estava em coma quando conheci Neusa, por ocasião do assassinato de Éver, ele não me conhecera antes e não iria reconhecer aquela noite. Mas eu sentia que devia lhe dizer alguma coisa.

Oi, Giovanni, falei tocando em seu ombro.

Imaginei que se ele não entendesse minhas palavras, poderia pelo menos perceber o toque em seu corpo. Mas foi um erro. Giovanni nem entendeu minhas palavras nem pareceu sentir o afago no ombro. Continuou olhando a parede em frente como se olhasse a página do livro referente à sua vida.

Por que tirou ele do hospital?, perguntei a Neusa.

Porque não estava adiantando nada. Ele não estava melhorando, e as enfermeiras não davam atenção. Sabe como é hospital público.

Sobre o comportamento das enfermeiras, você podia ter se queixado ao diretor. Sobre a melhora dele... bem, você sabia desde o primeiro momento que ele não iria melhorar. Pelo contrário. Agora trazer ele para casa... Quem vai cuidar dele?

Eu, ora!

E seu trabalho?

Eu dou um jeito.

Voltamos à sala. Fui ao bar e vi que havia uma garrafa de vinho intacta. Comprou pensando em mim?, perguntei lendo o rótulo. Neusa confirmou, tinha comprado para mim, eu achei que fora um erro, já que o vinho, mesmo sendo nacional, poderia abalar as finanças magras da família. Mas não disse nada. Apenas agradeci a gentileza, procurei saca-rolhas, tive que gemer para abrir a garrafa. Mas valeu a pena. O primeiro gole desceu pela garganta como um bálsamo. Embora não seja minha bebida favorita, assim, no começo da noite, quando se está com o estômago vazio, na casa de uma antiga amante... Levei o copo até a janela. Fiquei olhando para fora.

Vi o metrô iluminado entrando na estação do Belenzinho, vi as pessoas se apressando pela calçada, vi ônibus manobrando para encostar no ponto ou sair.

Gente comia cachorro-quente ou churrasco em barraquinhas na calçada. A vida na cidade grande, pujante e pobre.

Neusa se aproximou, me abraçou por trás. Seus beijos em meu pescoço eram fogo puro, seu hálito era o hálito de quem se consumia no desejo. Mas eu estava frio. Ela pegou no meu punhal com suas mãos grandes e pesadas de operária, mas ele estava frio. Muito longe do punhal incandescente de que ela tanto gostava.

Vem, ela disse, vem tomar um banho. Leva o copo para o banheiro.

Não vou tomar banho, falei como um garoto teimoso. Acho que vou para casa.

O quê? Para casa? Mas você acabou de chegar.

Quando me virei para ela, Neusa deu um passo para trás, talvez na expectativa de ouvir uma revelação desagradável.

Vou embora. Estou meio cansado. Por causa de uma investigação. Já te contei?

Neusa não queria saber de investigação nenhuma, não estava nem aí para a possibilidade de eu já lhe haver falado nela. Eu tinha dito que pretendia ir embora e ela simplesmente não podia entender aquilo. Não depois de comprar uma garrafa de vinho, tomar banho e se perfumar, pôr aquele vestido liso e mole e sensual, me convidar para o banheiro... os procedimentos que antecediam as melhores coisas entre nós.

Isso de que está cansado é grupo. Papo furado. Quando chegou não tinha cansaço nenhum. Teve ânimo para me abraçar e beijar, o pinto duro roçando no meu ventre. E se estivesse cansado mesmo, não teria vindo ao meu apartamento, porque não tinha obrigação nenhuma... Se tivesse alguma obrigação viria com mais freqüência, eu não tinha que telefonar para o apartamento daquela fofoqueira...

Ei, espera aí. Fofoqueira? Mitiko é uma fofoqueira?

E não é?, ela perguntou na defensiva, voltando para o meio da sala e sentando numa das poltronas.

Acabei o copo de vinho, levei para o bar. Estava convencido que precisava mesmo cair fora. Minha diligência naquele prédio começara mal, com toda aquela gente manobrando seus carros entre as colunas do prédio, aquele porteiro velho e desconfiado me dizendo que não temia violências, como se insinuasse coisas a meu respeito, e agora o homem doente, em coma, marido de Neusa, no quarto ao lado. Precisava mesmo ir embora. Caminhei para a porta. Quando passava rente à poltrona, ela me pegou pelo braço: Senta aqui. Vamos conversar. Bem, naquele ponto Neusa tinha razão. Era a primeira coisa sensata que falava ou fazia aquela noite. A gente precisava mesmo conversar.

Tratei de ir direto ao ponto:

Neusa, não dá. Entende? Não posso ficar aqui e transar com você com o teu marido aí no quarto, doente, fodido.

Quando você me conheceu, ele já estava doente e fodido. E a gente transava. Na cama onde eu tinha transado com ele, e aqui no sofá onde ele dormia. Ele estava nó hospital, mas você sabia que ele estava lá, tinha me ajudado a internar ele no hospital público.

Com ele no hospital era outra coisa. Era mais fácil. Quero dizer, eu me iludia, tentava não pensar nele, esquecer que era seu marido e estava em coma, um morto vivo. Agora, com ele aqui na casa, é diferente. Não consigo mais sentir tesão. Dá uma olhada.

Peguei a mão dela, botei em cima do membro, Neusa retirou rápido como se tivesse acabado de tocar inadvertidamente em um verme.

Acho você um grande fingido, um grande hipócrita. O fato do Giovanni estar aqui ou no hospital, que diferença faz? Ele está doente e eu sou a mulher dele e mesmo assim você me comia e nem tocava nesse assunto. E ainda me obrigava a fazer outras coisas também.

Espera aí. Eu te obrigava a fazer coisas? Quando te obriguei a fazer coisas... e que coisas foram essas?

Não interessa. Não interessa. No dia que nós levamos o Giovanni para o hospital, viemos para cá, sentamos aí nesse sofá, você me pegou e tirou minha roupa, me jogou no chão.

Concordo que tirei sua roupa. Eu estava com muita tesão aquele dia, presumi que você também estava, porque vinha cortando um doze, há muito tempo sem homem, e tirei mesmo sua roupa. Quanto a jogar você no chão... aí são outros quinhentos. Derrubar uma mulher forte e pesada como você?

Está me chamando de gorda?

Caminhei em direção da porta. Ela me alcançou antes que eu girasse a chave. Jogou os braços em volta do meu pescoço e me beijou no rosto e na boca e eu permaneci inerte e frio e indiferente como uma estaca. Quando ela viu que aquela estratégia não dava resultado, tentou me puxar para a poltrona. Fiquei firme junto da porta, a mão posta no trinco.

Não dá mais, Neusa. Nós tivemos nossos momentos, aproveitamos, foi bom, foi ótimo, mas agora não dá mais. Concordo que eu sou um fingido, um hipócrita. Na verdade, nunca devia ter transado com você. Investiguei a morte da sua filha porque quis, ninguém me pediu, descobri o criminoso meio na sorte, matei ele, não devia ter matado, devia ter algemado e levado para a delegacia...

Você disse que foi legítima defesa. Disse que matou porque ele tentou matar você.

Foi. Eu disse. Bom, agora isso não importa muito. Não é disso que a gente estava falando. O que a gente estava falando era: não dá mais.

Você estava falando isso. Não eu.

Tem razão. Era eu quem estava falando. Agora repito: não dá mais. Vou embora. Não me telefone de novo, está bem? E não saia por aí chamando a Mitiko de fofoqueira, coisa que ela não é. Eu devo muitos favores a ela. Não deixe que o seu ciúme ponha palavras na sua boca.

Meu Deus! Que discurso! Depois daquela noite eu podia me candidatar a pastor de igreja evangélica.

Abri a porta e, surpreendentemente, Neusa não disse mais nenhuma palavra. Pensei que ela havia aceitado minha partida numa boa e caminhei pelo corredor já imaginando se no bar do Luís ainda haveria jantar. A porta do apartamento fechou, abriu, eu virei para olhar. Não devia ter feito isso. Neusa me fez um gesto obsceno como só os homens muito à-toa costumam fazer. Não me xingou. Apenas me disse que o nosso caso estava mesmo encerrado. Morto e enterrado. Desci à garagem, que agora estava menos tumultuada, apenas um homem e um rapaz conversando perto de um Logus cinza, talvez pai e filho tentando acertar seus ponteiros para o decorrer da noite. Peguei meu fusca e tratei de cair fora. Na porta do prédio encontrei o homem velho e corajoso, parei na rampa, antes de chegar à calçada, e fiz um cumprimento com o braço. Ele não retribuiu.

Adernei o corpo para a direita a fim de me fazer ouvir melhor:

Já estou indo, vovô. Definitivamente. O senhor está livre de mim... seu Vicentinho.

Continuou na porta, calado, olhando placidamente a praça, que na verdade é um largo, largo São José do Belém, como se absolutamente não acreditasse em mim. Não tinha importância. Outras pessoas também não acreditavam. Peguei uma rua secundária estreita e coalhada de carros e fui descendo em direção da Celso Garcia, de onde eu poderia pegar a Salim Farah Maluf e escorregar até a Marginal. A noite estava agradável, amena, amiga, aquele arzinho frio entrando pela janela. Não encontrei dificuldade para dirigir a caminho de casa. Pensei em deixar o carro na frente do bar do Luís e jantar, depois iria procurar uma vaga para estacionar, mas resolvi fazer o contrário, primeiro estacionar, depois ir ao bar.

Entrei na minha rua, logo vi a viatura da Polícia Civil. Estava bem na porta do meu prédio, estacionada em fila dupla, travando o trânsito, obrigando as pessoas a dar ré e pegar a rua paralela, caso tivessem coisas a resolver nas imediações. Estacionei junto à calçada e fui conversar com os colegas.

Valdo desceu do carro, lerdo e pesado como uma tartaruga. Dobrei a coluna para identificar o policial que ficara no banco do passageiro, um esforço burro e estúpido, já que o policial na viatura era o asqueroso do

Rodrigues. Bem compreensível que não descesse para falar comigo. Valdo procurou ser educado e simpático, coisa que ele só conseguia com grande esforço. Para acreditar nele, tinha-se que estar imbuído de muita boa vontade.

Já faz bem uma hora que a gente está aqui, esperando, ele disse como uma queixa.

Não pude deixar de fazer uma ironia:

Se eu soubesse, teria vindo mais cedo.

Estava trabalhando na investigação?

Fui na casa de uma amiga. De uma amante, na verdade. Ela queria transar comigo e... Ora, não sei por que estou dizendo isso. Você não está interessado nessa baboseira.

Posso estar interessado. Somos amigos, e amigo é pra essas coisas.

Lembrei das tolices que havia dito no apartamento de Neusa, as frases pomposas e pernósticas que tinham irritado minha antiga namorada, tanto quanto a mim mesmo. Ouvindo a frase de Valdo, me senti menos cretino. Não era só eu que dizia coisas idiotas.

Vamos ao bar, eu disse. Ainda não jantei. Podemos conversar e tomar uma cerveja enquanto eu como alguma coisa.

Obrigado, mas bar eu não freqüento. Se entro, me dá vontade de beber... Eu já bebi muito, sabe? Já varei a noite muitos anos seguidos... Hoje se eu bebo me ataca a úlcera.

Vamos fazer o seguinte: entramos na padaria, você toma um copo de leite e eu como um sanduíche. Ou tomo uma cerveja e não como sanduíche. Vamos.

Peguei no cotovelo de Valdo e tentei induzi-lo a me acompanhar até a padaria. Ele olhou a viatura como se precisasse ver um carro da polícia para conseguir raciocinar:

Parece muito ansioso para se afastar daqui.

Se eu não me arrancar logo, se não me afastar de uma certa pessoa, posso pegar um vírus.

Caminhamos até a padaria, onde Valdo recusou minha sugestão, os médicos já desaconselhavam a prática de tomar leite para suavizar úlcera, disse ele, e, além disso, quando bebia leite lhe batia diarréia. Restavam os remédios, que lhe causavam alergia. Era uma sinuca de bico, pensei. Puta problema do cacete. Quase que eu sinto pena do infeliz colega. Procurei alguma coisa para dizer, não encontrei nada. Conhecia superficialmente o cara, não sabia o estágio de sua doença, portanto era preferível enfiar a viola no saco a ficar falando tolices, sobretudo num lugar e num momento tão inadequados. Junto ao balcão, pedi meia garrafa de cerveja. Depois que o garçom me serviu e se afastou, resolvi adiantar o expediente:

Bem, Valdo, você não veio aqui me visitar. Falando nisso, subiu ao meu apartamento?

Subi. Claro. Toquei a campainha e bati na porta até compreender que você não estava. Uma japonesa no fim do corredor me disse que você estava fora trabalhando e não tinha hora para chegar. Ela parece conhecer a tua vida muito bem.

Nós somos muito chegados. Eu uso o telefone dela. Ela e o marido, Mário, são muito legais. Desde que eu vim morar nesse prédio...

Valdo não queria ouvir aquela lengalenga:

Vim conversar sobre a investigação. Em que pé está?

Não avancei muito. Andei falando com umas pessoas aí, Ricardo, o tira, Grajaú, o traficante de drogas... Conhece ele?

Já ouvi falar.

Um tal de Herculano, que é casado com uma mulher pequena e gostosinha, mora na Santa Cecília, num cortiço...

Qual a importância de se saber que ele mora num cortiço e é casado com uma dona pequena e gostosinha?

O Toninho bolinou a esposa enquanto encanava o marido. Pode?

Porra, disse Valdo, muito constrangido, olhando direto para o meu copo, com inveja, talvez. O Toninho tinha umas coisas esquisitas. Ele precisava fazer isso? Tinha de passar a mão na mulher do preso?

Seja como for, o tal de Herculano ficou muito puto, muito revoltado e tudo, e algumas pessoas acharam que ele poderia ter matado o Toninho. Por isso eu fui até o cortiço e falei com ele. Mas me convenci que não tinha matado não... É isso aí. Não avancei muito na investigação e amanhã não sei bem por onde recomeçar. Vou ter de pensar no caso, examinar as possibilidades, procurar erros e contradições nas pessoas com quem conversei desde o começo dos trabalhos.

Também andei fazendo alguma coisa. Toninho era um policial e era meu colaborador e eu acho que tenho obrigação de fazer alguma coisa. Bem, estou tentando. Andei falando com algumas pessoas e descobri que ele tinha uma amante. Não um caso passageiro, sem importância. Coisa grossa, duradoura. Uma mulher que ele já vinha comendo há mais de ano, segundo a minha fonte. O nome dela é Licínia, mora na alameda Santos. Achei muito interessante esse detalhe, já que a alameda Santos é uma das mais caras de São Paulo. Investigador de polícia ganhando uma merda de salário pode ter amante num local tão privilegiado? É incrível. Daria até uma boa manchete.

Só se for em jornal muito vagabundo. Você falou com ela?

Não. Andei ocupado o dia todo... Digo, andei ocupado desde que descolei essa informação. De mais a mais, quem foi encarregado do caso pela Homicídios foi você. Talvez fosse melhor você mesmo fazer alguma coisa a respeito.

Eu vou fazer. Qual o endereço completo dela?

Valdo pegou um guardanapo no balcão, sacou do bolso uma esferográfica com tampa imitando ouro, com uns desenhos em alto relevo parecidos com escrita chinesa, e anotou o endereço de Licínia. Guardei no bolso. Fiz mais algumas perguntas sobre quem tinha dado a informação, o que Licínia fazia ou fizera, às custas de quem ela vivia, mas Valdo ia tirando o corpo... é muito ruim arrancar informação de tiras quando eles querem tirar o deles da reta. Acabei a cerveja. A conversa resvalou para outros assuntos, uma viatura que havia quebrado em Guaianazes, quando a tiragem de Valdo tentava prender um falsário, uma carta anônima que chegara à delegacia do Parque Peruche, provavelmente escrita pela mulher de um dos presos, dando conta de que o distrito iria ser explodido.

Que é que vocês vão fazer a respeito?, perguntei.

Que é que a gente pode fazer?, ele respondeu enigmaticamente.

Depois que nos despedimos, ele pegou o caminho de volta para a viatura e eu caminhei até o bar do Luís; não havia mais jantar. Comi um sanduíche, tomei meia garrafa de cerveja, atirei uma despedida ao dono e outra aos fregueses mais próximos, fui para o meu prédio. Estava girando a chave na fechadura do meu apartamento quando Mário surgiu na porta dele:

Uma mulher telefonou. Disse que se chama Márcia e pediu pra você passar na casa dela amanhã de manhã.

13

Ainda na cama, de manhã, percebi que o dia estava frio, de modo que levantei enrolado na coberta e abri uma fresta da janela. Estava frio mesmo, garoando, era aquele tipo de sábado que enche o saco dos paulistanos, os que têm planos, claro, aqueles que pensam descer à praia ou ir ao sítio. Não era o meu caso. Talvez eu ficasse de saco cheio durante o dia, mas as razões seriam outras. Reuni a coragem e fui ao banheiro tomar banho e fazer a barba. Quando penteava o cabelo, cometi outra vez aquele erro estúpido, esfregando desajeitadamente o pente no lado esquerdo da cabeça e esbarrando no ferimento ainda não cicatrizado. Doeu, e eu disse um palavrão.

De qualquer forma, cada um descarrega o aborrecimento como pode.

Vesti uma jaqueta de camurça, que cheirava a naftalina, e desci à padaria a fim de tomar café. Depois peguei o carro e dirigi até a casa de Márcia. Ela já estava completamente arrumada, salto alto, calça comprida, de brim, e uma malha com estampas em alto relevo.

Bonita, elogiei.

Comprei em Campos do Jordão, na última vez, eu acho, que fui lá com o Toninho... No tempo que a gente ainda passeava junto.

Entramos na casa, ela me ofereceu café, eu disse que tinha acabado de tomar um, ainda sentia o gosto do cigarro na boca. Ela não insistiu. Sentamos lado a lado no sofá e o perfume dela me acariciou o corpo. Eu perguntei a marca e ela não soube dizer. Não dou muita bola para esse tipo de coisa, ela informou. Perguntou da investigação.

Acho que não avancei muito ainda. Andei por aí, falei com uns e outros, mas ainda estou patinando. Ontem à noite não pude trabalhar. Ou melhor: não quis trabalhar. Tinha um assunto pendente no largo do Belém e fui lá resolver.

Resolveu?

Resolvi. Definitivamente.

Ela me olhou esperando uma explicação melhor, mas eu não queria lhe falar sobre Neusa. Se falasse, talvez tivesse que abordar outros assuntos, mencionar o assassinato da filha dela e a doença do marido.

Quando eu estava chegando em casa tinha dois policiais me esperando. Colegas de Toninho. Valdo e Rodrigues. Digo que eram colegas num sentido mais amplo, porque trabalhavam juntos na chefia do 13º Distrito; um dos tiras, Valdo, era o chefe do Toninho. Alguma vez ele te falou nesses caras?

Não me lembro.

O Valdo me falou ontem na amante do Toninho. Uma tal de Licínia, que mora na alameda Santos. Sabe alguma coisa sobre ela?

Graças a Deus, não sei de nada. E não me admira que ele tivesse amantes. Era um homem sadio, fisicamente sadio, ativo, a gente não tinha vida sexual, ele tinha mesmo que fazer sexo fora de casa. Para o seu governo, vou dizer uma coisa: fico satisfeita de saber que tinha amantes. Isso justifica meu comportamento, minha ausência da cama... estou falando em sentido figurado, você entende. Tinha uma amante só ou mais de uma?

Valdo me falou de uma. Fiquei com a impressão de que era importante na vida do Toninho. Caso antigo, duradouro.

Ficamos um tempo sem dizer uma palavra, ali sentados no sofá, como se fôssemos visitas, como se estivéssemos no mesmo velório. Tocaram a campainha. Márcia levantou e passou por mim e abriu a porta e falou com alguém na rua. Hoje não quero, ela disse. Voltou para o sofá, sentando-se no mesmo lugar. Lembrei da loja:

Como vão os negócios? De vento em popa? Entrando dinheiro a rodo?

Um grande cocô. Trabalhar com aquele asqueroso do Isaac não está fácil. O cara é uma praga. Ele não quer que eu dê palpite nos carros que entram e nos carros que saem. Diz que não entendo de comércio de automóveis, o que é verdade, e que eu devo ficar só no escritório, arrumando, limpando, telefonando para despachantes, para o Detran, organizando papéis. Ontem quase que a gente discutiu. Ele estava conversando com um homem no pátio da loja, uma conversa comprida, em voz baixa, eu fui lá e perguntei do que se tratava. Não falei assim, na dura: O que vocês estão conversando aí? Falei numa boa. Insinuei que se o visitante estava querendo comprar carro devia ser um carro muito especial, para eles conversarem tanto. Isaac quase me expulsou dali; eu não tinha que entrar na conversa dele. Quando eu lembrei que a loja é minha também, ele disse que eu estava enchendo o saco.

Imagino como você tenha ficado. Ouvir alguém dizer na presença de um estranho que a gente está enchendo o saco...

Sendo que o Isaac para mim também é um estranho, finalizou ela, ainda um pouco mordida com a acidez da conversa.

Tenha paciência, aconselhei. Comércio de automóveis usados é difícil, você não é do ramo e tem as dificuldades próprias do sexo, tenha paciência. Tudo se resolve. E se for mesmo impossível trabalhar com o Isaac, ainda pode vender a loja.

Já pensei nisso. Vendo a loja e volto a dar aulas.

Como está a tua situação no colégio? Se é que você é funcionária de um colégio.

Sou funcionária do Estado. Pedi afastamento sem remuneração por prazo indeterminado.

Conversamos um pouco sobre afastamentos e regimes de funcionários públicos, sobre os quais eu não sabia muita coisa, eu faço o tipo que sai de casa para o trabalho, volta para casa, não fico por aí acumulando informações sobre licenças e férias e afastamentos, remunerados ou não. Márcia também era desse tipo. Quando esse assunto acabou, ela falou no motivo por que havia telefonado.

Minha filha e meu genro estiveram aqui ontem à noite. Tivemos uma conversa difícil. Muito chata mesmo. Eles querem participação na loja e na pensão do Toninho.

Sua filha tem direitos. E o marido dela, se eles são casados em comunhão de bens, também tem. Mas eles precisam esperar o inventário.

O marido da minha filha quer o dinheiro já. Diz que estão precisando. Mas é mentira. A Paula é escrevente no fórum de Guarulhos e o Pedro trabalha numa locadora de vídeos.

Sobre a investigação eles perguntaram alguma coisa?

Nada.

Exatamente como eu imaginava. Não se interessam pelo esclarecimento do crime, mas se interessam por uma herança que nem está estabelecida ainda. O que você disse a eles?

Disse que ia pedir a alguém para conversar com eles. Alguém que entenda desses assuntos. E me lembrei de você. Podia fazer isso por mim?

Bem... falar não me custa nada. Se você acha mesmo que eu sou a pessoa mais indicada.

Eu acho, ela disse. No momento eu acho que é.

Olhou o relógio no pulso e disse que precisava ir andando, tinha de comparecer à loja, pois não era sensato deixar Isaac sozinho. Tornou a perguntar se eu iria falar com os parentes e eu prometi que iria e ela me passou o endereço num pedaço de papel. Indagou se eu precisava de alguma coisa, dinheiro para botar gasolina no carro, que recusei, e tornou a me oferecer café. Era um oferecimento apenas formal. Ela estava com pressa, e eu também já tinha perdido muito tempo. Ainda queria lhe perguntar do jipe Cherokee, como ela estava se saindo com ele, se o estava usando ou guardando ou querendo vender, mas acabei não falando nada. Ela me acompanhou até a porta. Pertinho de mim (tão perto, eu quase podia sentir o calor do seu corpo), me fazendo pensar como teria sido boa e desejável quando jovem.

Passa aqui à noite, ela convidou. Para me falar da conversa com a minha filha, meu genro e o andamento da investigação. Eu pensei que você vinha ontem. Quando tocaram a campainha achei que era você. Mas eram eles.

Eu venho. A menos que não possa.

Fui saindo. Não me agradava ter de conversar com os parentes de Márcia, não fazia parte da investigação, não da investigação canhestra que eu tinha em mente, pelo menos, mas havia prometido e queria honrar a palavra, me desincumbir logo do encargo. O tempo não havia melhorado. A garoa persistia, deixando as ruas escorregadias e as pessoas mal-humoradas, pois não sabiam se deviam usar guarda-chuva ou simplesmente boné ou chapéu. Na esquina da Moreira de Barros tinha um homem de sandálias, calção e camiseta. Estava parado (esperando o farol abrir para ele atravessar, certamente), calmo e confiante, como se a garoa não lhe dissesse respeito, como se ele fosse mais forte que o frio.

Esses tipos me dão inveja.

Na zona leste, parei na praça da Vitória... praça da derrota, para Toninho, ali ele tinha perdido a batalha pela vida. Estacionei e dei uma espiada nas imediações, esperando que me surgisse alguma idéia brilhante, uma luz. Não surgiu nada. A investigação que tiras como eu fazem no dia-a-dia não tem nada a ver com a investigação que a gente lê nos livros... quando eu era mais jovem e tinha tempo e boa vontade para ler os livrinhos do Shell Scott, ficava besta como as coisas aconteciam tão facilmente para ele. Além de quebrar a cara dos bandidos, o detetive ainda conquistava todas as louras. Uma frase delas eu me lembro até hoje: Oh, Shell! Na vida real as coisas são um pouco mais difíceis; o buraco é mais embaixo. Eu queria também derrotar meus desafetos e conquistar a mulherada, louras ou morenas, só que estava na zona leste, numa desagradável manhã de sábado, olhando a pracinha idiota e pensando no meu amigo.

Que diabo ele tinha ido fazer ali? Encontrar alguém? Marcara encontro com o assassino? Que tipo de critério havia norteado a escolha do local? Perguntas que não me levavam a nada, só contribuíam para a perda de tempo. Entrei no carro de novo e fui embora.

O genro de Márcia, Pedro, parecia só ter isso de bom, o nome bíblico. A filha era boazinha, simples e modesta, como se tivesse saído à Márcia. Pedro e Paula moravam a uns quinze minutos da praça da Vitória, num prédio baixo e estreito, sem elevador, ao lado de uma garagem de ônibus. Lembrava meu edifício. E o prédio onde residia o pai de Ricardo. A gente tinha de subir ao segundo andar por uma escada estreita, estranhamente clara, mesmo naquele dia ruim, devido às janelas que o construtor tinha tomado o cuidado de pôr ao lado dos degraus.

Foi minha mãe que te mandou?, Paula perguntou ingenuamente, de pé ao lado da porta.

Ninguém manda em mim, respondi com empáfia. Só o delegado que é meu chefe.

Ao ouvir a palavra *delegado*, parece que ela se deu conta de certas contingências, então se afastou da porta e me autorizou a entrar. Passei direto para a cozinha... o apartamento todo não era muito maior que a casinha do Pluto. Sentamos em volta de uma mesa de fórmica. Dali eu podia ver a sala, que estava uma bagunça, com sapatos amontoados, roupa em cima dos móveis, um radiorrelógio piscando, fiquei imaginando que a energia tinha acabado durante a noite, ele parou de funcionar e, como estava sem bateria, quando foi religado não marcava mais as horas, apenas piscava avisando que estava tonto. Paula ainda em trajes caseiros, calça comprida e blusão de mangas compridas, de moletom, que não a protegiam muito do frio, já que o tempo todo ela se encolhia dentro da roupa.

E o seu marido?

Ele já vem. Está se levantando... Eu não quis ofender quando perguntei se alguém tinha mandado você. Estava pensando na minha mãe, na conversa que nós tivemos com ela ontem à noite, e quando eu te vi ali na porta...

Eu compreendo. Não me ofendeu. Na verdade, a Márcia não me mandou aqui, ela não tem poderes para mandar investigadores a lugar nenhum, mas ela me pediu que viesse conversar com vocês. Que estão preocupados com a herança. Não sabem como as coisas se passam no mundo jurídico e eu vim aqui para esclarecer.

Seria menos ruim se tivesse vindo como investigador de polícia.

Não podia vir como investigador, porque já conversei com vocês no velório do Chora Menino, e vocês não sabem de nada sobre o crime. Não sabem ou não querem dizer. Isso não interessa no momento. Vim na qualidade de conhecedor do direito... Não. Conhecedor não. Vim na qualidade de quem estudou direito. Olha, Paula, é o seguinte...

Nesse momento surgiu na cozinha o marido dela, Pedro Não-Sei-das-Quantas, vestindo apenas uma camiseta, cuja bainha lhe chegava nas coxas, mal cobrindo a cueca, se ele estava com uma, ou as partes. Não parecia sentir frio. Estava tão à vontade como aquele homem que eu tinha visto na esquina da Moreira de Barros usando sandálias de plástico, calção e camiseta. Ficou de pé. Talvez a visita fosse banal e rápida e não requeresse que ele sentasse à mesa. Postou-se atrás da mulher passando as mãos nos seus cabelos e me olhando. Não havia feito a barba nem se penteado e eu tinha motivos para duvidar que tivesse lavado o rosto.

Pensei que estivesse trabalhando. As locadoras de vídeo têm muito movimento nos dias de sábado.

Perdi a hora, ele respondeu, conciso. Eu também tenho o direito de perder a hora de vez em quando.

Direito talvez não seja a palavra correta. Mas concordo que perder a hora acontece com todo mundo, empresários, funcionários graduados... o que não é o seu caso. A Márcia pediu para eu vir aqui falar com vocês a respeito da herança do Toninho.

Você é advogado?, ele perguntou.

Pensei que soubesse que sou investigador de polícia.

O assunto diz respeito a advogados.

Eu sou formado em direito.

Não é a mesma coisa.

Levantei fervendo de raiva, sentimento que me acomete com muita freqüência, dado que eu sou orgulhoso e altivo, defeitos que têm me atrapalhado a vida... quando se está buscando a verdade atrás de um crime, não se pode se dar ao luxo de ferver de raiva. Principalmente por motivos simples como aquele. Talvez eu me aporrinhasse ao ver aquele casal jovem aconchegado naquela manhã de sábado, sozinho em seu canto pequeno e silencioso, enquanto eu tangia meus anos e meu azedume pelas ruas da cidade. Contornei a pequena mesa e colei meu rosto ao rosto de Pedro, querendo mesmo que ele sentisse o meu bafo — se eu estivesse de ressaca teria sido melhor ainda. Enfiei dois dedos no peito dele.

Vou te dizer uma coisa, seu inútil do caralho. Você e sua mulher não têm direito a nada, não enquanto o inventário não for aberto e o juiz não der uma coisa chamada formal de partilha. Não podem botar a mão na grana. Tirem o cavalo da chuva!

Ele ficou branco de susto, mas procurou não se deixar abater. No que tinha uma certa razão: é chato mesmo se deixar abater na presença da esposa e de estranhos.

Quem é você, ele perguntou com as costas junto à parede azulejada, para vir à nossa casa nos falar desse jeito?

Quem eu sou não interessa. Vim aqui dizer isso e já disse. Vocês não gostaram? E eu olhei para a Paula, verdadeiramente interessado na resposta dela.

Eu disse ao Pedro que a gente não devia ir falar com a minha mãe. É tão cedo ainda... o corpo do meu pai nem esfriou direito no túmulo. Mas ele insistiu que a gente devia batalhar pelo que é nosso. E me levou lá.

Fiz o que eu achava que devia fazer, disse o marido com orgulho.

Fez errado, falei com arrogância, agora que estava dominando a situação. Sabe o que você devia fazer mesmo? Trocar de roupa e ir para a locadora, que o patrão deve estar precisando dos seus serviços.

E recuei para a porta. A conversa fora desagradável até ali, e quanto mais eu demorasse, mais desagradável ela ficaria. Mais eu perderia tempo. Além disso, já havia dito tudo o que tinha para dizer, já ouvira a verve do tal de Pedro e já havia destilado um pouco do meu veneno. Precisava mesmo ir embora. Desci as escadas e, na rua, junto ao carro, levantei a cabeça e olhei a janela que supus fosse a deles. Era. Vi suas cabeças através do vidro fosco de névoa. Fiz um gesto de adeus, que era na verdade um escárnio, entrei no carro e tomei o caminho que levava à praça da derrota e à avenida que me levaria ao centro.

Quando desci do carro, diante da pizzaria, vi Toninho sentado a uma das mesas. Ele não estava de paletó e calça de brim, como eu me habituara a vê-lo, mas com jeans e camisa de seda, de mangas longas. A camisa não disfarçava a arma na cintura.

E aí, campeão?, perguntou ele.

Respondi com qualquer expressão equivalente, qualquer coisa habitual e corriqueira, evidentemente, e sentei ao lado da mesa. Era uma tarde no meio da semana e a pizzaria ainda não entrara em funcionamento. Só o bar, na frente, mantinha algum movimento, me fazendo supor que só os muito chegadinhos do dono sentavam ali, de tarde, para beber chopes e biritas. Toninho tomava uísque.

Quer uma cerveja?

Não. Ainda tenho um resto de plantão para terminar. É chato beber durante o expediente.

Garoto esperto, disse ele me gozando. Garoto cumpridor de obrigações. Quando você era menino e estudava em colégio público cumpria todas as suas tarefas? Fazia tudo o que a professora mandava?

Como sabe que eu estudei em colégio público?

Sou investigador de polícia, se lembra?

Achando que não devia dar nenhuma resposta, deixei passar algum tempo para que ele curtisse a própria glória. Toninho tomou mais um gole do seu uísque e eu olhei a viatura do outro lado da rua. Era grande, nova e bonita, a pintura impecável, as palavras que definiam nossa Secretaria, o Estado em que tínhamos a felicidade de viver e a delegacia à qual pertencia o carro, as palavras nem estavam esmaecidas ainda, nem mesmo poeira pareciam ter. O empregado da pizzaria encostou na mesa e perguntou se eu ia tomar alguma coisa, eu disse que não, Toninho pegou no braço dele e falou, sorrindo, que eu era seu amigo e que se por acaso chegasse ali um dia, mesmo não estando acompanhado por ele, devia ser atendido com a maior consideração.

Vou atender ele do jeito que atendo todo mundo, disse o garçom.

O meu amigo não é todo mundo. É investigador de polícia. Policial tem que ser atendido de forma diferenciada, porque quando vocês precisam de alguma coisa, a gente vem correndo.

Nunca precisei da polícia, respondeu o empregado, que não conseguia entender o espírito da coisa.

Toninho se levantou e eu pensei que ia agredir o rapaz. Até me preparei para interceder por ele, porque não gosto de ver gente simples e direita sendo espremida na mão dos mais fortes, e o funcionário da pizzaria era gente direita e simples, caso contrário teria dado outro tipo de resposta. Para minha surpresa, Toninho botou as mãos nos ombros dele e disse: Meu filho, você é um ignorantezinho, sabia? Vamos ali comigo, que eu vou te ensinar uma coisa. Abraçado ao pobre-coitado, ele caminhou até os fundos do bar, onde o balcão encontrava com a parede de vidro e madeira, atrás da qual trabalhava o pizzaiolo, e chamou bem alto: Alcino! Acho que Toninho queria ser ouvido. Talvez por mim. Aproximou-se um homem de cabelos brancos e o colega lhe aplicou um beliscão na bochecha:

Alcino, ensina algumas coisas a esse teu empregado. Diz a ele quem eu sou e por que costumo vir aqui e marcar encontro com meus amigos aqui.

Alcino começou a falar com o empregado em voz baixa, Toninho deu as costas para eles e voltou ao bar, sentou-se à mesa e pegou de novo o copo de uísque.

Pensei que você ia bater no empregado, eu disse.

Sujar minhas mãos?, ele perguntou olhando pensativamente as palmas e os dedos, em dois dos quais, os anelares, brilhavam anéis de ouro.

Deixei passar algum tempo, depois entrei no assunto que verdadeiramente me interessava:

Você telefonou ao plantão e pediu que eu viesse a essa pizzaria. Naturalmente tem coisa muito importante para me dizer.

É sobre o Ronaldo. Eu disse que um amigo meu poderia fornecer o muquifo dele na Praia Grande. Pois bem. O cara forneceu. O endereço está na viatura. O bicheiro vai pra casa dele na quinta-feira, deve voltar na sexta, porque ele não gosta dos fins de semana na praia, tem muita gente. Acho que eu já te falei isso.

E sobre os capangas? Costumam descer à praia junto com ele?

Bicheiro que se preza não anda por aí sozinho, dando sopa. Uns dois caras é certo que você vai encontrar. É o que consta das informações do meu amigo. Agora fica ao seu critério. Se você acha que deve encarar, tudo bem. Se acha que não...

Acho que devo encarar. Mas queria que você fosse comigo.

14

Parei diante do prédio e fiquei olhando. Era mesmo um edifício bonito, alto e largo, sacadas em todos os andares, numa das quais havia um homem e um cachorro. Conversando. Na portaria tinha dois empregados uniformizados, e quando eu entrei, eles me cumprimentaram como se eu fosse um condômino ou uma autoridade, o que ali dava no mesmo.

Investigador, eu disse. Querem ver meus documentos?

Um deles foi realista e educado:

Por favor.

Mostrei minha credencial e disse com quem queria falar e eles me informaram o número do apartamento. No saguão havia bem uns dez elevadores. Tomei o mais próximo e subi ao terceiro andar, em cujo corredor meus sapatos escorregaram, devido à grossa camada de cera recente. As poucas pessoas que encontrei não me olharam na cara, pensando que assim estavam sendo muito educadas. Toquei a campainha. Imaginei que seria examinado pelo olho mágico, mas não percebi ninguém me espreitando. A porta se abriu e me vi diante de uma moça loura, mais baixa que eu, com um traje esquisito, short, camisa de seda e um paletó social, calçando tênis.

Você é a Licínia?

Sim. Sou eu. E você é o investigador Venício. Pode entrar.

Lembrei do que Toninho havia dito na churrascaria Boi 900, ou seja, que tinha uma namorada que não era muito bonita mas era um avião na cama. Talvez não fosse Licínia. Que era linda. Talvez fosse Licínia, dado que conceitos de beleza são subjetivos. Ela abriu a porta totalmente, passei para a sala, que podia não ser muito grande mas estava mobiliada com certo gosto... pelo menos todos os móveis eram revestidos de couro e havia cortina nas janelas e a televisão era de vinte e nove polegadas.

Quer sentar?

Sentado, tratei de vender meu peixe:

Estou investigando a morte do Toninho.

Foi o que eu imaginei. Quando o porteiro me telefonou avisando, imaginei que era isso mesmo. Estava até estranhando a demora. Ele foi assassinado na quarta de noite e ninguém tinha aparecido ainda aqui com perguntas para eu responder.

Soube que vocês eram amantes.

Éramos. Quem contou?

Não foi a mulher dele. Nem a filha.

Talvez tenha sido o genro. Aquele drogado fica especulando sobre a vida alheia, e quando quer falar tolice, fala.

Não sabia que o Pedro era chegado a droga. Que tipo?

Cocaína. O Toninho ficava puto com ele, metia bronca, nele e na filha, a Paula, mas nunca conseguiu nada. Quer dizer: conseguiu inimizade e antipatia.

Houve alguma rusga mais séria entre Pedro e Toninho? Chegaram às vias de fato?

O que são vias de fato?

Briga física. Porrada. Agressão.

Não. Acho que não. O Toninho não me falou nada. Mas discussão, ameaças... Volta e meia eles pediam dinheiro ao Toninho. Ele ficava fulo. A filha era de maior, funcionária pública, escolheu um homem para casar, casou, ele achava que ela devia agüentar as conseqüências. Quando esses porras querem trepar, ele dizia, não pedem conselho a ninguém. Agora, quando as coisas vão mal... Às vezes eu entrava no assunto e dizia também: Quando esses porras querem trepar não pedem conselho a ninguém. O Toninho ficava puto comigo, era de opinião que só ele tinha o direito de falar daquele jeito a respeito da filha. Ele gostava muito dela. E era uma pena. Porque ela não gostava do pai. Só gosta do inútil do marido dela.

Ela não trepava com o pai; trepa com o marido.

O Pedro vivia ameaçando o Toninho.

Você já disse. Que tipo de ameaça? O que o genro dizia ao sogro? Não é fácil ameaçar um policial.

O tipo de ameaça eu não sei. Deixar a Paula, talvez. Fazer alguma denúncia.

Sobre o quê? Havia na vida do Toninho alguma coisa errada?

Não estava me referindo a ele. Eu só disse "denúncia". Talvez denunciar a própria mulher por uma falta ou outra. Talvez ela seja chegada a cocaína também e o Pedro usasse isso para meter medo no Toninho. Não sei. Posso afirmar que o Pedro ameaçava o Toninho porque uma noite, aqui, chateado pacas, ele disse: Aquele vagabundo ainda tem coragem de me ameaçar.

Além de chateado, ele estava com medo também?

O Toninho não se deixava intimidar.

Licínia ficou me olhando fundo, esperando minha reação àquelas palavras, mas eu não tinha nada para dizer, nada que pudesse agradá-la. Ela havia dito uma tolice, qualquer pessoa se deixa intimidar de vez em quando, mesmo um homem como Toninho, raçudo, corajoso... Eu sabia, tivera oportunidade de comprovar na prática. Mas todo mundo tem medo de vez em quando. Depende do tamanho da ameaça e do cálculo das probabilidades. Acendi um cigarro. Licínia pegou um cinzeiro dourado em cima da televisão e levou para a mesinha de centro e pôs bem na borda do meu lado para que eu soubesse que se destinava a mim. Joguei algumas baforadas para o ar, debaixo do olhar dela.

Você fuma?, perguntei. Desculpe não ter oferecido cigarro.

Não fumo. A gente tinha cinzeiro em casa por causa do Toninho. Agora que ele morreu...

Tem alguma idéia dos motivos do homicídio?

Já pensou nos motivos do Pedro? Já falou com ele?

Já. Na verdade estou vindo da casa deles, na zona leste. Não acho que tenha colhões para apagar alguém... Desculpe eu ter usado essa palavra.

Não tem importância. Estou acostumada a ouvir palavrões e gíria policial. Você puxou a ficha do Pedro? Puxou a capivara dele?

Ele tem capivara?

Tem dois inquéritos. Um por briga numa danceteria, outro por acidente de trânsito. Sei disso porque o Toninho me falou.

Dois inquéritos não bastam para formar uma capivara. Licínia, se você não se importar, vamos mudar o rumo da conversa. Vamos deixar o Pedro com suas duas passagens... briga em danceteria e acidente de trânsito não bastam para definir um assassino. Se o Pedro tivesse cometido algum crime grave nos últimos tempos, creio que nem eu nem a própria polícia saberíamos. Logo, é besteira ficar especulando. Diga uma coisa: no carro do Toninho foram encontrados setecentos e cinqüenta gramas de cocaína. Eu era amigo dele, mas nada sabia sobre isso. Os colegas dele do 13º Distrito e a mulher dele não sabem nada a esse respeito. Agora, você, que era amante, era mais chegada, mais íntima, talvez saiba alguma coisa.

Ele não consumia. Era um homem que gostava de coisas boas, bebida, cigarro, bares e boates... mulheres bonitas... agora, não ia ser burro de curtir droga.

Que ele gostava de mulheres bonitas, não tenho a menor dúvida.

Ela escorregou o traseiro no sofá, ficando um pouco mais perto de mim. O short tinha pernas largas, bocas folgadas. Conforme ela se ajeitou na nova posição, abrindo as pernas, sem querer, talvez, joguei um olhar rápido e vi as virilhas.

Você acha?, ela perguntou toda dengosa quando eu já nem lembrava o que havia dito antes.

Precisei voltar a fita para descobrir que havia confirmado o gosto de Toninho — que ele curtia mulheres bonitas, não havia dúvidas. Acabei confirmando, estava claro que eu tinha sido sincero, Toninho gostava de mulheres bonitas, e ela, Licínia, era a prova viva. Contudo não desci fundo naquele tipo de conversa. Naquele tipo de armadilha. Se levasse o interrogatório para o campo pessoal, minha investigação estaria detonada.

Estive examinando uma apreensão de bens que o Toninho fez num bairro chamado Consolata, na casa de um pivete apelidado de Biscate. Algumas coisas apreendidas não deram entrada na delegacia. Foram desviadas no caminho. Você percebe aonde eu quero chegar?

Percebo. Mas eu não sei nada a respeito. Ele não me falou nada. E aqui no apartamento não chegou coisa nenhuma suspeita. Que tipo de coisas eram?

Objetos eletrônicos. Videocassetes, toca-fitas, sei lá. Posso dar uma olhada no apartamento?

Ela se levantou:

Pode, claro.

Foi entrando pelos demais cômodos, e eu atrás dela. No quarto a cama estava arrumada, cada travesseiro em seu lugar, uma colcha branca com aplicações em alto relevo, e na penteadeira os pequenos objetos pareciam ter estado ali desde sempre. A mesma ordem no banheiro, e no outro quarto, que ela usava para depositar coisas velhas e imprestáveis, bem como na área de serviço. Não vi nada suspeito. Não havia nada novo, tudo parecia ter sido usado fazia algum tempo. Voltamos ao quarto que o casal usava como quarto mesmo. Examinei mais de perto as jóias sobre a penteadeira. Eram de boa qualidade. Voltamos à sala e nos sentamos no mesmo lugar de antes.

Você trabalha?

Trabalho. Em casa. Não tenho empregada.

Estava me referindo a emprego.

Não tenho. Quando o Toninho me trouxe de Uberlândia, eu disse a ele que pretendia trabalhar fora, nunca tinha sido sustentada por homem (fora meu pai, claro) e não queria ficar nessa de depender de amante. Mas ele não deixou. O Toninho era um homem muito vaidoso, sabia? Gostava de carros grandes e caros... Você já viu o carrão dele?... Então sabe do que estou falando. Gostava de restaurantes caros, comidas boas. Gostava de me exibir. Umas duas ou três vezes me levou na delegacia e me mostrou aos companheiros... Mostrou mesmo. Disse assim: Essa é a minha gatinha. Podem olhar à vontade. Eles olhavam. Eu estava de míni. Cruzava as pernas e eles olhavam.

Se ele sustentava você completamente, você é aquilo que se chama no jargão jurídico de teúda e manteúda.

Parece palavrão.

É uma expressão muito antiga, muito tradicional... Você saía cara ao Toninho. Saía cara, com todo esse apartamento... era dele mesmo ou alugado?

Alugado.

Você dava muita despesa. Aluguel do apartamento, compra de jóias, bares e boates, roupas e sapatos. Salário de investigador de polícia é baixo. De onde o Toninho tirava dinheiro para enfrentar toda essa barra?

Ele tinha loja de automóveis. Coisa grande, tomava um quarteirão inteiro.

Você viu?

Não. Ele nunca me levou para ver.

Quarteirão inteiro, era?

Sim. Quarteirão inteiro. Na zona sul. Ele me disse várias vezes.

Não fiz nenhum comentário sobre aquilo, apenas me deixei ficar ali sentado, olhando as pernas dela. Licínia mudou de novo a posição do corpo e de novo mostrou as virilhas. Aí eu virei o rosto em outra direção, para não me comprometer. A fim de variar a conversa, perguntei como ela pretendia se manter dali em diante, já que não tinha emprego e sua família morava em Uberlândia. As explicações que ela me deu foram as de praxe. Tudo aquilo que se podia imaginar. Ela simplesmente não sabia. Tinha o aluguel do apartamento para pagar, havia algumas prestações, cujos carnês Toninho deixara ali, talvez para que ela se desse conta de certas facetas da vida, e havia os restaurantes, pois ela não sabia cozinhar. Nem queria aprender.

Não era de admirar. Quando passei pela cozinha em direção da área de serviço, não vi ali os apetrechos usuais. Imaginei que ela não tinha tempo para cozinhar. Ser bela e manter a beleza deve dar trabalho.

Passei-lhe os telefones da minha delegacia e de Mitiko, e ela anotou numa agenda de capa dourada que havia pegado numa estante, perto da janela, e depois largou na mesinha de centro.

Bem, Licínia, foi ótimo conversar com você. Não descobri nada de relevante, mas só de te ver, de te conhecer, de ficar te olhando...

Caminhei para a porta, ela me seguiu. Paramos. Era de rigor que abrisse imediatamente, até para se ver livre do tira chato, mas ela não moveu uma palha. Ficou ali, perto de mim, cheirando a lavanda, passando as mãos pelos cabelos louros como espigas de milho. Senti vontade de abraçá-la, encostá-la na parede, abaixar aquele short e... Pensei no amigo morto. Não sentia remorso por estar desejando a mulher que fora sua, poderia mesmo dar mais um passo à frente, só não dei porque estaria mesmo perdendo tempo. Ocorreu-me um elogio ao ex-amigo: Toninho, seu puto, você sabia das coisas.

Está levando algum para fazer essa investigação?

Não. Nada. Estou investigando porque era amigo do teu namorado.

Mas você tem algum dinheiro, não tem? Mesmo que seja pouco. Dinheiro para... vamos dizer... para um almoço simples num lugar simples. Nós podíamos descer e almoçar num lugar qualquer... acho que passa do meio-dia.

Acho que não passa não. Pelos meus cálculos, pelos cálculos de um homem que nunca usa relógio de pulso, devemos andar aí pelas onze e meia. De mais a mais, eu tenho coisas para fazer. Hoje é sábado, amanhã eu tenho plantão diurno, sabe?, o tempo está passando e eu não estou avançando muito no trabalho. Preciso ir andando.

Ela colou o corpo no meu corpo. Por ser mais baixa que eu, seus cabelos roçavam meu queixo.

Quer alguma coisa especial? Está precisando de um pouco de emoção? Eu sei fazer uma porção de coisas. Coisas que o Toninho me ensinou. Esqueça que está trabalhando, esqueça que *precisa* avançar com a investigação, vamos voltar ao quarto... ou mesmo na sala, se você tiver alguma espécie de prevenção contra quartos... eu te faço uns agrados, depois você me dá algum dinheiro.

Eu não sou puta. Não pense que eu sou uma puta. O Toninho às vezes me chamava de putinha, mas sabia que eu não gostava, se dependesse de mim estaria trabalhando, ganhando minha vida. Vim para São Paulo a fim de trabalhar e...

Chega. Pare com esse quás-quás-quás sem sentido. Se você é puta ou putinha ou acabou de descobrir que tem vocação para freira, eu não tenho nada com isso. Podíamos até fazer um programa. Eu não costumo pagar mulher, mas até poderia abrir uma exceção com você. É que não estou mesmo a fim.

Havia um chaveiro na parede, ao lado da porta, eu o apanhei e tentei adivinhar qual chave se ajustava à fechadura. Licínia encostou os peitos no meu braço.

Posso te dar uma informação. Se você me pagar, te dou uma informação.

Que tipo de informação e qual o preço?

Cem reais. Me dê cem reais que eu te digo uma coisa.

Vamos deixar por cinqüenta, o.k.?

O.k. Faz umas duas semanas que a delegacia onde o Toninho trabalhava apreendeu uma grande quantidade de entorpecente. O chefe da investigação, o Valdo, devia chamar o delegado titular e entregar, deixar que o delegado formalizasse o procedimento — foi assim que o Toninho falou, formalizar o procedimento —, mas o Valdo preferiu trancar a cocaína no armário. Parece que ele tinha mais alguma apreensão em mente. Tinha informação de que poderia apreender mais droga. Ou prender algum traficante. O fato é que trancou no armário e de lá o pó sumiu. Era muita droga. Vinte e cinco quilos. Dinheiro pra cacete. O Valdo ficou puto, os tiras ficaram putos, andaram discutindo, mas o fato é que a droga sumiu e não apareceu mais. Até onde o Toninho sabia a droga não apareceu mais.

O Lagartixa sabia da coisa?

Não sei quem é.

O delegado titular do distrito.

Aquele homem alto e moreno cheio de rugas se chama Lagartixa? É por causa das rugas?

Tirei o dinheiro do bolso dos jeans, tinha mesmo uma nota de cinqüenta no meio de outras notas menores, entreguei-o à Licínia. Ela enfiou no cós do shortinho. Deu-me um beijo no rosto, um beijo puro, filial. Não. Puro e filial não. Um beijo simples, era o que eu devia ter dito.

A gente podia fazer uma porção de coisas interessantes, ela disse. Você não sabe como eu chupo.

Abri a porta, saí para o corredor, sentindo que ela me olhava as costas, talvez imaginando como um tira puta-velha como eu podia ser tão estúpido. Tomei o elevador e passei pela portaria no térreo e os dois funcionários me olharam com interesse como se eu tivesse visitado o prédio para defender o salário deles. Parei na calçada e, como não poderia deixar de ser, pensei em Licínia. Havia algo estranho na atitude dela: tinha falado tão livre e tão espontaneamente sobre Pedro, mas para informar a apreensão e desaparecimento da cocaína havia me cobrado cinqüenta mangos. Bem. Deixa pra lá. Todo mundo faz coisas estranhas... por interesse, por tara, por burrice. Era o que ela me parecia mais. Burrinha. Se tinha abandonado a família em Minas para acompanhar até São Paulo um tira casado, com problemas, filha e genro, devia ser meio burrinha... o protótipo da loura burra...

A garoa não tinha desaparecido, apenas diminuíra um pouco, e havia no ar a promessa de que mais tarde, conforme o dia escoasse, ela sumiria por completo. Caminhei para o carro.

Foi um tanto difícil sair daquela região. O trânsito nas proximidades da Paulista estava pesado, e na própria estava mais pesado ainda. Decidi descer pelo Pacaembu, pois quando não tem jogo, sobretudo Coringão e Parmera, os carros conseguem passar por ali. Tomei a ponte da Casa Verde e cheguei ao pátio do 13º Distrito.

Tinha um sujeito na porta, olhando a paisagem com ar filosófico... do lugar onde se encontrava ele podia ver os carros rolando na avenida, o topo dos prédios no centro da cidade, a companhia da Polícia Militar e o próprio pátio.

Sabe informar se o Valdo está por aí?

Hoje é sábado, ele respondeu, sucinto.

Eu sei. Também sou policial, e tenho conhecimento que nos sábados e domingos a investigação não funciona. Infelizmente. Se funcionasse, quanta coisa errada não seria descoberta... Às vezes o chefe da tiragem comparece. Para acertar uma coisa e outra.

Não me consta que o Valdo tenha o costume de acertar uma coisa e outra. De qualquer forma, a escada que leva ao primeiro andar está trancada. Tem uma porta de ferro.

A porta já conheço, eu disse entrando na delegacia.

Fui mergulhando pelo corredor. Na sala do delegado não tinha delegado nenhum, na sala do escrivão não tinha escrivão nenhum, fui avançando até chegar à sala que antecede o Chiqueirinho. Ali tinha três indivíduos. Um deles estava algemado e de cabeça baixa, respondendo perguntas, os dois outros falavam e gesticulavam. Um deles eu conhecia. Chamava-se Nestor, era tira também, ficáramos amigos cerca de cinco anos antes, quando ele encanou um sujeito e levou para nosso distrito; já na cadeia o sujeito disse que tinha o hábito de comprar droga do Nestor. Antes que o boato se espalhasse, procurei o colega e o avisei, ele tomou providências, investigou e descobriu quem vendia tóxico para o viciado. Aquilo quebrou a acusação.

Ele nunca mais esqueceu o favor. Sempre que nos encontrávamos, me cumprimentava com alegria. Em nossa instituição, algumas amizades se tornam muito sólidas... tanto como se tornam sólidas certas expressões de ódio. Nestor é vidrado em corrida de automóveis. Tem uma coleção de vídeo de trinta anos, desde os tempos de Fangio, Jack Stewart, sei lá... eu não manjo dessas coisas. Toda vez que encontro com ele pergunto pelos pilotos brasileiros. Só para provocar. Ele não gosta do pessoal novo, pós-Ayrton Senna. Esses pés-de-chumbo do caralho, costuma desabafar.

Segurou no meu braço e me levou de volta ao corredor e a gente sentou no banco de madeira em que as pessoas esperam para registrar queixa. Falei que estava investigando a morte do Toninho, e ele disse que já sabia.

Na minha opinião, acrescentou, não vale a pena. É melhor que o assassino fique mesmo impune. Agora, eu compreendo a tua posição. Tem gosto pra tudo.

Deixando passar aquela manifestação negativa e desanimadora, falei o que me interessava mesmo:

Preciso falar com o Valdo, e ele não está no distrito hoje. Queria que alguém me desse o endereço da casa dele. Você tem?

Ter o endereço do Valdo é da minha obrigação. Afinal de contas é meu chefe, não é? O diabo é que se der a você, ele pode escamar. O cara é escamoso como o diabo. Também tenho o número do celular dele. Por que você não telefona?

Investigação policial a gente faz cara a cara. Quando se tem de perguntar alguma coisa a alguém, tem-se que falar olhando no olho, para sentir a reação do sujeito. Telefone não adianta. Quero mesmo ir na casa dele, encarar ele.

O Valdo não é suspeito de nada, é?

Não. Se fosse, eu iria procurar outro caminho.

Nesse momento chegou o escrivão, vindo da rua, me olhou com indiferença, entrou no cartório e sentou atrás do computador, pegou na gaveta uma revista em quadrinhos... eu sabia que era em quadrinhos porque via a capa. Nestor foi até a mesa dele, apanhou papel e esferográfica, fez anotações, me entregou.

Não diz que fui eu quem forneceu o endereço. Diz que descolou por aí. Está bem? O Valdo é autoritário pacas.

Bati-lhe afetuosamente no braço:

Se não fosse não conseguia ser chefe de investigadores.

15

O condomínio tinha um nome feio, Alphasol, que os construtores talvez pronunciassem "alfassol", quando na verdade deviam chamar de "alfazol", como se fosse nome de remédio. Agora, a portaria era charmosa, embutida numa construção grande como um transatlântico, e os funcionários lá dentro estavam uniformizados e eram pomposos como almirantes. Havia duas entradas. Uma para moradores e outra para visitantes. Parei junto à entrada dos visitantes e esperei que o funcionário viesse falar comigo. Era visível que ele não gostava de mim nem do meu carro. Isso era compreensível, já que ambos simplesmente não combinávamos com o lugar. Tratei de esclarecer logo as coisas, fornecendo meu nome e meu cargo.

Estou investigando um caso de homicídio e preciso falar com um morador, acrescentei.

Qual o nome?

Prefiro não dizer. Quero chegar à casa dele e falar pessoalmente.

Mostrei minha credencial, que o homem examinou com desdém, como se ela não tivesse valor ali; previ dificuldades na diligência e me preparei para um conflito. Ele me devolveu a carteira:

Não pode entrar. Diga quem é o morador, nós vamos ver se ele está e se pode atender, damos um retorno. O senhor encosta o carro ao lado do portão e espera.

Meu amigo, eu até entendo o trabalho de vocês, a cautela com que recebem as pessoas estranhas que chegam aqui, esse cuidado é necessário à segurança do condomínio. Os moradores pagam por isso. Mas agora não é o caso. Eu sou um policial. Não sou uma ameaça à segurança. Pelo contrário.

Se não disser o nome da pessoa que quer visitar não vai poder entrar. São as ordens.

À minha frente havia uma cancela de madeira pintada de verde e amarelo e azul, como se os construtores quisessem demonstrar que podiam ser burros mas eram patriotas também. Eu disse para o funcionário: Levanta essa cancela aí, senão vou quebrar com o carro. Ele não fez nenhum gesto. Só ficou me olhando, me estranhando, como se eu estivesse chegando de outro país e falasse uma língua desconhecida. O colega dele, que se mantinha um passo atrás, disse que eu não teria coragem. Acha mesmo?, perguntei. Acha que estou blefando? O carro ainda estava com o motor ligado. Dei marcha a ré uns dez metros, acelerei e...

O empregado se colocou entre o carro e a cancela e me fez um gesto com o braço.

Encostei o fusca na portaria de novo, e ele me deixou entrar. Eu não tinha pretendido arrebentar cancela nenhuma. Mesmo porque, velho como é, se eu atiro meu carro contra a ripa de madeira, talvez ele se arrebentasse mais que ela.

Às vezes a gente tem de bancar o louco, costumava dizer o Atílio, que trabalhava comigo no banco, antes de eu ser polícia. Um que acabou entrando para o hospício.

Além da portaria havia uma avenida larga, asfaltada, ao lado da qual, à esquerda, funcionava um pequeno shopping, com lojas de suvenires, chocolate e café. Do lado direito havia um lago. De onde eu estava era impossível vê-lo, mas havia uma placa bem grande e bem convidativa, "Lago Norte". Era evidente que existia outro no condomínio. Se aquele era o lago do norte, devia haver outro do lado sul ou leste ou...

Tomei uma das avenidas que levavam para o interior do conjunto, parei numa casa pintada de amarelo em cujo portão havia algumas pessoas conversando e indaguei onde ficava a rua Humberto de Campos. O pessoal ali era muito literário. Muito culto e tudo. As ruas se chamavam Humberto de Campos, Machado de Assis, Eça de Queirós — eu ia passando nas esquinas e lendo as placas. Escritor moderno, Dalton Trevisan, Lygia Fagundes Telles, não tinha nenhum, não que eu tenha visto. Levei uns quinze minutos para chegar à casa de Valdo.

As casas tinham um certo padrão, uma certa lógica. Por exemplo: não havia muros. Na parte da frente ficavam os carros, depois a casa propriamente dita, depois um espaço coberto de área verde, depois a piscina, e no fim mais uma construção, uma espécie de edícula — só que muito maior que as edículas que eu costumava ver. Acionei um botão junto à porta principal e a campainha, cujo som era de música clássica, tocou lá dentro. Ouvi passos ao lado da casa e me virei e deparei com uma mulher de meia-idade ainda bonita e rija com calças jeans e malha e um boné branco. Era normal que estivesse protegida: a garoa e o frio ainda não tinham passado.

Quero falar com o Valdo.

A portaria não avisou nada...

Eu sou da polícia. Colega do Valdo. A senhora é mulher dele?

A mulher abriu a guarda, me deu a mão e me levou à edícula, onde havia uma churrasqueira, mesas e cadeiras, um pequeno bar. A coisa funcionava como um clube.

Valdo estava lá, ele e uma porção de homens e mulheres, e muita criança, sentados em volta das mesas ou administrando a churrasqueira, de onde saía um cheiro forte e convidativo. Um crime se produzir um cheiro assim na presença de um cara que não almoçou ainda. Valdo se levantou de uma cadeira de lona e madeira e caminhou na minha direção. Com uma blusa de linho e uma bermuda de boca larga, realçando suas pernas finas. Não tinha feito a barba, mas não parecia doente, não se parecia nada com um sujeito que tem úlcera e desilusão, pensa em se aposentar mas não pode, devido ao baixo salário. Bem, ele ficou puto quando me viu. Não me apresentou aos amigos, não me ofereceu cerveja nem caipirinha, calabresa ou picanha. Eu tenho uns colegas de cargo muito estranhos mesmo.

Fomos conversar na beira da piscina.

Quem te deu meu endereço?

Levantei na Homicídios. Falei com um delegado, ele ligou para o Cepol, o funcionário informou.

Imagino que tenha um bom motivo para vir me encher o saco.

Valdo, você não é meu chefe, eu não trabalho na sua delegacia e não faço parte da sua equipe de investigadores. Não sou nenhum Rodrigues da vida, se é que você entende o que eu quero dizer. Aqui nós somos iguais. Você é investigador e eu sou também. Não pode falar assim comigo.

Eu quero é que você se foda.

Assim mesmo. Muito do mal-educado e tudo. Girei o olhar pelas imediações, a casa dele, que eu via pelos fundos, a churrasqueira, onde sua mulher e seus filhos e seus amigos se divertiam, as casas ao lado e, longe, quadras de tênis e futebol-soçaite.

Você mora bem, eu disse. E ainda tem gente que fala mal do governo, diz que investigador de polícia ganha mal.

Ele assimilou o golpe. Lançou um olhar fundo por trás dos óculos de aros dourados, cujas lentes andavam um pouco embaçadas, talvez devido à gordura da picanha, respirando pesadamente e procurando palavras.

Não trabalho só na polícia, ele disse. Se dependesse só da polícia minha família já tinha morrido de fome.

Eu dependo só da polícia e ainda não morri de fome.

Talvez tenha vocação para faquir. Eu, não. Agora vamos acabar logo com isso. Diga o que veio fazer aqui.

Soube uma coisa muito interessante. Que a chefia do seu distrito, você à frente, fez uma grande apreensão de droga. Vinte e cinco quilos. Ela devia ser apresentada a um delegado de polícia, para a formalização da apreensão, para a instauração do inquérito, mas você preferiu guardar no armário da sua sala. E de lá ela desapareceu.

Quem te passou essa deduragem?

A mulher que você me indicou para ir ver hoje.

Cacete!, vociferou ele, cuspindo para o lado. O bosta do Toninho andou batendo com a língua nos dentes e agora a piranha dele anda falando merda por aí. Mas eu pego a filha-da-puta. Ah, se pego!

Antes de prender e arrebentar Licínia, pode me falar sobre a apreensão da droga?

Vou ter que falar. Agora você já pegou uma pista, mesmo que eu negue vai continuar investigando, no fim acaba descobrindo a verdade. Não houve cana. Nós recebemos a deduragem, fomos a um muquifo e encontramos a droga, ficamos atônitos, porque era muito pó. Mas não prendemos ninguém. Porque não tinha ninguém no mocó. Daí que nós levamos ela para o distrito e eu guardei no armário a fim de continuar com as investigações e prender o traficante. Ou traficantes. Viciados, nem pensar. Nem por um momento pensamos que a droga pertencesse a um viciado, por causa da grande quantidade. Não teve nada de errado.

Podia ter continuado com a diligência. Mesmo estando a droga apreendida. O delegado mandava instaurar inquérito e vocês continuavam malhando. Quando o traficante — ou traficantes — fosse identificado, seria preso. Ou no mínimo indiciado. Sabe, Valdo?, eu acho que estou pregando no deserto, porque eu e você conhecemos a coisa, é assim que funciona. Ou devia funcionar. Diga: por que trancou a droga no armário da delegacia? Não sabia que era um armário falho, vulnerável? Quem fez o roubo? Gente de vocês mesmos? Toninho? Ele tinha droga no carro quando foi morto.

Não tenho informação de que fosse viciado ou traficante, mas...

Não sei nada sobre isso. Também não me consta que ele fosse viciado ou traficante. Lá na delegacia nunca chegou nenhuma denúncia contra ele — e olha que esses boatos, quando tem policial envolvido, correm mais rápido que fogo.

Quem roubou a droga?, tornei a perguntar, agora de forma mais incisiva.

Não sei, porra. Se soubesse já tinha encanado.

Pediu perícia para o armário?

Como é que podia pedir perícia, se a apreensão da droga foi ilegal? Ou melhor: se a guarda da droga foi ilegal? O que eu podia fazer, e fiz, foi interrogar todo mundo, investigadores, escrivães, carcereiros, faxineiras, até o permissionário da cantina. Só não interroguei delegados por serem meus superiores hierárquicos. Se não fossem, interrogava também.

Todo mundo na delegacia soube que havia droga no armário e que ela foi afanada?

Não. Só o meu pessoal soube. Aos outros eu disse que haviam sumido armas e algemas e munições, e até mandei fazer um boletim de ocorrência, para sacramentar a denúncia. Se eu descobrisse quem violou o armário, saberia quem roubou a droga.

Parece óbvio.

Procurei outras coisas para perguntar, mas não me ocorria nada. É freqüente isso: deixo de fazer perguntas importantes, às vezes até óbvias, ou esqueço de fazer as perguntas que havia planejado. Investigação é assim mesmo. Eu queria ser maravilhoso como aqueles policiais que a gente vê nos livros e nos filmes, perguntando só as coisas certas nas horas certas para as pessoas certas, mas a verdade é que volta e meia cometo erros primários. Também, tinha pressa de sair dali. Uma criança veio se juntar às pernas de Valdo, sua mulher observando do bar com olhos curiosos e tensos, alguns amigos gesticulavam e gritavam: Ei, Valdo, a cerveja está esquentando! Eu não era amigo do grande chefe, mas também não queria virar seu inimigo.

Achei melhor ir embora. Tinha lançado uma isca, uma provocação, cumpria esperar pelos resultados; talvez colhesse algum fruto, mais tarde.

Estendi a mão, mas ele não pegou. Simplesmente me deu as costas e voltou pela borda da piscina para a churrasqueira. A mulher dele foi mais simpática: levantou o braço e me acenou adeus, parecendo sincera, como se eu fosse uma velha amiga prestes a tomar um navio e partir. Voltei sozinho para o meu carro.

Quando passava pela portaria, eu e o porteiro trocamos olhares ressentidos e magoados. Não. Ele estava ressentido e magoado. Eu estava apenas com fome.

Porque estava faminto, dirigi rápido pela Castelo Branco e pela Marginal do Tietê, e perto da estação rodoviária quase discuti com outro motorista, que talvez estivesse faminto e nervoso como eu. O fato me deixou aborrecido. Detesto discussões de trânsito mais do que cobranças bancárias. No alto de Santana, onde moro, parei ao lado do bar do Luís, pensando em comer uma feijoada... boa idéia, hein, meu velho? Nada melhor que uma feijoada fumegando num sábado frio e garoento. Ao descer do carro tive uma surpresa. Alguém conhecido estava me esperando. Era um dos escrivães do 38º DP, se chamava Sidney, pelos meus cálculos estava ou devia estar no plantão. Caminhei até a mesa dele.

Trocamos um cumprimento formal, já que não éramos amigos. As más línguas diziam que Sidney era veado e ladrão. Eu nunca vi nada de errado. Também, nunca trabalhamos na mesma equipe. Pessoalmente, era um sujeito agradável, muito sorridente, simpático, bonito, cabelos ruivos e olhos verdes, o porte atlético. Uma pena, comentavam as mulheres do distrito, pensando na eventual veadagem dele. Com a eventual ladroagem, não se preocupavam.

Pensei que você estivesse no plantão, eu disse me sentando.

E estou. Dei uma corridinha aqui porque apareceu um homem na delegacia te procurando.

É mesmo? Quem é e o que queria?

Não disse o que pretendia. Parecia um tanto misterioso, meio encabulado. Achei que tinha a ver com a tua investigação... corre na delegacia que você agora é o homem forte da Homicídios, está investigando a morte do tira Toninho.

Não sou homem forte coisa nenhuma. Quanto ao Toninho, você conhecia ele?

Esteve num plantão noturno meu, no tempo que eu ainda trabalhava na Brasilândia. A gente fez amizade, mas nada forte, nada para valer. Nada íntimo. Você me entende.

Pensei: Eu entendo, eu entendo.

O cara que me procurou na delegacia deu o nome?

Deu. Alberto. E deixou o endereço. Está aqui... E Sidney me passou uma folha de papel com o timbre da Segurança Pública no alto. Dobrei e botei no bolso.

Por que não telefonou para a minha vizinha?, perguntei. Deixei o número no livro dos funcionários.

Achei melhor vir pessoalmente. Cara a cara a gente conversa melhor. Bati no teu apartamento, não tinha ninguém, então vim aqui e fiz perguntas, o dono me disse que você era freguês e talvez ainda viesse almoçar. Fui ficando. Na verdade, queria mesmo falar pessoalmente com você, perguntar se precisa de mais alguma coisa. Se precisar, é só dizer. Eu trabalhava numa padaria, como segurança... uma padaria na avenida Inajar de Souza... mas fui mandado embora. Discuti com o dono, sabe? Agora estou no desvio, sem nada para fazer entre um plantão e outro. E querendo grana. Se você precisar de ajuda na investigação... sabe o que eu quero dizer?... Se precisar de um cara que possa levantar informações complementares, fazer campana, seguir pessoas... é comigo mesmo. Não sou investigador, mas sei de umas coisinhas de investigação.

Sidney, eu vou logo abrir o jogo. Útil nesse trabalho que eu estou fazendo, você até podia ser. Agora, se tem em vista ganhar algum dinheiro, nada feito. Como é que eu iria te pagar?

Ué! Não tem gente pagando você?

Quem poderia estar me pagando?

Não sei, meu. Parentes da vítima, herdeiros, sócios... eu soube que o Toninho tinha loja de automóveis no Imirim... alguém que esteja sendo acusado da morte dele. Alguém tem que estar te pagando.

E Sidney me olhou nos olhos, fundo, tentando me induzir a uma confissão ou, no mínimo, tentando pescar indícios de que eu tinha mesmo interesse financeiro na investigação. Pensei em lhe dizer tintim por tintim qual era o meu objetivo, mas depois achei que não valia a pena. Primeiro, ele não iria acreditar mesmo. Segundo, era começo da tarde e eu estava faminto, não queria mais perder tempo... meu estômago estava tão revoltado, minha garganta tão seca, se eu demoro a atender suas exigências, eles poderiam se vingar de mim depois.

Vamos fazer uma coisa, Sidney? Olha, foi muito legal o que você fez por mim. Eu já tinha ouvido falar que você era amigo (puta mentira; nunca ouvira nada nesse sentido) e agora vejo que era verdade, você é amigo mesmo. Vamos fazer o seguinte... A gente conversa depois. Você está de plantão... quem ficou no teu lugar na equipe?

Minha equipe não precisa de outro escrivão. A tiragem se vira. Sabe fazer boletim de ocorrência e auto de prisão em flagrante tão bem quanto eu. E meu delegado ajuda também... Eu não preciso de muito dinheiro. Qualquer coisa serve.

A gente fala depois, eu disse me levantando. Quanto à despesa que você fez aqui, deixa comigo. Eu pago. Ou melhor: mando pendurar junto com a minha conta. Tchau.

Ele não teve outra alternativa senão ir embora. Pegou um carrinho verde na esquina próxima, ali junto da padaria, e partiu. Luís às vezes era muito hábil. Percebendo que eu tinha ficado sozinho, foi falar comigo.

A feijoadinha hoje está tinindo. A Cármen acertou a mão. Acho melhor pedir logo, antes que acabe.

Pedi a feijoadinha, que realmente estava ótima. Tomei uma caipirinha de cachaça e meia garrafa de cerveja, e quando acabei com essa festa, estava sonolento e pesado como um padre. Não quis pensar no meu apartamento e na minha cama para não cair em tentação. Entrei no carro e dirigi direto para o Tucuruvi. Perto de onde Alberto morava não havia vagas para estacionar, mas em compensação tinha um supermercado, desci ao subsolo e larguei o carro ali, subi à rua desconfiado, olhando para os lados. Ninguém entretanto tinha flagrado minha grande desonestidade. Na portaria do prédio não precisei dar muitas explicações. O porteiro me deu uma informação solene.

Que ele pensava fosse solene:

O dr. Alberto e a dona Elizabeth estão esperando pelo senhor.

Fui recebido junto à porta como se fosse um embaixador, o casal me estendeu a mão e me sorriu, perguntou onde eu queria sentar. Escolhi uma poltrona ao acaso. A sala estava em silêncio, com exceção de um sonzinho baixo, de freqüência modulada, pensei, vindo de um aparelho no quarto. Não deviam ter crianças, Alberto e Elizabeth. Em cada parede havia um retrato da mulher. Em trajes sofisticados e passando por uma passarela sofisticada no meio de gente sofisticada.

Tinha pernas grossas. Imaginei que por isso não fizera grande carreira como modelo.

Como vai a investigação?, Alberto me perguntou.

Ainda não deparei com uma pista quente. Tenho andado por aí, falando com pessoas que poderiam ter alguma informação, mas elas não têm; ou simplesmente preferem manter o bico fechado. Até o momento só gastei gasolina e saliva. Vocês têm alguma coisa pra informar?

Sobre o crime, nada, o casal respondeu ao mesmo tempo.

Já falaram com Clodoaldo? Ele já voltou do congresso?

Não falamos porque não tivemos oportunidade. Ele chegou, mas renovou a licença no hospital, deu um tempo no consultório dele e foi para outro congresso, em Copenhague.

O que tinham em mente quando me chamaram aqui?

Imaginamos aquilo que você acabou de confirmar, disse Alberto. Que tem andado para um lado e outro e gastado gasolina.

A voz de Elizabeth cortou o ar:

Sobre o gasto de saliva não tínhamos pensado.

Tentei não perder a pose por causa da piadinha dela:

Pretendem me indenizar pelos gastos... da gasolina? Se for esse o caso, não quero receber. Estou fazendo a investigação pelo Toninho, pela nossa amizade. Tivesse que gastar mais gasolina, eu gastaria.

Ela falou diretamente, muito séria e tudo:

O Alberto tem uma proposta a lhe fazer.

Não é bem verdade, disse ele. *Nós* temos uma proposta a lhe fazer. Algum tempo atrás sumiu um anel aqui de casa. Uma jóia que tem muito valor, por dois motivos: primeiro, foi presente, uma coisa que eu dei à minha mulher, no aniversário dela; segundo, porque é valiosa mesmo. Eu sei que é chato dizer isso na frente da Elizabeth, mas creio que diante de investigadores nós precisamos ser claros. Foi muito caro, o anel. Comprei numa loja tradicional do centro, digo tradicional porque é daquelas que só vendem material autêntico. Custou os olhos da cara.

Levaram o caso à polícia? Deram queixa?

Não. Só falamos com o Toninho. Ele prometeu dar retorno, mas não voltou aqui para falar do assunto. E pouco depois morreu. Estou disposto a pagar. Se quiser investigar o sumiço do anel, eu pago.

16

Só gasolina. Encha o tanque.

A moça de macacão branco pegou as chaves do fusca e caminhou para a bomba e eu fiquei olhando em volta. Era um posto pequeno, ao lado de um supermercado, mas novo e aguerrido, com gente rápida e interessada, ofertas em todo lugar, trocamos o óleo por nove reais, gasolina de primeira por um real e cento e tantos milésimos de real. Quando o posto marcasse a presença na cabeça dos consumidores, os preços voltariam ao normal do mercado.

Parei o carro ao lado do posto de combustível e desliguei o motor. Toninho não havia chegado ainda. Deixei-me ficar olhando as bombas, os homens que passavam numa direção e noutra. Atrás de mim estava a avenida larga e comprida com muitos faróis que levava o trânsito de São Paulo ao litoral. Os empregados me olhavam de longe, conversando entre si, e imaginei que logo iriam me fazer perguntas ou mandar que eu me arrancasse, já que eu tomava um espaço precioso... o espaço na empresa dos outros é sempre precioso. A manhã estava clara, luminosa mesmo, e alguns carros passavam com bagagem no teto e crianças dentro, a caminho de férias, me causando inveja.

Então ele chegou, e estranhei não ver o jipe Cherokee. Em seu lugar havia um Passat já velho, marrom, um arranhão grande na lateral. Mas os pneus estavam bons, os pneus que eu podia ver do meu carro, e o espelho retrovisor nem estava quebrado ainda. Toninho também não usava sua roupa elegante, o paletó e a camisa social, mas japona e calça de brim. Não sei por que ele vestia japona. O dia não estava frio nem chuvoso. Desceu do Passat e eu desci do fusca e a gente apertou as mãos entre os dois carros como dois chefes de batalhão se cumprimentando entre as colunas. Ele não estava sorridente, como eu me habituara a vê-lo. Estava sério, compenetrado, com um chapéu de feltro que ajudava a tornar seu rosto carrancudo.

Trouxe o mandado de prisão?

Trouxe.

Veio armado? Tem munição na sua arma?

Escuta, Toninho, você acha que eu ia sair de casa tencionando dar uma cana na Praia Grande sem levar arma?

Quando você saiu da delegacia para prender o Ronaldo no hotel Três de Ouros estava sem munição.

Não saí da delegacia sem munição. Fiquei sem munição nos Campos Elíseos porque dei uns tiros num assaltante. É diferente.

Está bem. É diferente. Vamos.

No seu carro ou no meu?

Procurou o gerente do posto de gasolina, falou com ele, pediu para guardar meu carro até mais tarde. Um empregado se aproximou, pegou o fusca e levou para os fundos, ali onde havia outros carros, talvez do dono e dos funcionários mais graduados. Entramos em seu Passat. Eu não podia esquecer o jipe.

Por que não trouxe o Cherokee? Afinal é maior e mais confortável.

Toninho não tirava o olho da estrada. Era um motorista muito experiente e muito competente.

Achei melhor deixar o jipe na loja. Não é carro para descer à Baixada quando se tem a possibilidade de tomar tiro. Peguei esse aqui. Meu sócio não gostou muito, mas eu disse que ia precisar dele, botei placas frias e vim. Espero que você não tenha nada contra.

Falava de forma incisiva, peremptória, não me olhando no rosto, parecia um motorista particular que se levantara muito cedo, antes da hora, para servir o patrão. Tentei não dar maior importância ao fato. Pessoas ficam mal-humoradas e irritadas por muitos motivos. Continuamos pela estrada, e o homem sempre mais enfezado. A cada coisa que eu dizia, ele soltava um comentário áspero. Se um carro passava rente à lataria do Passat, ele se aborrecia, fazia um gesto obsceno. Nesse tipo de diligência, para suavizar a tensão, costuma-se falar de coisas leves, contar fatos picarescos e piadas, e era o que eu procurava fazer. Mas ele não colaborava. Fingia não escutar meus comentários, e das minhas piadas fazia questão de não rir. Chegou uma hora, quando já tínhamos passado São Bernardo do Campo, que eu não agüentei mais:

Escuta, Toninho, tem alguma coisa errada? Você não queria participar da cana? Se não queria, bastava ter me avisado.

Você me pediu ajuda quando nós conversamos na pizzaria. Eu prometi, não prometi? O negócio é que eu tinha coisas para fazer hoje. Coisas que não podia adiar. Só isso.

Ainda está em tempo de voltar. Deixamos a diligência para outro dia. Ou então você me dá o endereço da casa do Ronaldo, me leva de volta ao posto, eu pego meu carro e tento fazer a prisão sozinho. Afinal de contas o mandado é meu. Você não tem obrigação nenhuma.

Talvez nesse momento ele tenha compreendido o erro que estava cometendo. Bateu na minha perna e deu pela primeira vez um sorriso. Um arremedo de sorriso, vá lá.

Você é meu amigo, porra. Vamos em frente.

Não era um lugar fácil para se andar, porque não havia placas de orientação nas esquinas, as ruas eram todas de terra e estavam enlameadas devido à garoa que tinha caído o dia inteiro, de forma que meu pequeno fusca guindava inseguro por um lado e outro. Não havia casas por ali. Só barracos. Algumas mulheres surgiam à porta, me olhavam com piedade, crianças que não podiam brincar na rua me estudavam das janelas... daqueles buracos na frente dos casebres que os moradores chamam de janelas. O nome do lugar era Primavera. Eu não podia deixar de pensar nos loteadores. Esse pessoal é do cacete, eu definia com rancor. Compram o pedaço de chão, riscam lotes mínimos, sabendo que o destino é virar favela, e ainda o batizam com o nome de Primavera.

Vão ser gozadores assim na p...

Continuei avançando como podia. Elizabeth havia dito que sua empregada morava perto da caixa-d'água, mas eu não via caixa-d'água nenhuma, tudo o que via eram barracos, botecos, barracos e botecos. Contornei uma pequena igreja. Não tinha placa, por isso eu não sabia se era católica, protestante, metodista ou o cacete. Continuei levando o carro por caminhos perigosos. Foi com alívio que identifiquei o barraco na beira de um córrego. Elizabeth tinha sido clara: Não tem como errar. O barraco da Jandira é o único que tem pintura. A porta é de papelão, mas é pintada de verde.

Deixei o carro na rua, me aproximei do barraco e bati na janela, pois se batesse na porta, ela podia arrebentar. A porta foi aberta e surgiu uma garotinha. Era tão pequena que nem conseguia falar ainda com as visitas, apenas ficou ali, de pé, só de calcinhas, indiferente ao frio e à umidade, um palito rodando na boca. Um palito que devia ter sido de sorvete.

Ei!, gritei para dentro do barraco. Tem alguém aí?

Então surgiu uma mulher negra, os lábios grossos e o cabelo pixaim, a barriguinha saliente coberta por um vestido simples, vermelho.

Como vão as coisas, Jandira?

Vão bem. O senhor quem é?

Polícia. Investigador. Posso entrar?

Ela não respondeu se eu podia entrar ou não e eu também não esperei que ela respondesse, simplesmente abri caminho entre ela e a menina e entrei. O barraco não tinha cômodos e, conseqüentemente, não tinha paredes internas, era um vão inteiriço onde ficavam a cama, o fogão, o armário de louças, a tina com roupa de molho e o aparelhinho de televisão. Quando eu era mais jovem e entrava em favelas procurando ladrões e receptadores e via aparelhos de televisão, costumava perguntar aos moradores se não deviam aproveitar o dinheiro para comprar roupa ou comida ou botar paredes nos barracos. A resposta que eles me davam era mais ou menos a seguinte: A gente já não tem nada; vamos ficar sem o Sílvio Santos e sem o futebol também?

Não tinha lugar para sentar, de modo que fiquei de pé por ali, junto à janela, tentando respirar o ar pesado de sujeira, de roupa mal lavada, de pratos sujos. Na cama havia um homem dormindo. Era gordo e vestia uma calça de agasalho, de moletom, e uma camiseta listrada, e entre a barra da camiseta e o cós da calça aparecia uma nesga de sua barriga... branca e amorfa como a barriga de um porco.

Teu marido?

É, Jandira disse. Fazer o quê?

E olhou para o chão, ciscou um pouco com o pé direito, como se desejasse apagar uma prova, o pensamento perdido. A menina pegou em sua mão e fez uma pergunta que eu não pude compreender — só as mães podem interpretar perguntas de filhos pequenos.

Bem, Jandira, é o seguinte. Acho que você já sabe por que eu vim aqui. Mas em todo caso eu vou dizer por inteiro. Você é empregada do dr. Alberto. A mulher dele, Elizabeth, tinha um anel de diamantes, que foi roubado. Na casa não entrou ninguém, a porta não foi violada, eles não têm filhos adolescentes, que pudessem ter güentado a jóia para levantar uma grana e gastar na danceteria, de modo que sobra apenas uma pessoa. Você. Quando eles me falaram do roubo do anel e disseram que tinham uma empregada, eu soube que tinha sido você. Agora me diga: Vai confessar numa boa?

(Quando eu disse: Eu soube que tinha sido você, estava mentindo. Não sabia coisa nenhuma. Mas quando se está interrogando pessoas, tem-se que jogar o crime na cara delas e esperar pela reação.)

Eu não roubei anel nenhum.

Vamos ser razoáveis. Você mora em favela, trabalha como doméstica, tem filha pequena... esse homem aí, o teu marido, ele trabalha?

Está desempregado.

Há quanto tempo?

Não sei. Tem mais de ano.

Bebe?

Muito. O senhor não vê? Por que acha que ele não acorda com a gente conversando aqui tão perto?

Bem, então é isso. Você é pobre, o marido alcoólatra, inútil, a filha pequena, eles têm que ser sustentados, têm que ser levados ao dentista e aos postos de saúde. O Alberto é profissional bem-sucedido, ganha muito, pode comprar anel de brilhantes para presentear a esposa, ser aliviado da jóia não é pecado. Por isso você passou a mão no anel. Não acredito que seja uma criminosa, uma ladra — se fosse não estaria pegando em batente —, mas a vida é assim mesmo, nós somos assim, a carne é fraca, a tentação é forte... Eu sei como são essas coisas. Tenho muitos anos de vida e de polícia. Você pegou o anel. Me diga para quem vendeu, eu vou atrás do comprador e me entendo com ele. Contra você não quero fazer nada. O Alberto e a Elizabeth te fizeram muitos elogios. Sabia que eles gostam muito de você?

Não roubei nada, ela disse, com obstinação.

Então só me resta levar você até a delegacia.

Pra quê?

A fim de ser interrogada. O Rubão está de serviço hoje, e o Rubão gosta desses casos, se você ficar meia hora com ele vai abrir o jogo, só que vai ser chato, o Rubão vai bater em você, e eu não queria. Não gosto que batam em mulher.

Torci para que ela entregasse os pontos, mas Jandira se manteve fiel à sua posição inicial, negando ter furtado o anel. A menina tinha se colado às pernas dela, dali nos olhava, os olhinhos negros e grandes passando do rosto da mãe para o rosto do visitante. O marido roncava. Virava na cama pobre e roncava. Gente passava pela rua conversando em voz alta e um caminhão de gás gemeu num quarteirão próximo. A doméstica não confessava.

Vamos andando.

Ela começou a esmorecer:

Mas o senhor não pode me prender.

Quer ir assim, numa boa, levando a filha pela mão, ou prefere ser algemada?

E tirei o par de algemas do cós da calça e balancei diante dela para fazê-la acreditar. Aí Jandira não agüentou mais:

Eu peguei o anel. Não queria roubar, eu não sou uma ladra, mas a menina estava com gripe, febre todo dia, os médicos passando remédio que eu não podia comprar. Eu ia nos postos do governo, ficava na fila, quando chegava a minha vez eles diziam que o remédio tinha acabado (aqui ela começou a chorar). Então peguei o anel. Eu não entendo de jóia, mas imaginei que ele valesse muito dinheiro. Pretendia falar com o

Jaime (ela olhou o homem na cama, me levando a pensar que Jaime era o marido) e dizer a ele que vendesse por aí, porque ele conhece gente que mexe com essas coisas. Mas não tive coragem. Fiquei com pena da dona Elizabeth, que procurava o anel por todo canto, com medo do dr. Alberto brigar com ela, e fiquei pensando que o Jaime ia pegar o dinheiro e beber todo de cachaça. Não vendi o anel. O senhor não precisa sair procurando mais ninguém.

Vá buscar.

Não tenho mais. Um investigador veio aqui e pegou.

Que investigador?

Seu Toninho. Irmão do dr. Alberto.

Então era isso. Quando Elizabeth e Alberto falaram a Toninho sobre o anel, ele pensou a mesma coisa que eu: só podia ter sido a empregada. Foi ao barraco de Jandira, deu uma prensa nela, do mesmo jeito que eu viria a fazer também, güentou a jóia e se mancou, razão pela qual não tinha dado retorno ao irmão e à cunhada. Porque tinha roubado a cunhada e o irmão.

Bem, Jandira, fique tranqüila. Alberto e a mulher não abriram queixa na polícia e não vão processar você, porque eu não vou revelar o que ouvi aqui. Agora, pare de roubar os seus patrões, senão você acaba mesmo em cana, com marido bêbado, filha pequena e tudo.

Obrigado, seu investigador, ela disse comovida.

Saí da favela com o mesmo sacrifício com que tinha entrado: tentando me orientar pelos pontos cardeais. Sabia que as rodas do carro estavam cobertas de lama e imaginei que podia aproveitar o dinheiro de Alberto para uma lavagem geral. O carro bem que merecia. Em todo o tempo que trabalhava para mim talvez tenha tomado banho umas duas ou três vezes. Evitei pensar em Toninho e na receptação do anel. Ainda não havia digerido por completo a feijoadinha do Luís e poderia me sentir mal.

Cheguei à loja de automóveis a tarde já caindo, escurecendo, o frio apertando. Isaac me recebeu na entrada. Receber é modo de falar. Apenas me viu entrando e fez um gesto com a cabeça, talvez acreditando que aquilo fosse um cumprimento. Perguntei como iam os negócios, mas não esperava que ele desse qualquer resposta e, de fato, ele não deu mesmo. Passei para o escritório, onde estava Márcia, sentada atrás da escrivaninha como se tivesse estado ali a vida toda, um jornal diante dos olhos, aberto na página onde ficam os anúncios e cotações de automóveis. Sentei diante dela, perguntando: Como tem passado? Ela parecia infeliz. Antes de responder olhou para um lado e outro como se tivesse ouvido perguntas de um padre — Tem pecado muito? Só ou com outras pessoas?

Mal. As coisas vão mal. Vou ter que dar um jeito nisso aqui. Falou com a minha filha e o meu genro?

Falei. O cara é um pilantra. Nem foi trabalhar hoje — e as locadoras de vídeo têm muito movimento nos dias de sábado. Ele curte droga. Você sabia?

Não.

O Toninho sabia. Volta e meia eles discutiam. O Pedro ainda ameaçava o Toninho.

Ele te contou isso? A Paula contou?

A amante de Toninho, Licínia, contou. Quando desci do prédio dela eu estava meio cabreiro com aquele enxame de informações, mas agora não estou mais, acho que ela falou a verdade, até porque não tinha motivos para mentir. Pelo menos eu não atino com nenhum motivo. Licínia sabe muita coisa da vida do Toninho. Sabe que a delegacia em que ele trabalhava fez uma apreensão grande de cocaína e o investigador-chefe guardou no armário e o pó foi roubado de lá. Acho que ela foi sincera comigo. De mais a mais, o Pedro tem cara mesmo de quem cheira.

Bem, não me admira, Márcia disse conformada.

Também falei com o Alberto e a mulher dele. Um anel dela, de brilhantes, valioso pacas, foi roubado do apartamento.

Eu conheço o anel. É de ouro e cravejado de diamantes — duas filas de pedras, uma de cada lado, e uma pedra maior, bem grande mesmo, no meio. Foi roubado, é? Quem roubou?

A empregada deles, Jandira.

Nossa! A Jandira? Quem diria! E a Elizabeth quando se refere a ela chama de anjo.

Talvez eu concorde. Se conhecesse Jandira há mais tempo talvez eu chamasse ela de anjo também. Ela furtou o anel por necessidade, por não conseguir resistir à tentação... ela nem chegou a vender. Estava com ele em casa pensando no que fazer quando o Toninho apareceu e tomou.

Então a jóia já foi devolvida. Não estou entendendo...

Alberto e Elizabeth não sabem que o Toninho encontrou a jóia. Ele não contou, e a empregada também não. Por isso eles me contrataram. Para ser mais claro: o Alberto me chamou ao apartamento deles e me contratou para procurar o anel, até me deu algum dinheiro, que eu aproveitei para encher o tanque do carro...

Bem, talvez esses detalhes não interessem. Sabe por que eu estou te dizendo essas coisas? Porque pretendia te perguntar se você tinha visto o anel, perguntar se o Toninho tinha te falado alguma coisa. Agora não vou perguntar mais. Você conhecia o anel, ele não ia ser tolo de mostrar para você. E com isso dou por encerrada minha visita à loja. Acho que vou embora, finalizei olhando o relógio no pulso de Márcia.

O mostrador me dizia que já eram três e meia.

Você pode querer dar a visita por encerrada, mas eu não. O negócio aqui é o fim. Hoje de manhã apareceu um fiscal. O Isaac não estava, de modo que ele veio direto falar comigo. Queria dinheiro. Porque a loja é irregular. A loja não existe. Não existe legalmente, eu quero dizer. Não tem registro na junta comercial nem na delegacia do imposto de renda. Não tem CGC, se você me entende.

Como é que eles, Isaac e Toninho, vinham driblando a fiscalização até agora?

Com dinheiro. Com propina. Pagavam no sábado de manhã, por isso o fiscal veio hoje. Ele se espantou quando falou comigo. Pensava que eu sabia das coisas. Ainda me lascou uma bronca: Ei, dona, tá fazendo corpo mole? O pilantra. Come dinheiro por fora e ainda mete bronca nas pessoas.

Ele pensa que você é da turma. Quando um cliente exigia nota fiscal, como é que Isaac e Toninho faziam?

Márcia tirou um talão de notas da gaveta, empurrou-o na minha direção. Era de outra loja. O marido dela e o sócio diziam ao cliente que a loja era filial, estavam expedindo a nota da matriz por questões de fisco, o cliente aceitava. Quem compra carro usado costuma aceitar uma porção de coisas. Quanto ao aluguel, disse ela, a loja não tinha contrato escrito, só verbal, que se firmava na palavra de Toninho, porque era da polícia e podia fazer favores. Falei à Márcia que ela precisava vender a loja. Se o negócio era frio, era perigoso, e nas mãos inexperientes dela se tornaria mais perigoso ainda.

Ele não quer, ela declarou olhando a figura do sócio lá fora, que conversava com uma mulher de vestido escuro. O asqueroso não quer.

Ofereci meus préstimos. Se ela quisesse, a loja seria vendida.

Eu quero vender. O que mais posso esperar disso aqui?

Fui lá fora, cheguei ao portão quando a mulher já estava saindo. Não me pareceu cliente... nem efetiva nem potencial.

Vocês têm que vender a loja, falei a Isaac.

Quem tem que resolver isso somos nós, os sócios.

Quem está resolvendo sou eu. Se não venderem, vou na junta comercial, na Secretaria de Finanças do Estado, na delegacia da Receita Federal, vou à polícia, se for necessário, e meto bronca em você. Além de perder a loja, ainda vai em cana. O negócio todo é fajuto. E isso dá cana. Sonegação fiscal é crime.

Se eu me enrolar com a polícia, a Márcia se enrola também. Você não vai querer isso, vai?

Eu tiro ela do rolo. Entrou aqui pelo falecimento do marido, não sabia de nada, pensou que o negócio era legítimo, até cavou licença no colégio em que dá aula para assumir sua parte, fazer o que fosse possível. Quando soube que o negócio era fajuto, chamou a polícia, eu, e com isso ela tira o corpo. A lei não pune pessoas de boa-fé. A legislação brasileira (do mundo todo, eu acho) se baseia na culpa. Para que haja castigo, é preciso que haja culpa, e para que haja culpa é preciso que haja má-fé. Agora você, meu caro, você está frito. Não tem como alegar boa-fé, não tem como alegar desconhecimento da falcatrua. Vai dançar. Escuta o que eu estou te dizendo: tu vais dançar.

Talvez minhas palavras tenham sido convincentes; talvez Isaac tenha apenas desejado não correr riscos. De qualquer forma, voltou comigo ao escritório, onde fizemos uma reunião simples e rápida. A loja seria vendida na segunda-feira, melhor esclarecendo, seria posta à venda na segunda-feira. Um amigo meu era comerciante de carros usados na Cruzeiro do Sul, era tarimbado e podia fazer um levantamento do ativo e passivo da loja, oferecer uma espécie de laudo. Isaac aceitou a idéia. Só fez uma exigência:

Vou trazer meu técnico também.

17

Deixamos a loja já eram umas sete horas da noite, pois Márcia não queria sair antes de encerrar o expediente. Fomos à Cruzeiro do Sul. A loja de carros usados estava fechada.

Sei onde o Camarão mora, eu disse.

O apelido dele é Camarão?

Não. É o nome dele. Muita gente pensa que é apelido, porque ele é vermelho, os cabelos ruivos, as costas curvas e o nariz grande, e quando fica com raiva manchas amarelas lhe descem do rosto e chegam ao pescoço. Mas Camarão é sobrenome. O nome dele todo é Almino Camarão.

Podemos deixar para amanhã. Ou para segunda-feira.

Vamos hoje. Assim a gente já mata esse assunto logo de uma vez. Pega a primeira à direita, chegamos à Doutor Zuquim, depois damos um jeito de entrar no Jardim São Paulo.

Sem argumentar mais, ela engrenou a marcha do Cherokee e entrou no trânsito. Eu andava de carona, pois tinha deixado meu carro na casa dela, depois que saímos da loja. A rua em que meu amigo morava era estreita, pavimentada com paralelepípedos, fazia duas curvas em direção da Nova Cantareira, e tinha-se que penar numa ladeira íngreme, embora curta. Agora, a casa do Camarão era uma beleza: alta, a fachada revestida de cerâmica, o portão automático, de alumínio, e a garagem coberta com telhas de amianto. Comerciantes ganham bem. Os que sabem trabalhar, que estão há muito tempo no ramo, pelo menos. Ele mesmo abriu a porta principal ao ouvir o toque da campainha. Como não me reconheceu na rua, devido à luz já fraca, levantei o braço e lhe fiz um aceno largo e amplo.

Sou eu. O Venício!

Então ele desceu a escada, ao lado da garagem, com seu agasalho verde, embaixo do qual usava uma camisa-de-meia de gola alta. Tinha um aperto de mão forte como um alicate. Apresentei Márcia.

A gente já se conhece?, ele perguntou olhando dentro dos olhos dela, imaginando talvez que fosse uma antiga cliente.

Não, ela disse, um tanto incomodada com o exame dele.

Procurei ir direto ao ponto:

Camarão, é o seguinte. A gente veio aqui se aconselhar com você. Eu sei que é meio chato, porque é sábado, você deve ter ficado trabalhando o dia todo, ganhando dinheiro naquela arapuca que você mantém na Cruzeiro do Sul, mas...

Isso mesmo. Passei o dia todo contando dinheiro. Estou cansado, e não vou conversar no portão. Mesmo porque está frio pacas. Vamos entrar.

Subimos a escada, entramos numa sala ampla, acarpetada, com móveis de couro, quadros nas paredes, televisão e videocassete, aparelho de som. Eu ainda não conhecia sua casa. Sabia do endereço dele porque uma noite, num salão de sinuca, tomamos umas cervas a mais, ele andou misturando com vodca, ficou bêbado e com medo de dirigir, seu carro era novo, muito novo, estalando, por isso me pediu para levá-lo até sua casa. Enfiei o carro na garagem, mas não entrei na casa. Tomei um táxi e voltei ao salão de bilhar. Era uma sala muito confortável mesmo: naquela noite fria e úmida tinha-se vontade de deitar por ali e não sair mais.

Arapuca é o cacete, ele disse sentando. Antes que eu respondesse, virou-se para Márcia: Desculpe.

Ela não falou se desculpava ou não.

Bem... em que posso ser útil?

É o seguinte, eu disse. A Márcia é minha amiga. Ela tem uma loja de carros usados na avenida Imirim, trabalha com um sócio chamado Isaac. Os negócios estão indo mal.

Em que altura da avenida?

Márcia respondeu:

Número 1810. Perto da igreja.

Não era a loja de um policial chamado Antônio Carlos?

Era, ela confirmou surpresa. O senhor conhecia ele?

Conhecia. Uma noite um vizinho deixou o carro na rua e alguém afanou o toca-fitas. Não era a primeira vez. Muitos toca-fitas — e outras coisas também — tinham sido furtados aqui na rua. O vizinho estava com medo de ir sozinho à delegacia e me chamou para ir junto. A gente fez um boletim de ocorrência no Parque Peruche e o delegado nos mandou conversar com a investigação e nós subimos ao primeiro andar e fomos atendidos pelo Toninho. Ele tirou uma cópia do BO e prometeu vir aqui dar uma força... mas nunca apareceu.

Márcia não perdeu o rebolado:

Ele era assim mesmo. Prometia coisas que não cumpria.

Nós ficamos amigos. Apesar de ele não ter feito nada para coibir os furtos na nossa rua, nós ficamos amigos. Ele sabia que eu tinha loja na Cruzeiro e eu sabia que ele tinha loja na Imirim, volta e meia a gente se telefonava, trocava informações. Quando eu tinha suspeita sobre um carro ou o dono do carro, telefonava ao Toninho e pedia pra ele levantar o DVC. Sempre foi muito legal comigo. Nunca tirou o corpo. Quando não podia atender pessoalmente, pedia que algum colega atendesse. Um dia me telefonou na loja e pediu para eu resolver um problema. Tinha um amigo, um ex-vereador, um cara a quem ele queria agradar, o ex-vereador queria vender um carro, mas era um carro grande, fora de moda, bebedor de gasolina. Toninho prometeu comprar o carro e submeteu o negócio ao sócio dele, Isaac, mas o Isaac meteu bronca, bateu o pé, não aceitava.

Márcia virou o rosto na minha direção:

Esse é o Isaac que nós conhecemos.

Então o Toninho me telefonou e pediu que eu lhe quebrasse o galho. Queria que eu comprasse o carro do ex-vereador, pagasse um preço bom, acima do mercado, e prometeu que depois ele acertava comigo. Eu topei. O que podia fazer? O homem era meu amigo... pelo menos, eu pensava assim... e trabalhava na polícia. Não se faz inimizade com gente da polícia.

Nessa altura Camarão me olhou, como se o recado se dirigisse direto a mim.

Eu fiquei com o carro, e na hora de vender tomei prejuízo. Telefonei ao Toninho e disse a ele, o Toninho prometeu passar na loja e acertar comigo, mas não apareceu até hoje. E agora não vai aparecer mais, já que foi assassinado.

Estou investigando o crime. Na investigação fiquei conhecendo a mulher dele, Márcia, aqui, que é gente boa, professora, está lutando para manter a loja. Mas ela e Isaac se desentenderam e eu sugeri que vendessem. Para não haver tapeação nem mal-entendidos, resolvi vir aqui e consultar você, que está no ramo há muito tempo e tem competência. Talvez pudesse avaliar o patrimônio e dar uma espécie de laudo aos sócios, um parâmetro pelo qual eles possam vender o negócio.

O Isaac vai aceitar a minha palavra?

Não. Ele vai levar um avaliador da confiança dele.

Tudo bem. Quando querem que eu vá? Acho que segunda-feira é uma boa; já que os sócios quebraram o pau, quanto antes a gente fizer isso, melhor. Eu tenho um empregado muito bom na minha loja. Deixo ele tomando conta e vou até a loja de vocês. Entre oito e meia e nove horas está legal?

Agradeci, disse que talvez eu estivesse na loja segunda-feira, pretendia acompanhar o trabalho. Camarão não se levantou.

Ah, não. Você não vai sair assim, sem mais nem menos.

Que diabo significa sair sem mais nem menos?

Sair sem tomar uma bebida. Um uisquinho para enfrentar o frio aí fora... Se lembra da vodca com cerveja no salão de sinuca?

Me lembro. Olha, Camarão, não sei se a Márcia pode esperar...

Ela espera, ele disse, muito sabedor das coisas e tudo.

Deu um grito para o interior da casa e chamou alguém com o apelido de Lu. Rapidamente entrou na sala uma moça alta, ruiva, de cabelos longos e lisos, um ar acanhado, matuto mesmo. Aí cometi uma gafe. Perguntei se ela era uma das filhas de Camarão. Ele pegou a moça pela cintura, chamou à sua poltrona, encostou o rosto na sua coxa e sorriu:

Essa aqui é a minha namorada. Minhas filhas moram com a minha ex-mulher.

Sem dar maior atenção ao meu erro, mandou que a moça preparasse três doses de uísque, uma para cada um de nós. Márcia pulou fora:

Uísque é muito forte pra mim; prefiro um licor, um vinho...

Eu também tirei o corpo:

Camarão, você sabe que eu só bebo cerveja. Manda vir meia garrafa aí, que a gente quer ir logo embora.

A moça foi apanhar as bebidas e nós conversamos sobre delegacias de polícia, investigações policiais, o caso do Toninho e o caso da loja de automóveis, as perspectivas de compra e venda de carros novos e usados. Camarão ainda tinha esperança de montar uma concessionária. Pretendia trabalhar com os carros Volkswagen, porque vendiam mais, e tinha o projeto de comprar e demolir um casarão na rua da Agricultura, construir a empresa ali. Lembrei que ele iria precisar de muito dinheiro. Então ele falou a respeito de suas propriedades, a loja na Cruzeiro do Sul, cujo prédio era próprio, o sítio em Ibiúna, uns "dolarezinhos" que ele vinha guardando havia anos. A coisa tinha como dar certo. Era só questão de esperar o momento propício.

Lembrei-me da frase de um advogado criminalista que volta e meia pontificava na delegacia do Horto Florestal: A gente tem de montar no cavalo certo. Mas precisa saber quando e onde ele vai passar.

Depois da bebida e de mais conversa jogada fora, eu e Márcia batemos em retirada. Pegamos o carrão e ela dirigiu para sua casa na Santa Terezinha. Imaginei que fossem aí pelas oito horas, oito e pouco. Olhei o relógio no braço dela, mas não consegui ler o mostrador.

Vamos entrar, ela convidou. Vou fazer um café. Acrescentou com ênfase: Estou louca para tomar o *meu* café.

Não vou entrar, eu disse. Não vou tomar o *seu* café. Escuta, Márcia, hoje é sábado, a noite está fria e desagradável, eu tenho algum dinheiro no bolso... te contei que o Alberto me deu uma grana para eu procurar o anel da Elizabeth?

Contou. Até disse que mandou encher o tanque do carro.

O.k. Eu contei. Agora estava pensando uma coisa: a gente podia sair e comer uma pizza. Que é que você acha?

Acho uma boa. Mas vou precisar de algum tempo. Quero tomar um banho, trocar de roupa, descansar um pouco, afinal fiquei o dia todo na loja, trabalhando e vigiando aquele cafajeste... E preciso de um café. Você pode ir a sua casa e se trocar também. A não ser que prefira esperar na sala... Mas aí eu vou ficar nervosa, fico uma pilha quando tem gente me esperando.

Não quero que você fique grilada. Vou para casa, tomo banho e me troco, venho aqui e te apanho. Daqui a uma hora está bem?

Está. Daqui a uma hora está ótimo. Nós vamos chegar na pizzaria na hora exata. No momento certo para a pizza e para a garrafa de vinho. O.k.?

Eu disse que estava bem, peguei meu carro e saí na direção da avenida Moreira de Barros.

Era uma rua simples, estreita, de poucos prédios, porque ficava um tanto longe da praia. Algumas casas boas, ricas, no meio de casas pequenas e pobres, e umas árvores ao longo da calçada, as quais eu não conseguia identificar. O ar estava claro e leve, o vento salgado que vinha do mar acariciava nosso corpo. Toninho passou com seu carro marrom e velho diante de uma casa pintada de branco, grande e baixa, plantada bem no meio do terreno, tomando meio quarteirão. Não tinha garagem. De um lado havia um playground de tamanho médio e do outro lado, entre árvores baixas, havia dois carros.

É essa aqui, Toninho disse. Eu não vou deixar o carro na frente, porque se houver problema, alguém mais tarde pode identificar ele, mesmo com as chapas frias. Vou deixar na esquina. Tudo bem para você?

Legal. Enquanto a gente estiver juntos, vai estar tudo bem para mim.

Ele me bateu de leve na coxa. Mas não sorriu. Quase não havia sorrido desde que havíamos deixado o posto de gasolina em São Paulo e não daria nenhum sorriso na Praia Grande. Não que eu me lembre. Naquela circunstância achei natural, já que o momento era decisivo. Fomos até a esquina, ele estacionou e nós fizemos o caminho de volta, a pé, olhando os arredores como dois ladrões. Não se via ninguém pela rua. As casas e os prédios estavam fechados como se houvesse uma epidemia naquele bairro. Passamos diante da casa que era nosso objetivo e reparamos que o muro de trás, que dava para outra rua, era mais alto que o muro diante do qual estávamos. Toninho colocou as coisas do jeito dele:

Não vamos chamar os caras aqui na frente, que eles podem desconfiar e correr para a outra rua. Vamos para dentro direto. Eu vou pelos fundos, você pela frente.

Ele olhou o relógio de pulso:

Daqui a dez minutos. É o tempo que eu vou levar para chegar aos fundos e pular o muro. Tudo bem?

Eu não tinha nada para dizer, exceto: Tudo bem. Recuei com ele até a esquina, de onde não poderia ser visto por quem estivesse na casa, ele dobrou o muro e caminhou para a esquina seguinte. Eu não tinha relógio, portanto não poderia saber o que seriam dez minutos. Tratei de me encolher no canto do muro e ficar olhando. Quando vi Toninho saltando o paredão dos fundos, saltei o muro da frente, saquei a arma e engatilhei, corri para a porta principal.

Nunca cheguei lá. Estava a uns dez passos da porta quando ela se abriu e dois homens saíram da casa atirando. Mirei de qualquer forma bem no peito deles e disparei o quanto pude. Senti o impacto no lado esquerdo da cabeça, sabia que era chumbo, pensei freneticamente que iria ficar tantã feito aqueles caras que têm derrame cerebral, e continuei atirando. A esmo, claro. Vi um dos homens cair, se levantar e começar a correr para a porta, e logo o outro seguiu seu companheiro. Acho que dei um grito: Toninho! Hoje não tenho certeza de que gritei mesmo. Às vezes penso que apenas pensei no amigo, tentando avisá-lo de que os bandidos estavam retrocedendo para a casa. Corri também. Não dei cinco passos e meus sapatos velhos e gastos deslizaram na grama e eu desabei no chão.

Lembro de ter pensado: Mas o Toninho vai pegar eles.

Depois disso, nada mais me ocorreu. Gente desmaiada não pensa nem faz coisa alguma.

Parei perto da mureta que separa a rua das mesas, avaliando se valia a pena entrar e tomar uma cerveja, antes do meu encontro com Márcia, mas já tinha tomado uma meiota na casa de Camarão, iria beber vinho mais tarde, talvez fosse melhor maneirar. Levei o carro até a porta do meu prédio, estacionei e subi as escadas. Na porta do meu apartamento, uma folha de caderno com uma letra grande e torta: Preciso falar com você. Mário.

Caminhei até o fim do corredor e toquei a campainha do Mário e da Mitiko. Quando ele abriu a porta, li em seu rosto sinais de raiva e preocupação.

Algum problema?, perguntei.

A gente não sabe ainda. Entra.

Fiquei de pé ao lado da poltrona, esperando, enquanto Mário sentava. Mitiko veio do quarto envolta num agasalho bege, colado ao corpo, os cabelos úmidos como se ela tivesse saído do banho havia pouco. Nós nos cumprimentamos e ela sentou ao lado do marido e botou a mão no seu ombro e também ficou me olhando com aquela tensão no rosto.

Vocês estão me matando. Que foi que aconteceu?

Mário respondeu pelo casal:

Olha, Venício, nós vimos dois homens, entende? Aqui no prédio, de noite, logo depois das sete. Eles andaram pelo corredor, tocaram a sua campainha, desceram, mas logo subiram de novo. Andaram pelo corredor e tentaram olhar pela fechadura para o interior do teu apartamento. Eu vi. Ia chegando em casa de volta do mercado e vi os caras. Fiquei com medo. Fiquei. Você pode achar maluquice, mas eu fiquei com medo. E quando contei à Mitiko ela ficou com medo também.

Não acho maluquice não. É natural ter medo. Era de noite, os caras olhando pelo buraco da minha fechadura... Pode descrever os tipos?

Estavam de chapéu. Os dois de chapéu, como se tivessem combinado antes de sair de casa. E de óculos. Venício, os caras pareciam assassinos.

Desses que a gente vê nos filmes?

Desses que a gente vê nos filmes. A única diferença é que os assassinos do cinema não nos metem medo. Aqui, metem. Não estávamos pensando em nós. Não era nada com a gente. Estávamos pensando em você. Já pensou se você vai chegando, subindo a escada, e esses caras te enchem de tiro?

Eu me cuido. Não se preocupem comigo. Vocês fizeram alguma coisa? Digo: chamaram a polícia?

Não. Os caras não fizeram nada, como é que íamos chamar a polícia?

Algum morador deste andar viu eles? Alguém lá embaixo?

Não sabemos. Ficamos trancados aqui, rezando para que eles não estivessem lá embaixo quando você chegasse. Conforme o tempo foi passando, a gente se acalmou mais um pouco. Aí eu escrevi o bilhete e botei na porta do teu apartamento.

Bem, obrigado. Mas fiquem tranqüilos. Os caras podem ter aparência de assassinos e não ser assassinos. Vou dar uma olhada por aí.

Interroguei alguns vizinhos, mas ninguém tinha visto ou ouvido nada, exceto passos na escada e no corredor, fato que não levava a lugar nenhum, porque podiam ser de qualquer pessoa. Desci à rua e conversei com alguns moradores do térreo que eventualmente podiam estar na janela quando os homens chegaram. Perguntei se tinham visto os homens ou tinham visto seu carro, na suposição de que tivessem chegado de carro. As respostas foram desanimadoras. Em noites frias e agourentas como aquela ninguém costuma ficar na janela olhando a paisagem. Sobre carros estranhos na rua, os interrogados não haviam reparado em nenhum. Um velhinho aposentado do apartamento 14-B foi taxativo:

Carros, só os que ficam aí toda noite, enchendo o saco.

Voltei para o meu prédio, de novo toquei a campainha de Mário. Ele estava mais calmo.

Posso usar seu telefone?

E os homens?

Nada. Ninguém viu nada. Olha, Mário, não vamos nos preocupar além do razoável. Vai ver os caras são da minha delegacia e estão querendo me dizer alguma coisa.

Os caras da tua delegacia têm o meu telefone, disse Mitiko de pé na porta da cozinha.

Então gente da delegacia onde trabalhava um amigo meu. O amigo que morreu, o caso que eu estou investigando. Posso usar o telefone?

Eles disseram que sim, peguei o aparelho e falei com Márcia, contei o que tinha acontecido e o estado psicológico em que tinham ficado os meus amigos, acrescentando que não iria mais sair aquela noite. Ia ficar em casa, esperando. Se os homens voltassem, eu estaria pronto para eles. Ela pareceu preocupada. Tome cuidado, disse. Te protege. Continuei no aparelho, achando que ela ia dizer mais alguma coisa, o tempo passou e ela não disse nada, então falei que ia fazer aquilo mesmo, me cuidar. E desliguei. Disse mais algumas palavras tranqüilizadoras aos meus vizinhos e fui para o meu apartamento e me sentei no sofá da sala e acendi um cigarro.

Pensei nos meus visitantes. Ocorreu-me uma pergunta com laivos de vaidade:

Será que eu sou tão importante assim?

18

Estávamos sentados no cartório, cada um em seu canto favorito, Mauricy em sua cadeira atrás do computador, Roney debaixo da janela, eu no banco de madeira onde costumam sentar as vítimas e testemunhas. A manhã de domingo corria calma. Já eram umas nove e meia e ainda não havia chegado nenhuma ocorrência. O dia tinha começado com névoas, mas depois o sol apareceu, e naquele momento uma brisa leve e camarada vinha do pátio e entrava na delegacia, aproveitando o vidro quebrado da janela. Aguinaldo estava lá atrás, vigiando seus presos, e o delegado Tanaka havia se homiziado em sua sala, onde assistia televisão.

Pois eu acredito, disse Roney.

Eu tinha contado aos colegas a visita dos dois homens na noite anterior, havia contado como meus vizinhos e amigos tinham ficado com medo, embora dissessem que se preocupavam sobretudo comigo. Mauricy não achava que os homens fossem assassinos.

Qualquer pessoa pode visitar qualquer pessoa numa noite de sábado. Aliás, é o momento ideal para visitas. Quem sabe os caras são conhecidos, talvez até trabalhem na polícia... Se fossem assassinos iam chegar assim, numa boa, tocando a campainha, olhando pelo buraco da fechadura?

Roney não entregava os pontos:

Bandidos hoje não têm mais medo de nada. Quando querem cometer o crime não pesam as conseqüências. Viu o seqüestro da prefeita de Itapiva? De dia, meu. A mulher na praça, passeando com seu cachorro, os malas desceram do carro e meteram arma nela, puseram no carro e se mandaram. Quando a polícia foi interrogar as pessoas da praça, ninguém conseguiu se lembrar da cara dos seqüestradores. Alguns nem sabiam que a mulher era a prefeita.

Bem feito, sentenciou Mauricy. Quem mandou sair pela praça com um cachorro quando podia ter levado seu segurança?

Prefeitos de cidade pequena não têm segurança. O salário não dá.

Mauricy levantou a voz:

Se o salário não der, a propina dá.

A conversa girou por ali, propinas, salários, crimes praticados num lugar e noutro, numa circunstância ou noutra. Eu não falava nada. Balançava a perna no banco de madeira, tentando adivinhar os sons que vinham de fora, do pátio, onde manobravam viaturas da Polícia Militar, tentando adivinhar os sons que vinham dos fundos, da carceragem. Nem pensava mais nos homens. De resto, não me tinham dado trabalho. Fiquei acordado até tarde, o revólver à mão, pronto para qualquer eventualidade, mas ninguém estranho chegou ao apartamento. Mauricy abriu com espalhafato o jornal. Comprara na banca ao lado do distrito e ainda não havia começado a ler. Parecia um sinal. Foi ele abrir o jornal e se ouviram passos no corredor.

Lá vem merda, disse o pessimista Roney.

Eram dois soldados da Polícia Militar arrastando um homem pelo braço. Equilibrando, seria melhor dizer. Porque do jeito que estava, trôpego, se os polícias soltam, ele poderia cair no corredor. Mauricy nem se levantou. Dali mesmo perguntou aos guardas o que tinha acontecido.

Fumeta, eles disseram ao mesmo tempo.

Depois só um deles falou:

Estava no estacionamento do supermercado fumando um cigarro de maconha. Os funcionários viram, güentaram ele, depois chamaram a polícia. Nós fomos lá e demos a cana. Os cigarros estão aqui. O que ele estava fumando e o outro, que estava no bolso da camisa.

Traz aqui, disse Mauricy.

O soldado deixou o preso com seu companheiro, levantou a tampa do balcão e passou para o cartório, apresentou dois cigarros malfeitos, amassados, um dos quais pela metade. Mauricy não tocou neles. Só ficou olhando o guarda pôr em cima da mesa. Perguntou:

Por que não deram um cacete nesse merda e mandaram embora?

O guarda até gostava da idéia. Na verdade, tinha pensado nisso ainda no estacionamento do supermercado, mas seu colega não havia concordado, já que os seguranças da empresa tinham conhecimento do fato — alguns fregueses também, quando estacionavam os carros ou tentavam sair — e podiam bater com a língua nos dentes. Roney perguntou se era o supermercado Passarinho. Era.

Ih, ele disse. Logo o Passarinho? Os donos são metidos a religiosos, vão à missa todo domingo, comungam.

A mulher de um dos sócios foi nomeada diretora da Casa da Mãe Solteira.

Religiosos lá pras negas deles, disse Mauricy, cada vez mais autoritário, diante daquela ocorrência que lhe estragava a manhã. Se fossem religiosos mesmo não abriam o supermercado aos domingos, não ficavam tomando o dinheiro das pessoas no domingo.

Aí é um problema de concorrência, disse Roney.

O escrivão dignou-se a levantar, pegar os cigarros de maconha e sair do cartório. O guarda foi atrás. Eu e Roney também. No corredor ele pegou o maconheiro e o sacudiu, fiquei com medo de que a cabeça do homem caísse — o crioulo grande e fornido dava dois do pobre fumeta. Não tem vergonha não?, Mauricy perguntou. O homem rolou em sua direção os olhos inchados e vermelhos. Era evidente que não tinha curtido só a droga. Quando começou a fumar, já estava bêbado; talvez viesse bêbado desde a noite de sábado.

Eu vou dar um jeito nesse filho-da-puta, Mauricy ameaçou.

Ele e os guardas levaram o homem para a sala de interrogatórios, que fica a meio caminho entre o cartório e o Chiqueirinho, perto da carceragem. Ouvindo aquele auê todo, Aguinaldo veio lá de trás, escorou o corpo na porta e ficou olhando. Eu e Roney nos mantivemos mais afastados. E os guardas também. Praticamente só Mauricy agia. Gostava de ação. Por ser negro e alto e corpulento e ter facilidade para meter medo nas pessoas, ele gostava de ação. Você vai comer essa porra, ele disse. O bêbado procurou se equilibrar para responder com todo o respeito: Meu estômago é fraco, doutor. Se eu como isso aí, vou vomitar. Mauricy odiava ser confundido com delegados. Eu sou escrivão, seu bosta. Escrivão, tá ouvindo?

E meteu dois tapas na cara do bêbado. Antes que ele pudesse protestar, tratou de lhe enfiar na boca um dos cigarros de maconha, justo o maior, porque intacto, esperando que o preso o mastigasse e engolisse. Como estava demorando muito, ele prodigalizou mais dois socos no homem, um no peito e outro nos ombros, lugares onde escoriações e hematomas não costumam aparecer. Os guardas aproveitaram também. Enquanto um chutava e injuriava o detido, o outro esmurrava e xingava. Esquecido de seu estômago fraco, o preso fez o que pôde. Engoliu o cigarro e ficou esperando que lhe fosse entregue o outro — ele podia ter estado muito bêbado para queimar um baseado no subsolo do supermercado, mas ali, naquela aflição, sua cabeça parecia já funcionar bem melhor. Recebeu o outro cigarro e começou a mastigar.

Eu vi que não tinha o que fazer ali e tratei de me afastar. Roney me seguiu. No cartório fiz um convite:

Vamos na padaria tomar um café?

Não. Obrigado. Já tomei dois hoje e vou tomar mais uns cinco no decorrer do dia. Isso se for um plantão tranqüilo. Se a delegacia tumultuar, tomo mais uns dez. Não. Vai você. Obrigado.

Peguei o corredor, fui saindo em direção da porta.

Havia mais dois homens na enfermaria, um deles já velho, no entanto esperto, falando e ouvindo tudo, até rindo de vez em quando, e outro que não falava nada, só ouvia. Eu não sabia qual a doença dele, mas o estado era lastimável. Sua cama ficava no canto da enfermaria, de lá ele olhava em volta, tentando entender o que se passava. O homem ao meu lado estava muito curioso. Eu já contara a cena na casa da rua Rui Barbosa, havia relatado como dera tiros e como tinha tomado tiro, ele perguntara mais de uma vez se minha cabeça doía muito. Não. Ela quase não doía. Mas quando ele tocava no assunto, eu passava a mão no local onde a bala me atingira... aí a cabeça doía.

O homem gostava de mim. Eu havia trocado tiros com capangas e ele gostava disso. O povo gosta de policial corajoso, honesto, despreza e detesta policial vagabundo, ladrão e corrupto. Quando digo policial corajoso, não estou me referindo a mim, Venício, estou falando em tese.

No meio da tarde, a mão enfaixada, a roupa suja e os cabelos despenteados, Toninho apareceu. Hoje imagino como lhe custou negligenciar a aparência, vaidoso como ele era. Encostou na minha cama:

Como vai, campeão?

Parecia evidente que se esforçava para bancar o descontraído, ao contrário do que havia demonstrado enquanto descíamos ao litoral, quando ele mal falou comigo. Talvez tentasse minimizar as conseqüências do tiroteio.

Vou bem. Para quem tomou tiro na cabeça, me sinto bem. E você? O que aconteceu na mão?

Levantou o braço penso, de forma aérea, displicente, como se quisesse demonstrar que pessoalmente estava muito acima daqueles meros detalhes.

Tomei um tiro na mão, mas não é nada. Puta sorte que nós demos, hein?

E os caras?

Um deles, o que você acertou na entrada da casa, morreu. O outro fugiu. Atirou em mim, me acertou a munheca, eu vacilei e ele passou correndo, pulou o muro e se mandou. Quanto ao Ronaldo, nem sinal.

É, eu disse desanimado. Nem sinal do filho-da-puta.

Toninho tirou meu revólver da cintura e o entregou a mim. Coloquei no coldre. A enfermeira entrou naquele momento, me viu enrustindo a arma, me olhou curiosa, como uma professora olhando a prova do aluno. Não disse nada. Não lhe agradava ter um ferido armado na enfermaria, mas ela ficou de bico calado. Era muito legal. Muito competente e muito simpática. No começo da tarde, quando minha cabeça já havia terminado de pensar, quando eu já estava lúcido para conversar e entender as coisas, ela me beliscou a face. Meu herói, disse. Calculo que andasse aí pela casa dos trinta anos, era casada, a aliança no anelar esquerdo dizia que era casada, e não fazia o tipo volúvel e coquete. Chamou-me de meu herói para me deixar à vontade. Olhou meu colega:

Falou com o médico para entrar aqui?

Falei. Já tinha falado na hora do almoço, mas ele achou melhor dar um tempo. Agora conversei de novo, ele me autorizou a ver o meu amigo.

São amigos, é?

Estávamos juntos na ocorrência, eu disse.

Ela olhou Toninho com a mesma admiração com que me olhava. O mesmo fez o homem velho e doente ao meu lado. A enfermeira tirou a pressão do outro paciente e depois foi embora. Quando ia saindo, ainda me sorriu.

Nós fomos muito burros, Toninho disse. Não era daquele jeito que a gente tinha de agir. Entramos na casa de arma na mão, como dois assaltantes, e foi isso que os caras pensaram, que a gente era assaltante. Daí trataram de nos encher de chumbo.

Além de tomar tiro na mão, você caiu? Desmaiou também?

Não.

Eles estavam nos esperando. Seu amigo disse que o Ronaldo iria estar na casa, mas ele não estava; se estivesse você teria prendido, já que não caiu e não desmaiou. O bicheiro não estava na casa, mas os asseclas dele sim. Estavam lá de tocaia nos esperando.

Como poderiam estar nos tocaiando se não conheciam a gente?

Acho que seu amigo nos traiu. Me dê o nome e o endereço dele que amanhã vou checar. É policial igual a nós, mas canalha, e eu vou pegar ele.

Deixe que eu resolvo isso, disse Toninho de forma peremptória. Não acho que foi traição e não vou deixar você se expor com todo esse ódio. De mais a mais, se eu descobrir que ele nos dedurou, sei o que fazer. Vou ao DEIC e dou um jeito nele.

Nada mais de importância aconteceu aquele dia. As ocorrências que chegaram foram de pouca ou nenhuma gravidade, Mauricy mandava o queixoso sentar diante de sua mesa e ligava o computador. Quando o caso parecia mais difícil, caminhava até a sala do delegado, recebia instruções e voltava, falando mais duro e mais grosso. Duas ou três vezes Tanaka foi ao cartório dar uma geral. Entrava na sala do escrivão, dizia algumas palavras formais, olhava pela janela. Se Aguinaldo estava por ali, ele perguntava dos presos.

Hoje eles não fogem mais, dizia o carcereiro.

Depois que as delegacias de polícia se transformaram em minipresídios, a preocupação maior passou a ser a manutenção e contenção dos presos.

No meio da tarde, recebi um telefonema estranho:

Você é o investigador Venício?

Sim. Sou eu.

Aqui é o dr. Alexandre Dacosta, esclareceu ele frisando o "doutor", para deixar bem claro que se tratava de uma autoridade.

Levei algum tempo para me lembrar dele. Era Lagartixa, o titular da delegacia do Parque Peruche.

Como vai, doutor?

Ele não falou como ia.

Venício, eu preciso falar com você. Venha ao meu apartamento, por favor.

Estou de plantão. Não podemos falar por telefone?

Venha ao meu apartamento. Por favor.

Claro, claro. Me dê o endereço.

Lagartixa me passou um endereço na avenida Nove de Julho, Mauricy anotou-o para mim numa folha de BO anulado, que ele pegou numa pilha de rascunho. Botei-o no bolso e fui à sala dos delegados. Tanaka estava em seu lugar favorito, a poltrona, curtindo seu passatempo predileto, a televisão. Quando me viu, ficou preocupado, imaginando talvez que havia chegado uma ocorrência brava, ou que os presos, contrariando a expectativa do carcereiro Aguinaldo, estavam começando a fugir. Dei a notícia chata, seu colega do Parque

Peruche tinha telefonado me intimando a ir ao apartamento dele.

E por que motivo?, perguntou Tanaka, os olhos brilhando atrás das lentes grossas.

Ele não disse. Mas acho que está relacionado com a investigação que eu estou fazendo no caso do tira assassinado.

Por que ele não vem falar com você aqui?

O homem é titular de distrito, não vai a delegacias falar com um tira. Quer que eu vá no apartamento dele. Eu disse que estava de serviço e mesmo assim ele insistiu. Logicamente, se o senhor não der a permissão, eu não vou.

Tanaka não queria assumir a responsabilidade.

O plantão está calmo, não está?

Calmíssimo. Como costuma acontecer aos domingos.

Então vai. Pega a viatura e vai... Mas o Lagartixa... o Alexandre... ele devia falar comigo. Não pode sair por aí convocando policiais de outras delegacias para irem ao apartamento dele. Não quando o policial está de serviço.

Ele não me convocou, eu disse tentando amenizar a coisa. Apenas me intimou.

Dei as costas e voltei ao cartório. Peguei no armário de madeira minha arma e minhas algemas e tirei do prego na parede as chaves da viatura. Roney me olhou com preocupação. Ei, vai sair com a viatura? Eu lhe disse que ia falar com o titular do Parque Peruche e, tal como Tanaka, ele não gostou nadinha, reclamando: Enquanto esses cagões impõem sua vontade, a gente fica aqui sozinho tomando conta da delegacia. Era uma reclamação injusta. Ele não estava sozinho... a não ser que não considerasse Mauricy, Aguinaldo e Tanaka como seus colegas de equipe. Evitei dar ouvidos. Caminhei para o pátio, aonde cheguei no momento em que alguém disparava uma arma para os lados da favela mais próxima.

Eu e os soldados que estavam por ali, consultando pranchetas ao lado das viaturas, ficamos alertas, na expectativa de que outros tiros acontecessem. Não houve nada mais.

Entrei na viatura e dirigi para a Nove de Julho. O trânsito estava pesado, aquela gente sôfrega dos domingos, que vai aos postos de gasolina e aos campos de futebol, aos museus e aos shopping centers. Mantive a viatura na pista da esquerda. Quando preciso, eu acionava a sirene. Em outros momentos, os próprios motoristas tomavam a iniciativa de me dar passagem, e até me sorriam e acenavam, imaginando que eu estava trabalhando e tinha pressa. Eu estava trabalhando, mas não tinha pressa.

Encostei a barca diante do prédio, entrei na portaria e disse ao empregado que precisava falar com Alexandre. O homem mal me olhou no rosto:

Ele está esperando. Pode subir. Sexto andar, apartamento 602.

O apartamento não era grande nem luxuoso, mas estava arrumado, cada coisa em seu lugar, na janela da sala uma cortina estampada, sob os pés do usuário um tapete grosso e macio. Lagartixa me esperava junto à porta. Levou-me para uma poltrona e sentou diante de mim. Era realmente um sujeito muito formal. Mesmo em casa, num puta domingo, sozinho, ele estava barbeado e bem-vestido, com um perfume suave e envolvente. Por cima da roupa usava um robe de listras e bolinhas e seu cabelo estava impecável como o cabelo de uma vedete. Sem o paletó seus ombros pareciam mais estreitos, o que deixava o homem mais parecido com uma lagartixa.

Gostei do apartamento, eu disse. Gostei da ordem do apartamento. Sua esposa deve ser muito caprichosa.

Sou solteiro. Moro sozinho. Mas sou um homem muito organizado. A ordem é uma questão prática. Não é uma questão de vaidade, de aparência, de beleza. É uma questão prática. Quando se tem ordem, tudo fica mais fácil, a gente sabe onde estão os objetos; quando se vive num ambiente ordenado, sadio, limpo, a gente se sente melhor, mais motivado, mais disposto a enfrentar os problemas do dia-a-dia. Concorda comigo?

Perfeitamente. Agora, quanto ao seu convite para eu vir aqui...

Não se preocupe. Vou ser rápido. Sei que está de serviço e que o Tanaka é um caxias... Ele me xingou quando soube que você ia deixar a delegacia para vir falar comigo? Ou você costuma abandonar a delegacia sem falar com a autoridade?

Falei com ele. Não, não xingou não. Podemos entrar no assunto agora.

É o seguinte. Eu soube de um negócio muito chato que ocorreu na minha delegacia há uns quinze dias. A tiragem apreendeu um bocado de cocaína numa academia de ginástica abandonada do Lauzane Paulista e em vez de apresentar a mim para a formalização e o inquérito guardou num armário da chefia. Estou falando assim, de modo vago, mas acho que vou ter que citar nomes, mais cedo ou mais tarde, é melhor começar logo. Valdo fez isso. Depois, como se não bastasse, a droga desapareceu, foi roubada. Afanada. Alguém teve peito suficiente para devassar a sala do investigador-chefe e güentar a farinha. Você já sabia disso, naturalmente.

Sim. Sabia.

Quem te contou?

Uma amante do Toninho. Ele contou a ela e ela contou a mim. Como o senhor soube?

Sabendo, ele disse conciso, sem dar importância ao fato de que *eu* havia dado a minha fonte. Não importa o meio nem a forma como o assunto chegou ao meu conhecimento. Quem furtou a cocaína?

Isso a amante do Toninho não me contou. Ela não sabia.

Eu também não sei. Minha fonte não quis me contar, e eu não tive como forçar. Acho melhor você botar as barbas de molho.

Eu? Botar minhas barbas de molho? Por quê?

Vamos raciocinar em conjunto. O Toninho trabalhava na minha delegacia. Uma grande quantidade de cocaína é apreendida, guardada, vem alguém e furta. Poucos dias depois o Toninho é encontrado morto. Dentro do carro dele tem cocaína. Não a quantidade que foi furtada do distrito, mas ainda assim uma boa porção. Você era amigo do Toninho. Na mesma noite do homicídio você entra em campo, muito interessado e tudo, e pede autorização para investigar o crime. Percebe a ligação?

Negativo. Esclareça, por favor.

Muita gente vai pensar que tem coisa aí. Que você não está trabalhando no caso só porque era amigo da vítima. Seu nome pode aparecer numa denúncia a qualquer momento. Acredite em mim. Eu sei mais coisas do que você. Eu conheço o meu gado.

Ninguém tem nada contra mim. Não há relação, não há pista, nenhum indício de que eu tenha outros interesses além de esclarecer o crime.

Conhece um investigador chamado Miranda? Um que trabalhou uns tempos no 39 DP e depois foi ser plantonista do 13?

Não.

Uma tarde de domingo, num dia de eleição, sumiu aquele revólver do plantão. Sabe aquele revólver Taurus calibre 38 reforçado especial que a Secretaria distribuiu a todas as delegacias?... Esse mesmo. Ficava na escrivaninha do delegado, na sala onde ele atende e resolve as ocorrências. A arma ficava numa gaveta, porque era dali que podia ser apanhada... caso houvesse uma necessidade urgente. Num domingo à tarde, eu ia dizendo, um domingo em que havia eleição, não lembro qual delas, o revólver desapareceu. O Miranda trabalhava na equipe. É um sujeito bem de vida, o pai tem imobiliárias, ele usa carro do ano e arma importada, pistolas belgas e alemãs. Só está na polícia porque gosta. Porque é tarado. Se dependesse do pai dele, estaria na imobiliária, vendendo terreno em Mairiporã. O Miranda ia precisar de um revólver nacional, feio, pesado e fora de moda?

Ele fez uma pausa, esperando que eu respondesse, embora qualquer resposta minha, naquela quadra, fosse inútil. Como eu tinha que dizer uma inutilidade, disse:

Não. Acho que ele não ia precisar de um revólver nacional, feio e pesado.

Ótimo. É assim que se pensa. Agora preste atenção. O Miranda trabalhava na equipe que estava de plantão naquele domingo. Era inimigo pessoal do Valdo. Quando o furto do revólver estourou na Corregedoria, imagina quem dançou.

O Miranda.

Isso mesmo. Agora pergunte onde ele está.

Diga onde ele está.

Na cadeia. O Miranda está na cadeia e você pode ir para a cadeia também.

19

Não havia muito movimento de carros nas ruas da Barra Funda. Estacionei diante da casa pequena, recuada no terreno, pobre e velha, e toquei a campainha. A empregada abriu a porta principal e foi ao portão falar comigo. A primeira vez que falei com ela, usava uma bata azul. Naquele domingo, bata branca. Talvez mudasse a cor nos dias santos e feriados.

Oi, eu disse. Lembra de mim?

Não. Devia me lembrar?

Devia. Eu me lembro perfeitamente de você. Estive aqui outro dia procurando pelo Grajaú. A mãe dele se sentiu mal e nós levamos no pronto-socorro. Não se lembra não?

Lembro do fato. Mas não estou reconhecendo o senhor.

Isso é mentira, dona. Está mentindo e sabe disso. Mas não tem importância. Só perguntei se se lembrava de mim porque se você confirmasse eu me sentiria melhor. Tudo bem. Escute. Eu preciso falar com o Grajaú.

Não conheço. Quem é?

A mulher tinha sido muito bem instruída, parecia uma testemunha induzida por um bom advogado.

Estou tentando ficar calmo, eu disse. Você está mentindo na maior cara dura. É claro que conhece o Grajaú, tem o endereço dele, ou o número do telefone. Naquele dia que levei sua patroa ao pronto-socorro, logo em seguida o Grajaú apareceu nas imediações. Olhe, diga ao seu patrão que eu preciso falar com ele. Estou no 38 DP. Até as oito da noite estou de plantão no 38 DP.

A mulher não moveu um músculo. Ouvir falar naquela delegacia era tão empolgante para ela como ouvir o som do ventilador. Eu ia repetir a frase: Preciso falar com o Grajaú, quando alguém puxou a cortina na janela, e um rosto passou a me espreitar.

Deixe eu falar com a mãe dele.

Ela também não sabe o endereço do filho. O filho dela é uma pessoa muito importante, muita gente vem aqui procurando ele, muita gente telefona, o senhor não acha que ela vai dar o endereço a todo mundo, acha?

De quem nós estamos falando? Do Grajaú?

Caindo em si, a empregada baixou os olhos. E a partir dali não disse mais nenhuma palavra. O portão estava trancado, eu não podia pulá-lo, e também não queria, se eu entro na propriedade, na marra, a velha no interior da casa podia ter outra crise, eu teria que levar de novo no PS... caso desse tempo de levar no PS. Repeti as instruções à empregada:

Quero falar com o Grajaú. O motivo é sério, da maior importância. A partir desse momento, a responsabilidade é sua. Já disse que estou de serviço na delegacia do 38 DP, até as oito da noite vou esperar por ele. Se não aparecer, a responsabilidade é sua.

E dei as costas e entrei no carro, procurando não olhar para trás. O discurso havia sido idiota, a mulher não tinha que seguir minhas instruções, devia mesmo seguir as ordens da patroa dela, ou do patrão, eu não podia portanto esperar que minha conversa desse algum resultado positivo. Mas eu não tivera outra alternativa. Desci para a avenida Pacaembu, virei o carro na direção da zona norte com a intenção de chegar à delegacia.

Quando entrei no saguão, um homem se levantou de uma escrivaninha e perguntou o que eu queria.

Na parte da manhã, eu disse, estive envolvido num tiroteio. Preciso falar com o delegado de serviço. Ou com alguém que esteja trabalhando no inquérito. Acho que vou ter de prestar um depoimento e receber requisição de exame de corpo de delito.

O homem olhou Toninho, que se mantinha dois passos atrás de mim:

O colega aí já veio, já prestou depoimento e recebeu a requisição. Fez o exame?

Toninho confirmou, tinha feito. Passamos para uma sala maior, nos sentamos e esperamos. Logo um homem veio falar conosco. Era jovem ainda, mal tinha barba, não usava paletó e gravata, e sim calça de brim e camisa listrada, de mangas curtas, por isso eu pensei que fosse o escrivão. Era o delegado.

Então vocês são os heróis que vieram de São Paulo dar cana na Praia Grande...

Pelo tom de voz que ele usou, achei melhor ficar na minha, na miúda, de modo que não disse nada. A cabeça começou a doer de novo. Não havia doído no hospital, devido aos analgésicos, suponho, mas ali, na delegacia, diante daquele homem mal-humorado, a dor estava voltando. Levantei a mão, peguei na atadura. Foi um gesto não apenas inútil como errado: a cabeça doeu mais ainda. O delegado queria nos passar um pito. E passou. Disse que a gente não tinha o direito de ir cumprir mandado de prisão em cidade estranha, disse que seus policiais podiam ter feito a diligência, se acaso tivessem recebido telex de São Paulo, e que o resultado só podia ser aquele desastre, um homem morto e dois policiais feridos.

Quando é que vocês vão aprender a trabalhar?, ele finalizou.

Era o cúmulo. Dois tiras experientes como eu e Toninho tendo que ouvir aquele discurso babaca de um quase-garoto. De qualquer forma, continuamos na nossa. Abaixamos a cabeça fingindo levar a sério as palavras do homem.

Está com a sua arma aí?, ele perguntou.

Tirei da cintura e entreguei a ele. Examinou o tambor.

Foi você que matou o meliante?

Aquela era muito boa. Tão jovem e tão conservador. A palavra *meliante* tinha desaparecido da linguagem policial e jornalística fazia uns dez anos.

Fui eu. Por falar nisso, ele foi identificado?

Não. Ainda não. Estamos trabalhando no caso. E o mandado de prisão? Seu colega disse que estava com você.

Tirei-o do bolso da jaqueta e entreguei a ele. O homem confiscou. Estava a fim de confiscar tudo o que eu possuía, imaginei que se eu demorasse muito por ali, ele confiscava minha pessoa também. Agora que estava mais calmo, diante de nosso silêncio, nos levou ao cartório, que estava deserto, não havia escrivão, não havia tiras, não tinha ninguém prestando queixa nem sendo indiciado. Mandou que eu sentasse numa cadeira. Toninho ficou de pé porque não havia outro lugar para sentar. O delegado saiu e eu imaginei que voltaria logo em seguida. Ledo engano. Ele não voltou mais. Depois de uma meia hora que eu e Toninho estávamos ali, apareceu o escrivão. Como já conhecia o meu parceiro, soube imediatamente do que se tratava. Sentou diante do seu computador e começou a me fazer perguntas.

Saímos do distrito no final da tarde, a noite começando a se aproximar. Paramos na porta a fim de decidir o que fazer.

Vamos ao IML, sugeri ao Toninho.

Fazer o quê?

O exame, eu disse levantando o papel que tinha na mão.

Faça em São Paulo. É a mesma coisa. De lá eles mandam o laudo pra cá.

Quero ir no IML daqui. Quero ver o bandido morto. Pode me levar, não pode?

Entramos no Passat, fomos ao IML, onde me submeti ao exame, depois do que pedi para ver a morgue. Um homem de avental branco e tênis branco nos levou. Abriu uma gaveta e puxou o lençol de cima de um corpo e eu pude ver com calma e concentração o homem que havia matado. Não senti emoção nenhuma. Apenas me bateu um certo conforto por saber que era ele que estava morto, não eu. Fiquei satisfeito por ter ido até ali. Agora que eu via o homem, agora que eu via aquele bigode grosso e a testa ampla, podia me concentrar no comparsa dele, que estava vivo e foragido. Saímos. Na rua tomamos de novo o Passat, mas Toninho não acionou o motor. Queria falar comigo. Era o que me diziam seus olhos preocupados.

O que pensa fazer agora?, ele perguntou.

Procurar o sujeito que escapou. Eu tenho condição de reconhecer. Talvez ele tenha fotografia nos álbuns da polícia. Se tiver, eu reconheço e saio no encalço. Estou me sentindo mais confiante que nunca.

Acho isso uma grande tolice. Mesmo que você identifique o cara, mesmo que levante o endereço... não acha que vai encontrar ele, acha? O Ronaldo não iria permitir. É claro que o cara já sumiu. A essa hora deve estar a caminho do Rio de Janeiro, Salvador ou mesmo de Miami. É besteira, Venício.

Eu tenho que fazer alguma coisa, declarei obstinado.

Vamos esperar. O melhor que nós temos a fazer agora é esperar. Fingir que estamos mortos. Passar a impressão de que não temos elementos para promover uma investigação. Levantar outro mocó do Ronaldo, preparar o bote, e aí, quando ele menos esperar, nós caímos em cima.

Não acho que vou pegar outro mandado de prisão. Estou convencido que esse delegado aí tinha objetivos bem definidos quando confiscou a porra do papel.

Não tem importância. Não é o mandado que determina a prisão de um cara, é o despacho ou a sentença do juiz. Se o Ronaldo está procurado judicialmente, vai continuar procurado. Mesmo porque, se os seus advogados tivessem qualquer chance de quebrar a sentença ou despacho do juiz, já tinham quebrado. Não. Ele vai continuar na berlinda. Quando a gente descobrir um novo local onde ele possa ser encontrado, metemos bronca. Mesmo sem mandado. Que importa? O mandado é só uma prova de que a ordem existe.

A argumentação era sólida. Se a polícia ficasse inativa por algum tempo, talvez o bicheiro se sentisse mais à vontade e pusesse o nariz para fora a fim de respirar ar puro e assim abrisse a guarda. Talvez o melhor fosse mesmo esperar, fingir que estávamos atônitos, perdidos, ou com medo. Eu já havia cometido muitos erros devido à pressa, à precipitação, aquela mania de querer resultados rapidamente, bem que podia agora ouvir meu parceiro, dar um tempo, esperar o momento adequado para um novo bote. Só tinha uma coisa que eu não podia aceitar. Agir sem mandado. Se prender o bicheiro com ordem escrita de autoridade já estava difícil, pior seria sem papel nenhum.

Vou falar de novo com o titular da minha delegacia. Talvez eu consiga que ele mande emitir uma segunda via do mandado.

Faça isso. Mas não fique estressado. Com mandado ou sem mandado, nós pegamos o cara.

Já resolveu o que fazer com o seu amigo?, perguntei. Aquele que nos deu o endereço na Praia Grande?

Ainda não. Tenho que pensar com muita calma no assunto. Se ele nos traiu mesmo, como você está pensando, todo cuidado é pouco.

Está bem. Você me telefona, eu disse entregando os pontos.

Claro, ele prometeu com alívio, talvez por sentir que aquele assunto chato estava chegando ao fim. Mas se eu não telefonar, você me liga... de preferência no celular.

Quando pegamos a estrada para São Paulo, eu lembrei a Toninho que meu carro estava no posto de gasolina. Eu sei, disse ele mal-humorado, naturalmente porque era inútil que eu falasse naquilo. Sentou o pé no acelerador. O velho Passat, gemendo, cumpriu galhardamente seu papel, em menos de uma hora chegamos a São Paulo.

No sábado, ao voltar à delegacia, encontrei Tanaka na porta de entrada. Perguntou como havia corrido a conversa com Lagartixa e eu contei o que pude contar, acrescentando que ele me pedira para eu investigar o desaparecimento de certa quantidade de droga. Tanaka achou muito estranho. Eu não tinha obrigação de fazer investigações para outro distrito, cada delegacia possuía seus próprios detetives, e disse que talvez abordasse o caso na próxima reunião com o delegado secional. Esperei sinceramente que ele não cumprisse a ameaça: seria ruim se meu nome e o nome do titular do Parque Peruche fossem mencionados juntos para o delegado secional.

Más conseqüências adviriam.

Entrei para o cartório, vi que havia uma ocorrência em andamento, um caso simples de entender mas difícil de equacionar, devido às muitas providências que demandava... legitimação de suspeitos, intimação de testemunhas oculares, condução de gente ferida ao PS do bairro, essas coisas. Ajudei no que pude. Já eram umas cinco e meia quando Roney me disse que havia alguém querendo falar comigo.

Ele está aí, no corredor.

Deixei o cartório e vi na curva, perto da porta principal, o mesmo indivíduo que fora me procurar no pronto-socorro da Barra Funda. Até a malha de acrílico, marrom, parecia ser a mesma.

Veio matar a saudade de mim?, perguntei.

Foi. Matar a saudade. Vamos tomar café?

Não gosto de café no final da tarde. No final da tarde gosto de aperitivos. Ou cerveja.

Pode tomar aperitivo ou cerveja. Isso não faz diferença. Apenas venha comigo até a padaria. Tem uma padaria aqui por perto, não tem?

Em todo lugar tem padaria, respondi seco. Mas não vou tomar aperitivo ou cerveja. Não com você.

Saindo do prédio, atravessamos a rua e entramos na padaria, o sujeito encostou o cotovelo no balcão e pediu café ao garçom. Era muito profissional. Esquecido do que eu havia dito antes, perguntou o que eu iria tomar. Nada, eu disse. O segurança tomava café, olhava o distrito, vigiava a porta de entrada, as viaturas da PM se movimentando no pátio. Imaginei que ele queria se certificar de que nenhum policial iria entrar na padaria, cismar com a sua cara, revistá-lo, ou nos seguir quando saíssemos, se é que íamos sair para algum lugar. Aquilo não me dizia respeito. Fingi que me interessava pelo movimento de carros e pessoas na rua. Quando ele terminou o café, acendeu um cigarro e segurou entre o polegar e o indicador, eu fiquei olhando aquele gesto boçal — olhando o movimento na rua e olhando aquele gesto boçal.

Ele terminou o cigarro e se deu por satisfeito, já que não havia aparecido nenhum tira nas imediações, nenhum que pudesse entortar sua vida ou a vida de seu patrão.

Podemos ir agora.

Até que enfim, desabafei mal-humorado.

Tomamos o carro dele, um Volkswagen igual ao meu, só que era novo e estava limpo. Dirigiu em silêncio até a igreja do meu bairro (uma das igrejas do meu bairro), a paróquia simples mas simpática com o nome de Santo Antônio. Na porta havia mais dois homens parecidos com o meu condutor, o mesmo olhar sinistro e fixo, e dentro, nos primeiros bancos, tinha mais um. Não eram os mesmos que eu vira no bar, perto do PS. Cheguei a pensar que as coisas andavam inseguras para Grajaú. Era segurança demais para um dia de domingo num bairro pacato como o meu. De qualquer modo, fiquei na minha. Sentei ao lado dele, bem no meio da nave, e seu perfume, enredado no ar parado, chegoume ao nariz como um afago.

Trocamos um cumprimento frio, sem nos dar a mão. Ele perguntou como andavam as coisas comigo e eu perguntei como as coisas andavam com ele. Ambos demos respostas vazias, sem o menor significado.

Não sabia que era católico, eu disse.

Eu sou. E muito fervoroso. Estou convencido que a Igreja católica é a única verdadeira. A única fundada efetivamente por Jesus Cristo.

Todas as religiões dizem o mesmo. Todas as religiões cristãs, eu quero dizer.

Eu sei. Todas dizem, e todas mentem. Com exceção da católica. Essa é a verdadeira, a única com o sopro divino. Quando o padre Marcelo disse isso no último terço bizantino, eu senti um frenesi no corpo.

Então você freqüenta o terço bizantino. Então gosta do Marcelo Rossi.

Eu adoro ele, disse Grajaú, feito uma adolescente falando a respeito de um cantor pop. Na próxima missa vou rezar por você.

Traficante rezando por investigador de polícia? Me poupe.

Depois de algum silêncio, me lembrei que tinha pressa, já que não gosto e não posso me ausentar da delegacia sem um motivo plausível, e disse, forçando o assunto, que achava muito bonito, muito elegante e muito atencioso da parte dele me procurar no meu bairro.

Aquela sua empregada, a empregada da sua mãe. A princípio eu não topei com ela, porque mente muito, é muito cara-de-pau, mas estou começando a mudar de opinião. Na verdade ela foi muito legal comigo te avisando que eu precisava falar com você.

Foi. Ela me avisou. Mas sua advogada naquela casa não é a empregada. É a minha mãe. Desde que você levou ela ao pronto-socorro, ficou sua fã. Falou da sua conversa com a empregada e pediu que eu viesse te ver. Parabéns. Para um policial, você sabe conquistar as pessoas certas.

Podemos entrar no que interessa agora, eu disse fugindo do elogio barato. Sabe por que eu queria falar com você? Porque tive uma conversa no começo da tarde com o delegado titular da delegacia do Parque Peruche.

O Lagartixa?

Era uma vergonha. Até os bandidos sabiam o apelido da autoridade policial.

Sim. O Lagartixa. Ele me falou numa apreensão de cocaína duas semanas atrás, por aí assim, numa academia de ginástica desativada do Lauzane Paulista. Eu preciso saber de quem era a droga. Não posso pensar que era estoque de algum viciado, devido à grande quantidade. Então era de algum traficante. Por isso eu pensei em você. Não como o dono da droga. Pensei em você para me auxiliar a descobrir a identidade do proprietário.

Por que você quer saber? Se ela foi apreendida, quem fez a apreensão sabe de quem se trata. Eles não querem te dizer?

Não querem. E talvez não saibam mesmo.

O que está te preocupando?

Você sabe que eu estou investigando a morte do Toninho. Chegou mesmo a indicar um tal de Herculano, eu falei com ele, mas a conversa não deu em nada, de modo que eu continuei na estrada. No carro do Toninho, na noite em que foi morto, não sei se já te disse isso, tinha cocaína. Isso complica a investigação. Mas não é importante no momento. No momento quero te dizer que eu acabei batendo de frente com Valdo, o chefe da tiragem do Parque Peruche. Eu não conhecia ele. Não gostei dele na primeira vez que nos falamos, principalmente porque ele falou que pretendia se aposentar, já que estava doente, e eu desconfio em princípio dos polícias que falam em doença e em planos de aposentadoria mas não se aposentam, não se licenciam para tratar da saúde... em suma: não largam o osso. E desconfio de gente que é chefe de investigação e mora em Alphasol.

Ele mora em Alphasol? O Valdo? Que rua?

Não lembro mais, eu disse tirando o corpo. Fui procurar ele em casa e nós batemos boca. Logo em seguida, veja você, Lagartixa descobre que uma grande quantidade de cocaína, apreendida pela tiragem dele, desapareceu da delegacia... Conversando comigo hoje ele me aconselhou a tomar cuidado, na sua opinião eu posso ser envolvido na vida pregressa do Toninho, na cocaína que havia no carro dele, que pode ter saído do mesmo pó furtado na delegacia do Parque Peruche.

E você quer se cobrir procurando identificar quem era o dono da cocaína.

Exatamente. Se eu descolar o nome do proprietário, eu me garanto.

Por que não vai você mesmo investigar?

Primeiro, não tenho tempo. Segundo, não tenho elementos por onde começar. Nenhuma pista, nenhuma deduragem. E também porque não tenho pessoal. Foram esses os motivos que me levaram a sair procurando você, que é do ramo, traficante profissional, sabe das coisas e pode me ajudar. Se quiser.

Grajaú abaixou a cabeça, como se estivesse prestes a se ajoelhar para acompanhar a elevação — acho que se chama elevação aquele ritual em que o padre ergue o cálice de vinho e diz: Este é o meu sangue, que é derramado por vós.

Lauzane Paulista... ele murmurou em voz baixa, falando só para si mesmo. Academia de ginástica desativada... Levantou a voz: Acho que dá para descobrir. Acho que sei por onde andar e aonde chegar. Agora, tem uma coisa. Mesmo identificando o dono da droga, talvez eu não possa dar o nome. Vou ter que analisar, pesar conseqüências. Você entende isso?

Sim. Claro que eu entendo. Vou deixar com você o telefone de uma vizinha chamada Mitiko. O telefone da delegacia em que eu trabalho, claro, você já tem.

Grajaú chamou um dos seus homens e mandou anotar o telefone, eu me despedi deles e fui embora.

Voltei ao plantão. O resto do trabalho seguiu tranqüilo. Se bem me lembro, não teve mais nenhuma ocorrência, nem difícil nem fácil. Depois de encerrar o turno, às oito horas, peguei meu carro e dirigi até a Santa Terezinha. Toquei a campainha e fiquei esperando junto ao portão. Estendi a vista até a esquina da Moreira de Barros. Ninguém se aventurava a errar por ali de sandália de plástico e camiseta. Com o cair da noite, o frio tinha aumentado. Quem andava pela rua, andava de carro. As janelas das casas se mantinham fechadas, e mesmo no posto de combustível, em frente do salão de sinuca, os empregados pareciam tristes e sorumbáticos. Márcia abriu a porta da casa, me viu esperando no portão, girou o corpo como se pensasse em voltar para dentro, depois resolveu vir falar comigo. Mas não me cumprimentou. Abriu o portão e caminhou de volta para a casa, as costas curvadas e a cabeça abaixada, como se um grande peso tivesse se abatido sobre ela.

Quando entrei na sala e ela fechou a porta, reparei que tinha estado chorando.

Está satisfeito?, ela perguntou.

Com o quê?

Com essa merda que você vem fazendo. Por que não deixou a droga da investigação com a Homicídios?

Que foi que aconteceu?, perguntei me sentando na poltrona.

Nada. Não interessa.

E caminhou para o interior da casa, entrou no quarto. Eu não podia continuar no mesmo lugar, quieto, esperando, como se aquilo não fosse comigo. Entrei também. Em cima da cama sofisticada e grande havia uma boa quantidade de roupa e na penteadeira os objetos de toucador estavam numa grande desordem. Ela sentou na beira da cama, eu fiquei de pé ao lado. Vestia uma blusa simples, de mangas curtas, gola masculina, cujos botões ela tateava freneticamente. Seu corpo inteiro tremia. Como se ela estivesse com muito frio, o que não era possível, já que ali dentro da casa não havia frio, o que havia era tensão e ansiedade... o ar estava pesado como uma cortina de veludo. Sentei ao lado dela.

Se você não me contar o que aconteceu, não vou poder ajudar. Não posso nem dizer o que eu penso.

Márcia pegou uma blusa no meio da roupa sobre a cama. Estava cortada na altura do peito.

Olha aqui, ela disse.

Estou olhando. Estou vendo. E daí?

Ela pegou um sutiã, igualmente cortado no lado esquerdo.

Quer ver mais?

Sim, eu disse. Eu quero ver mais.

Então ela abriu a blusa e mostrou o peito esquerdo. Havia um corte comprido começando ali onde um seio encontra com o outro e seguindo em direção do braço esquerdo. Eu sabia o sentido do corte porque era mais largo em um ponto e mais estreito em outro. Havia sangue na lesão, e havia uma substância vermelha, que podia ser mercurocromo, acompanhando o corte, escorrendo para o bico do seio.

Eles vieram aqui.

Quem?

Dois homens. Invadiram a minha casa, me fizeram um monte de perguntas, disseram: Nós já acabamos com ele, podemos acabar com você também. Um deles tirou uma navalha da capanga e encostou no meu seio, eu morrendo de medo, pedindo pelo amor de Deus que ele não fizesse aquilo, não me ferisse, não me deformasse. Ele riu e cortou o meu peito.

Além das perguntas, devem ter dito alguma coisa. Devem ter dito o que queriam.

Disseram. Querem que eu dê um jeito em você.

Um jeito em mim? Que tipo de jeito?

Querem que eu tire você da investigação. Querem que eu vá no prédio central da polícia e faça uma denúncia contra você e peça ao delegado-geral para devolver o caso à Divisão de Homicídios. Eles me fizeram isso, Venício! Rindo. Me cortaram o corpo e riram.

Tentei abraçá-la e confortá-la, mas ela estava muito apavorada, muito revoltada e tudo, se levantou e andou pelo quarto como uma fera na jaula. Quando tentei me aproximar, me deu vários murros no peito. Esperei que ela se acalmasse. Dizia palavras de esperança e encorajamento — Esses caras não são de nada; estão blefando; se você não for ao delegado-geral, eles concluem que a ameaça não deu resultado, aí desistem —, mas ela não me ouvia. Falava no marido, dizia que em todos aqueles anos em que fora casada com um tira nunca recebera visita de estranhos, nunca lhe tinham encostado a mão. E agora... Dei mais um tempo, torcendo para que ficasse mais lúcida, parasse de me ofender, parasse de falar no Toninho e na morte do Toninho. Esperei que sentasse outra vez na borda da cama. Ela sentou. Levou tempo, mas sentou.

Pode descrever os homens? Como são eles?

Aos trancos e barrancos, avançando com as palavras, retrocedendo, forçando a memória e buscando precisão, ela descreveu. Tive a impressão de que um dos seus agressores poderia ser o sujeito que havia escapado no litoral.

20

Ouvi alguém batendo na porta, e pensei em Mitiko, mas depois voltei atrás, em geral quando queria falar comigo ela tocava a campainha.

Ei, dorminhoco! Acorda! Está na hora!

Então as névoas dentro do meu cérebro foram se esgarçando e eu compreendi que estava na casa de Toninho. Fui até a porta, ao abrir deparei com Márcia envolta num pijama muito conservador, de bolinhas e listras.

Já vai para sete e meia, ela disse. E nós temos aquele encontro na loja.

Fechei a porta quando ela saiu, mas deitei outra vez. Dormira tarde a noite anterior, impressionado com a agressão que Márcia tinha sofrido, e o sono ainda me dominava o corpo. Fiquei na cama. Vestia um short de Toninho, cuecas de Toninho, umas novas, que ele não tivera tempo de usar... roupa velha e imprestável Márcia deitara fora, mas aquelas novas ela conservara. Fiquei na cama olhando o quarto que fora de Paula. Ainda tinha numa das paredes uma fotografia dela, devia andar pelos treze ou catorze anos, usando pulôver com um número no peito, como as americanas gostavam, na época, e rabo-de-cavalo. Em outra parede havia mais um quadro, este com a família toda, Paula,

Toninho e Márcia. Em volta de uma churrasqueira, sorrindo para a câmara, felizes da vida.

Um tempo em que ainda eram felizes.

Finalmente me arrastei até o banheiro, tomei uma ducha rápida e vesti minhas próprias roupas. Exceto a cueca: achei melhor ficar com a herança de Toninho.

Encontrei Márcia na cozinha, fazendo o café. Já se trocara também, tinha posto malha e calça comprida, de mescla. Um traje muito adequado àquele dia. O frio e a umidade tinham desaparecido, e havia sol, embora fosse um sol fraco e indeciso, suficiente apenas para o gasto. Ela me sorriu por cima da cafeteira. Fiquei de pé atrás dela sentindo o cheiro dela e do café.

Passou bem a noite?, perguntei.

Horrível. Tive pesadelos. Não me ouviu gritar do outro quarto?

Não ouvi. Eu não durmo muito, mas quando durmo, o sono é pesado.

O Toninho costumava me ouvir gemendo durante os pesadelos. Chamava por mim, me sacudia, e às vezes me dava bronca, porque achava que os pesadelos se deviam à posição do meu corpo na cama. Quando ele não dormia em casa, eu acordava apavorada, suando, levava tempo para entender que tudo não passava de um pesadelo e que eu estava na minha própria casa. Logo depois do casamento, eu telefonava para a delegacia dele, se estava de plantão, para conversar, ouvir sua voz, afastar os últimos resquícios do susto. Depois... depois tudo foi ficando ruim. Casamento tem isso. Depois de um certo...

A conversa estava indo longe demais, ficando chata demais, de modo que procurei levar Márcia de volta à realidade:

Sobre os fatos de ontem... Você superou, espero.

Bem, depois de tudo o que você me falou à noite, fui para a cama tentando me animar, tentando me convencer de que a agressão foi inconseqüente, que os agressores não têm peito nem motivo para aprofundar o caminho... a picada que me fizeram no peito. Pensei que tinha me convencido. Depois, com os pesadelos, e agora, com você perguntando, assim, cara a cara... não sei não. Estou em dúvida de novo. Estou com medo de novo.

A Homicídios me deu uma semana para a investigação. Não falta muito para terminar. Se eu não descobrir nada, abandono o caso, saio fora. Então você volta a ficar tranqüila. É o que os homens querem, não é? Que eu saia da investigação.

Pelo menos, foi o que disseram.

Márcia apanhou uma redoma de plástico sobre a geladeira e levou para a mesa. Havia pão dentro dela (pãozinho francês, italiano) e bolachas. O café com leite cheirava bem e o pão ainda estava macio. Ah, as delícias da vida doméstica. Café com leite, pão e margarina de manhã, na mesa da cozinha. A conversa a dois, a gente olhando a mulher ainda com marcas de sono e cama. E cigarros. Quando acabei o café, fui para a sala e acendi o primeiro cigarro do dia. O primeiro e o melhor. Não tinha terminado de fumar quando ela chegou ali, a bolsa pendendo do braço, um molho de chaves na mão: Vamos? Saímos. Ela sugeriu que eu deixasse meu carro em sua garagem e fôssemos no carro dela.

Ainda não havia se acostumado direito com o Cherokee, ainda tinha medo de ralar os espelhos laterais nos outros carros. Levou muito tempo para entrar pelo portão da loja. Isaac já estava lá, conversando com um homem.

É o seu amigo?, perguntei. O homem que vai ajudar na avaliação dos carros?

Não. Esse aqui é um ex-cliente. Eu não trouxe ninguém. Eu mesmo vou avaliar o que é meu. Se não concordar com a avaliação feita pelo amigo de vocês, não vendo a loja. Tem um monte de gente trabalhando com empresa fria e não acontece nada com eles.

Não contestei. Se contestasse, poderia surgir um bate-boca entre nós, não ficaria bem, ali, diante de terceiros, mesmo que ex-clientes. Com Márcia, passei para o escritório, onde embromamos por um tempo, fazendo uma coisa e outra, falando sobre uma coisa e outra. Não deu meia hora, chegou Camarão. Com um carro Hyundai hidramático (eu sabia porque já dirigira um deles, da delegacia para o IML e de volta ao distrito, conduzindo um bêbado que tinha de fazer exame de dosagem alcoólica. O carro era do bêbado e nós viajamos nele devido ao fato de que naquele plantão a viatura estava quebrada). A pele do rosto de Camarão descascara em vários lugares e ele disse sorrindo que agora ele se parecia mesmo com um camarão. Perguntei se tinha estado na praia. Depois me arrependi: aquele fim de semana não fora indicado para a praia.

Para minha surpresa, a resposta dele foi positiva. Tinha ido à praia, queimara a pele não com o sol, que havia teimado em continuar escondido, mas com o sal da água. Passou a mão cautelosa pelas partes mais prejudicadas do rosto e sorriu.

Fomos todos ao pátio. Ele e Isaac já tinham se cumprimentado, já tinham mesmo uma certa intimidade, aquela intimidade que os comerciantes estabelecem entre si, e que nem sempre é verdadeira. Márcia estendeu a vista sobre a capota dos carros:

Bem, Camarão, aí está nosso patrimônio. Passou a ele algumas fichas e documentos que apanhara no escritório: Esses são os preços que nós pagamos pelos carros. Que Toninho e Isaac pagaram. Os documentos provam que a situação dos carros está o.k.

Ele pegou as fichas e documentos sem lhes dar grande importância, era como se dissesse: Eu não preciso disso, eu sou do ramo, percorreu o pátio olhando detidamente os carros, abrindo portas e examinando o assoalho, verificando o porta-malas. Quando abria o capô, se demorava um pouco mais, já que precisava checar o estado dos fios e bateria, ouvir o ruído do motor. Levou tempo, o exame. No final, ele foi ao seu próprio carro e apanhou uma folha de jornal e uma máquina de calcular, se fechou no escritório. Nós ficamos do lado de fora. Eu e Márcia conversando, Isaac olhando a paisagem, volta e meia entrava alguém, fazia perguntas e ouvia respostas curtas — agora que estava na iminência de vender a loja, Isaac não se dava ao trabalho de ser gentil.

Camarão surgiu à porta e nos convidou a entrar. Ficamos de pé ao lado da mesa. Havia relacionado todos os carros e o provável preço final de cada um. Tinha somado os valores e chegado ao quantum total. Nem Márcia nem Isaac apresentaram nenhum protesto. E muito menos eu, que não era profissional e não tinha interesses na avaliação. Camarão surpreendeu a todos:

Conforme for, eu fico com a loja. Se vocês aceitarem minha oferta, eu fico com os carros. Tenho condição de pagar. Uns dolarezinhos que eu tenho no banco devem bastar.

Por algum tempo eles conversaram sobre o assunto. Eu preferi me afastar. Entrei no Cherokee e liguei o rádio numa estação que transmitia notícias policiais, depois acendi um cigarro e fiquei olhando a fumaça dançar no ar parado. Se alguém entrava na loja, eu descia e ia conversar, explicar que nenhum negócio seria possível naquele dia, a empresa passava por uma auditoria. Não deixava de ser verdade. A conversa entre as partes interessadas não levou muito tempo. Para aquele tipo de negócio, para o tamanho do empreendimento, não levou muito tempo. Márcia chegou ao Cherokee e me deu a notícia:

Meu digníssimo sócio aceitou a proposta do seu amigo, de modo que ele vai ficar com a loja. Liquida os carros aqui mesmo, se responsabiliza pelo aluguel e pelo salário do vigia, pela propina dos fiscais. Nem achou estranho. Disse que na loja dele também precisa pagar suborno, porque nem todo carro está em situação regular. Daqui nós vamos ao banco. Ele vai pagar com cheque administrativo.

Camarão se aproximou de mim:

Pode ficar aqui por um momento? Enquanto eu vou no banco? Se quiser vender algum carro, também pode.

Provavelmente vou dar prejuízo à empresa.

Ele riu. Estava muito propenso ao riso, naquela manhã.

Saíram no carro dele, no Hyundai, eu fiquei sozinho na loja, ouvindo rádio, dando informação às pessoas que entravam. Putz! Como entra gente em loja de carros usados. Não é à toa que o negócio movimenta muito dinheiro. O grupo demorou muito. Muito mais do que eu havia esperado: o pagamento da loja demorou mais que a transferência do patrimônio. Quando eles voltaram, se trancaram de novo no escritório e fizeram contratos e assinaram coisas, e quando terminaram, já eram mais de onze horas. Isaac foi embora direto. Com seu cheque administrativo no bolso, naturalmente, e novos planos na cabeça. Márcia entrou no Cherokee e sentou no banco do passageiro.

Está acabado, ela disse. The business is over.

O quê?

Dessa estou livre. Quer ir dirigindo?

Não dei um passo:

Podíamos ir ao prédio central da Polícia Civil. Para você tentar o reconhecimento fotográfico dos sujeitos que te ameaçaram e te cortaram ontem. É no prédio central da polícia que ficam os álbuns.

Se por acaso eu reconhecer os criminosos, você vai procurar eles, interrogar, prender, levar para a delegacia... E depois? Depois que eles forem soltos eles vão à minha casa e me cortam de novo?

Compreendo que você esteja com medo. Mas as coisas não têm necessariamente que ser assim.

Então me explique como elas podem ser.

Continuamos no carro conversando, Márcia apresentando seus argumentos, eu apresentando os meus.

De vez em quando nossas vozes se alteravam e nós tínhamos que botar o pé no breque. Camarão andava por ali, olhando os carros, entrando no escritório, saindo para atender pessoas, falando no telefone celular. Naturalmente havia deixado alguém na sua loja da Cruzeiro do Sul e se preocupava com o andamento do trabalho. E dos negócios. Essa gente que gosta de dinheiro costuma ser muito compenetrada. Finalmente Márcia concordou em consultar os álbuns de fotografias — depois que eu havia prometido de pés juntos fazer o possível para evitar que ela sofresse nova agressão.

Eu não sabia como manter minha promessa. Vagamente esperava não precisar fazer nada a respeito.

Acionei o enorme motor do Cherokee e nós caímos na avenida que leva o trânsito para a Alfredo Pujol e para o centro da cidade. Procurei uma vaga para estacionar ali pela Cásper Líbero, mas inutilmente. Todos os cantos estavam ocupados. Também tentei na garagem da Polícia Civil, depois de dizer à recepcionista que estava em serviço, desenvolvendo uma investigação sobre homicídio, mas ela não pôde fazer nada, pois todas as vagas estavam ocupadas. Foi o que ela me disse.

Fui a uma garagem particular e larguei o jipe na mão de um manobrista. No prédio da polícia, junto aos elevadores, Márcia e eu retornamos ao assunto das fotografias. Ela queria voltar atrás. Tive que reiterar as promessas:

Não vou prender ninguém assim de cara, sem mais nem menos. Não vou dar o teu nome. Se você identificar os caras, vou chegar neles numa boa, os covardes nem vão perceber que foi denúncia sua. Deixa comigo.

Para alguma coisa devem servir meus anos de trabalho policial.

Nunca pensei que os anos de trabalho policial me valessem mesmo de alguma coisa.

Lá em cima, no setor de reconhecimento fotográfico, fomos atendidos por um policial chamado Sílvio, gentil, simpático, mas intransponível.

Para que a vítima faça o reconhecimento é preciso que traga um boletim de ocorrência e uma requisição do delegado. Se não tiver a requisição, a gente pode até atender, mas, sem o BO, nada feito. Façam o seguinte. Procurem uma delegacia e apresentem a queixa. Aqui mesmo no prédio tem algumas.

A vítima não quer dar queixa, eu disse. Está com medo dos criminosos e eu não posso tirar a razão dela. O reconhecimento que nós vamos tentar é informal. Eu não quero nenhum papel escrito. Nenhum ofício e nenhuma declaração. Se ela reconhece o vagabundo, só quero o nome e o endereço.

Ah, não sei, Sílvio disse, pesaroso e cheio de dúvidas. Vocês esperem aqui.

Ele entrou por uma porta e desapareceu. Nós ficamos ali na sala. Acendi um cigarro e fumei um pouco, e Márcia apanhou um jornal em cima de uma cadeira. Era da sexta-feira anterior. Mesmo assim ela leu com extremo interesse uma reportagem sobre salões de beleza. Dois homens entraram. Um era investigador do DEIC — o DEIC novo, que fica na avenida Zaki Narchi, perto do Center Norte — e o outro era vítima. Motorista de caminhão, de jamanta, para ser mais preciso, vira sua carga ser afanada por assaltantes, em conseqüência tivera que acompanhar seu patrão àquele departamento para formalizar a queixa, e agora estava ali na tentativa do reconhecimento fotográfico dos assaltantes. O policial não acreditava muito na versão dele. Lá no DEIC a gente está cansado de ouvir essas coisas. O motorista dá a dica para os assaltantes, vem o assalto, a companhia seguradora paga a empresa-vítima, os assaltantes pagam o motorista.

Pagam em mercadoria, claro.

O motorista sofria com aquelas insinuações. De vez em quando me olhava, falando coisas:

Eu vinha da Bahia com a minha mulher e a minha filha. A patroa é de Jequié. Fazia tempo que não via os pais. A menina nem conhecia os avós. Então eu levei elas. Carreguei em Salvador, botei elas na cabine e viemos embora. Acha que eu ia combinar assalto trazendo minha mulher e minha filha na jamanta?

Por dinheiro a gente faz qualquer coisa, falou irredutível o homem do DEIC.

Sílvio levou um tempão para retornar, mas quando chegou, trazia uma notícia boa: seu chefe iria permitir a tentativa de reconhecimento. O procedimento era irregular, eles só iriam abrir a exceção porque eu investigava a morte de um policial.

Passamos para outra sala, onde ocorreu um procedimento complicado, Márcia teve que descrever o tipo dos homens, explicar fatos, depois ficamos esperando os álbuns chegarem. Ela examinou com todo o empenho. Como um dos autores da agressão poderia ser o homem que tinha escapado na Praia Grande, depois de tentar me matar, eu olhava também. Havia a possibilidade de que Márcia não encontrasse a fotografia dos agressores nos álbuns. Havia a possibilidade de que, encontrando-a, tivesse uma recaída, ficasse de novo com medo de represália e negasse o reconhecimento. Eu me esforçava para não pensar nisso e para deparar com o capanga de Ronaldo.

Tudo foi inútil. Nada deu em nada. Nem Márcia nem eu deparamos com nenhuma fotografia que nos interessasse. Frustrado, agradeci a Sílvio pela atenção, ele disse que as coisas eram assim mesmo, a porcentagem de reconhecimento positivo era de... nem dei ouvidos. Márcia já ia saindo e eu me apressei atrás dela. Paramos na rua, diante do prédio.

Podíamos almoçar, ela sugeriu. Já passa de uma hora e eu estou com fome. Que é que você acha?

Vou te levar em casa. É rápido. Deixo você lá e então você almoça. Eu não estou com fome. Estou chateado com essa tentativa fracassada de reconhecimento fotográfico e quando me chateio não sinto fome.

Eu fiz o possível, ela disse na defensiva.

Eu sei. Vamos apanhar o carro.

Dirigi de volta à zona norte, onde Márcia morava, falamos sobre a venda da loja, sobre o que ela pretendia fazer com o dinheiro, sobre a investigação. Ela não estava feliz. Mas estava contente por ter vendido a loja com tanta facilidade. Embora tivesse ficado tão pouco tempo no posto, tinha se aporrinhado tanto com a companhia de Isaac, não chegara a tomar nenhum gosto pelo negócio. Quanto à investigação, era falar no assunto e ela lembrar dos homens em sua casa. Houve um momento em que tocou o seio esquerdo por cima da malha a fim de sentir o corte. Reconheci que tinha razão. Nas circunstâncias não podia esperar outro comportamento dela. Se ainda lhe fazia perguntas, era devido à esperança num golpe de sorte — esperança de que ela me revelasse sem querer, por acaso, algum dado fundamental.

Ela não revelou nenhum, de modo que chegamos à Santa Terezinha do jeito que havíamos saído de manhã. A diferença era o cheque dentro de sua bolsa.

Na porta da casa, uma surpresa. Paula e Pedro, as duas figurinhas carimbadas. Não pude evitar uma piada maldosa:

Acho que eles farejaram o dinheiro.

Márcia foi compreensiva, mas parcial:

A Paula não. É um tanto alheia a questões de dinheiro. Puxou a mãe. Agora, esse marido dela...

Quer que eu fique por aqui um pouco, enquanto você conversa com ele?

Não. Prefiro que você vá embora. Já não gosta do meu genro, se ficar por aqui pode me criar algum atrito. Passe mais tarde. Eu vou no colégio desistir da licença, pedir para retomar o trabalho... Nunca pensei que ficaria tão feliz por recomeçar a dar aulas. A gente pode ir junto... Ou então você podia passar aqui à noite. Ainda temos aquela pizza pendente entre nós.

Peguei meu velho fusca na garagem e me mandei.

21

Pretendia ir em casa, dar uma olhada no meu reduto, falar com Mitiko e perguntar se houvera algum telefonema — estava ausente desde domingo às oito da manhã, o que me parecia uma eternidade. Peguei a Moreira de Barros e virei para a esquerda. Não avancei muito. No final da primeira ladeira, perto da peixaria, vi um bar novo, com mesas no interior e na calçada, uma máquina de café expresso. Não resisti. Estacionei de qualquer maneira e passei para dentro.

Pedi uma média, sentei em uma cadeira na calçada e fiquei olhando o movimento dos carros, gente entrando na peixaria, saindo, empregados de avental de plástico, branco, levando o lixo para um balde na rua. Pensei em Márcia, na filha de Márcia e no genro, e pensei em Toninho. Havia telefonado a ele alguns dias depois do fracasso na Baixada. Uma dificuldade estabelecer comunicação com o homem. Ligava para o seu celular, dava caixa postal, ligava para a chefia do 13º DP, me diziam que ele havia saído em diligência. Deixava recado, mas nunca houve retorno. Uma sexta-feira consegui falar com ele. Não pareceu alegre quando ouviu minha voz, mas eu debitei isso à vida dura e agitada que ele levava.

Toninho, meu caríssimo, eu disse tentando dar à voz um tom leve, como estamos com os nossos projetos?

Que projetos?, ele perguntou como se eu fosse um simples mestre-de-obras tentando fazê-lo lembrar-se de uma reforma agendada.

Você ficou de falar com o seu amigo. Aquele que sabe da vida do Ronaldo. Falou com ele?

Mea culpa, Venício, mea culpa. Tentei por várias vezes, mas o cara é escorregadio como um bagre ensaboado. Eu até compreendo. Também já trabalhei no DEIC e sei como é. Mas eu falo. Fica frio que eu falo.

Quando?

Segunda-feira. Eu tenho mesmo que ir ao centro, deixo o carro na garagem da Alfredo Issa, dou um pulo no DEIC e falo com ele.

Eu vou com você.

Não. Eu vou sozinho. Sem você é melhor.

Está bem. Eu espero. E enquanto espero, vamos nos encontrar. Tomar um mé, comer uma feijoada, um churrasco... Tem ido à Boi 900?

Não. Nunca mais vi o Jamílton... Claro, Venício. Claro. Eu te ligo, está bem? Quando tiver notícias do meu amigo, aquele que sabe das coisas, eu te ligo, a gente se encontra, eu te passo as informações, aproveitamos e jantamos, botamos as fofocas em dia. Agora tem uma coisa... Eu acho que a gente não deve se afobar muito não. O afobado come cru. Quanto mais o tempo passar, melhor. O Ronaldo pensa que nós desistimos, baixa a guarda, e aí nós... ó...

Depois de desligar, fiquei pensando se concordava ou não com ele. Ouvia e acatava suas palavras mais por amizade do que por outro motivo. Estava em dúvida se valia a pena esperar que Ronaldo baixasse a guarda, não me constava que trapaceiros de alto coturno como bicheiros costumassem baixar a guarda. Tinha pedido ao titular do meu distrito uma cópia do mandado de prisão. Ele havia recebido um telex do seu colega do litoral, devia ter lido coisas desagradáveis sobre mim, disse: Você sai por aí enchendo o saco das pessoas, quase que eu levanto a voz para dizer que ele estava enganado, as pessoas é que andavam por aí me enchendo o saco, tentando me matar. Afinal ele concordou. Chamou o escrivão-chefe e mandou elaborar uma segunda via do papel. Recomendou que eu agisse rápido — e quando fosse diligenciar em outras comarcas, me avistasse primeiro com a autoridade local.

Eu tinha que dar um retorno, dizer ao titular o que andava fazendo com o seu mandado de prisão. Depois da conversa com Toninho eu disse a mim mesmo que iria deixar passar uns dois ou três dias e, se ele não ligasse de volta, eu tornaria a telefonar. E pensei no DEIC e nas inúmeras tarefas que seus policiais têm de fazer ali.

Na Moreira de Barros, tomando café na calçada, me lembrei disso, e me lembrei do colega do setor de reconhecimento fotográfico, o tira do DEIC, conduzindo o motorista da jamanta para reconhecimento. Então me deu um estalo. Havia tempos eu vinha sentindo uma coisa estranha na cabeça, uma pressão diferente, como se houvesse uma idéia por perto, boiando, esperando vez para se manifestar. Agora eu sabia o que era. O DEIC do centro da cidade não existia mais. Fora desmontado e substituído pelo Depatri, que por sua vez também não existia mais, fora desmontado e substituído pelo DEIC — a mesma sigla antiga, mas outro departamento, com nova estrutura e novos objetivos, entre os quais a investigação sobre seqüestro e sobre crime organizado. Muita gente não sabia disso, a mudança de nome e endereço se dera sem alarde, o antigo DEIC tinha uma longa história de violência, de crime e corrupção (quanta gente não foi "desaparecida" em seus porões? Quantos suspeitos não foram "suicidados" se atirando pelas janelas?), mas nós policiais sabíamos. Tínhamos de saber.

Toninho não podia sair por aí dizendo que tinha amigos numa repartição policial do centro que já fora extinta. Como policial tinha a obrigação de saber que o novo DEIC funcionava no Carandiru.

Terminei o café, saí rápido, dirigi rápido até o DEIC, só perdi algum tempo no estacionamento, que é pequeno e, como costuma acontecer nas repartições públicas, estava apinhado de carros. Nunca tinha estado naquele prédio, portanto não conhecia suas divisões. Tive que me informar na portaria e, depois, pelas placas que ia vendo pelo caminho. Encontrava homens de jaqueta e arma na cintura, algemas, deparava com gente infeliz e algemada, homens de paletó e gravata gritando pelos corredores. Cheguei ao setor do pessoal. Uma mulher branca e já com uma certa idade, de cabelos pintados de louro, com uma enorme verruga ao lado do nariz, tentou ser simpática... objetivo que ela conseguia sem muito esforço. Podia ter verruga até na menina-do-olho. Era simpática.

Vocês têm aqui um policial chamado Ari? Um investigador chamado Ari?

Não sei. Só olhando no prontuário.

A senhora me faz esse favor? Eu fico muito agradecido.

Na sala só havia duas funcionárias, a mulher que me tinha atendido e uma outra, mais nova, morena e baixinha, sentada atrás de uma mesa atulhada de papéis, os peitos longos e moles quase batendo nos volumes. O telefone estava tocando e a mulher mais velha disse: Por favor, atenda aí; se for pra mim, diga que estou ocupada, mais tarde dou retorno, se for o caso. Abriu um arquivo de aço, puxou pastas amarelas e azuis, consultou registros. Voltou ao balcãozinho de fórmica onde eu me encontrava:

Não temos nenhum investigador chamado Ari. Mas tem um Ariovaldo, que é chefe de uma das equipes de investigação do departamento. Normalmente as pessoas chamam os Ariovaldos de Ari. Quer saber qual o setor onde ele está lotado?

Eu não tinha nada a perder, daí ter dito que sim, queria. Ela me informou onde ficava a divisão do Ariovaldo. Agradeci e fui embora. Para minha sorte, Ariovaldo estava de serviço. Deparei com ele junto à porta da divisão conversando com outro investigador sobre fuga de presos. Para me enfiar no papo, eu disse que se um dia saísse da polícia, seria por causa dos presos, eu estava cansado do papel de babá. Gostaram da minha declaração. Ariovaldo era um sujeito novo ainda, aí pelos trinta anos, daqueles tipos que parecem ter sido corpulentos e musculosos quando adolescentes, e decaíram antes do tempo. Nas têmporas o cabelo estava grisalho, e suas mãos tremiam. Conversamos sobre a minha delegacia, sobre a repartição onde ele trabalhava, sobre a delegacia em que havia trabalhado antes, de onde ele fora removido contra a vontade — daí que não se conformava.

O outro investigador nos deixou, ficamos um momento em silêncio. Mencionei o nome do Toninho.

Grande merda o que fizeram com ele, disse Ariovaldo.

Era seu amigo?

Era. Muito chegado. Eu conhecia o Toninho desde 1970, quando a gente fazia a segurança do governador.

A frase me deu a sensação de que eu estava no caminho certo. De que minhas suposições estavam afinal dando algum fruto.

Você conhece um bicheiro chamado Ronaldo?, perguntei.

Conheço. Mas o que isso tem a ver?

Peguei Ariovaldo pelo braço, gentilmente, e convidei para tomar um café. Ele aceitou e me seguiu pelo corredor. Mas não chegamos a descer e caminhar para um boteco. Paramos perto de uma escada.

Ariovaldo, vou te fazer uma pergunta que é da maior importância. Você deu ao Toninho o endereço do Ronaldo na Praia Grande?

Não dei, e nem poderia ter dado; nunca soube que o Ronaldo tivesse apartamento na Praia Grande.

Você não disse ao Toninho que o Ronaldo tinha casa na rua Rui Barbosa, na Praia Grande, e que ele costumava descer durante a semana, dado que não gostava de engarrafamentos?

Não disse, porque nunca tive essa informação. Aliás, metido a sebo como é o Ronaldo, não acho que ia ter casa na Praia Grande. Ele tem apartamento no

Guarujá. Num condomínio de luxo chamado Enseada Azul.

O Toninho também conhecia o Ronaldo?

Conhecia. Fui eu que pedi ao bicheiro para dar emprego a ele.

Aquilo me atingiu feito uma bomba. Tive que me segurar no corrimão da escada para não vacilar e cair. Tirei o maço de cigarros e estendi a Ariovaldo e ele pegou um cigarro como se não fumasse fazia uns dez anos. Então Toninho trabalhava para Ronaldo. Então havia me levado ao litoral, dizendo que lá ficava a casa do vagabundo, então tínhamos tomado tiro... e agora eu ficava sabendo que Toninho estava na folha de pagamento de Ronaldo.

Sabe que o Toninho e eu estivemos na Praia Grande tentando prender o bicheiro?

Ariovaldo sabia. Em parte. Ouvira dizer que Toninho e um amigo tinham descido à Praia Grande a fim de prender um bicheiro, haviam tomado tiro e baixado hospital, voltaram a São Paulo de mãos abanando.

Mas eu não sabia que se tratava do Ronaldo, Ariovaldo disse. Acho que o Toninho foi enganado.

Sim, falei acendendo o meu cigarro, e depois o cigarro do colega. Também acho. O Toninho foi enganado, e muito mais fui eu mesmo, que desci à praia com ele. Diga mais uma coisa, Ari... Posso te chamar de Ari?

Claro.

Já que você arrumou o emprego do Toninho, que tipo de trabalho ele prestava ao Ronaldo?

Aquilo que os policiais civis e militares fazem quando prestam serviço a políticos, traficantes, estélios e bicheiros.

Segurança?

Isso mesmo. Na época eu trabalhava para o Ronaldo, me virava em várias coisas, indo para um lugar e outro, quebrando galhos. Ele tem uma amante chamada Bel. Não me pergunte se é diminutivo ou apelido porque eu não sei. Sempre conheci ela como Bel. Volta e meia o Ronaldo me escalava como acompanhante... eu ia com ela a salões de beleza, boates, viagens ao Rio e Recife, bancos. Eu e a Bel brigamos. Melhor esclarecendo: nós não brigamos. Ela se enfezou comigo quando eu me recusei a ir no supermercado fazer compras como uma empregadinha doméstica. Ela me mandou à merda e eu mandei ela à puta que pariu. Então a putinha telefonou ao macho dela e ele me despediu. Até aí, tudo bem. Normal. Ela já não me topava mesmo... Mas eu não queria ficar na lista negra de Ronaldo. Fui falar com ele, pedi desculpas, pedi para me botar em outro posto, mas ele não quis. Por outro lado, também não queria cortar relações comigo. Eu saí de lá numa boa.

De lá... onde? Onde ele mora?

Eu não sei. Não era amigo dele até esse ponto. Nossa conversa foi no escritório do advogado dele.

O.k. E onde Toninho entra nessa história? Se você tinha brigado com o Ronaldo...

Sou doido para brigar com bicheiros do coturno do Ronaldo? Tinha brigado com a amante dele, o que era diferente. Já disse que eu saí de lá numa boa. O Ronaldo até pediu que eu indicasse alguém. Aí eu indiquei o Toninho. A gente tinha conversado uma semana antes, ou duas, ele andava precisando levantar grana, tinha me pedido um bico, eu me lembrei dele e perguntei se topava trabalhar para a amante do Ronaldo. Ele topou. A gente fez um acerto, no sentido de ele me dar uma comissão, trinta por cento do primeiro salário, mas ele nunca pagou. Cobrei umas duas ou três vezes. Ele dizia que passaria aqui, mas nunca passou. Eu não voltei a telefonar. Só dizia a mim mesmo: Deixa estar, jacaré; a lagoa vai secar, o sol vai arder e você vai se foder.

Quando ele morreu você ficou feliz.

Não, disse Ariovaldo jogando o resto do cigarro no chão e pisando em cima. Nunca fico feliz quando um colega morre. Mesmo um colega filho-da-puta como o Toninho. Só fico feliz quando bandido morre. Porque morto ele não pode matar a gente.

Essa amante do Ronaldo, a Bel, onde ela mora? Você deve saber, se trabalhava para ela.

Mora num hotel na esquina da Rio Branco com a Duque de Caxias.

O Três de Ouros? A amante do Ronaldo mora naquele antro?

Parece antro a quem olha da rua. E aos classe-média que precisam dar uma trepada e estão temporariamente sem dinheiro. Mas ela mora na cobertura. No saguão do hotel tem um elevador pequeno. A gente pensa que pode tomar ele para subir aos quartos, mas é engano. Ninguém usa aquele elevador para subir aos quartos... quem está querendo meter tem que ir de escada. Aquele elevador só serve a cobertura. Onde mora a Bel. De lá ela vê a Rio Branco, a Duque de Caxias, a praça do cavalo, a estação da Luz. Vê até o centro da cidade, praça da República, largo do Paissandu. De manhã ela desce à portaria e recolhe o dinheiro.

O hotel é do Ronaldo?

Não. É dela. Comprou ele dando a boceta, eu acho.

Achei que era hora de ir saindo e tornei a convidar Ari para um café, mas ele, que manjava bem as imediações, disse que era melhor a gente deixar para outro dia, outro lugar, porque ali só tinha boteco indecente. O café era de garrafa e sempre que ele tomava sentia dor de estômago. Agradeci as informações que me havia dado. Simpatizara mesmo com ele: não é todo policial que abre o jogo assim, com facilidade, mesmo para colegas... ou sobretudo para colegas. Quando eu me despedia, ele perguntou: Você já lutou boxe? Eu disse que não, até achava um esporte bonito, procurava assistir quando passava na televisão, e já fora algumas noites ao ginásio Baby Barioni, mas nunca havia lutado.

Por quê?, perguntei.

Você tem um tipo de boxeador. De quem já bateu e apanhou em ringues. ... Eu já lutei boxe. Era peso meio-pesado.

Chegou a algum lugar? Quero dizer: ganhou algum prêmio, algum dinheiro?

Ganhei muita porrada na cara.

E então nos despedimos mesmo. Desci ao estacionamento, montei no meu jegue e dirigi para a cidade, a parte nova da cidade... nova em termos, bem entendido. Evitava pensar em Toninho. Evitava fazer juízos de valor. E se houvesse um engano naquilo tudo? Se Ariovaldo estivesse mentindo? Evitando o tema, eu evitava sofrer. Estacionei perto da estação Sorocabana, lembrei do assaltante com quem havia trocado tiros, cheguei a olhar em volta, precavido, mas ninguém estava assaltando as lanchonetes da Luz... não que eu visse, quero dizer. Caminhei até a Rio Branco debaixo daquele solzinho fraco, camarada, tentando imaginar como seria Bel, como fazia para administrar o Três de Ouros e administrar o bicheiro. Os Campos Elíseos são um lugar feio. À noite principalmente são de uma tristeza atroz. Ainda bem que ainda era de tarde.

Na portaria do Três de Ouros atendia uma mulher, fato que me surpreendeu, minha memória dizia que porteiros de hotel são sempre homens, sobretudo de hotéis de alta rotatividade. Perto do balcãozinho atrás do qual ela se escondia havia uma poltrona encardida e na poltrona estava sentado um homenzinho de paletó xadrez. Tirei a credencial e levantei diante do nariz da mulher:

Polícia. Preciso falar com a Bel.

O homem se levantou e me convidou para conversar lá fora. Fomos até a calçada.

Eu também sou policial, ele disse. Estava aqui esperando uma pessoa. Você conhece a Bel?

Não. E você, conhece?

Talvez. O que o colega quer com ela?

Só quero lhe fazer umas perguntas. A respeito de um colega nosso que foi morto na quarta-feira.

O Toninho?

Sim. O Toninho.

Ele trabalhava aqui. Quer dizer: fazia algum serviço no hotel. Quando o Ronaldo mandava ele vir para cá. Quando o Ronaldo... você sabe de quem eu estou falando, não sabe?... Foi o que eu pensei. Tinha alguma coisa me dizendo que você conhecia o bicheiro. Bem, quando o Ronaldo quer visitar a Bel, dar uma metidinha, ele manda um homem vir na frente, dar uma sapeada, ver se tudo está em ordem. O Toninho fazia esse trabalho. Quem arranjou pra ele foi um colega nosso do DEIC... Sim. Muita gente conhece o Ari. O Ari é mais conhecido na polícia do que jegue no Nordeste. Mas depois o Toninho morreu, e o bicheiro teve que arrumar outra pessoa. Eu conheço um sujeito aí, que conhece um sujeito aí... você sabe como a coisa funciona. Vim trabalhar aqui. Quando estou de plantão na polícia, no IML, trabalho na polícia; quando não estou de plantão, venho pra cá.

O Ronaldo vai aparecer aqui hoje?

Que eu saiba, não, disse ele, talvez mentindo.

Sabe alguma coisa sobre a morte do Toninho? Correu algum boato na patota do bicheiro?

Desconheço, não correu boato nenhum.

A Bel está aí?

Está.

Eu vou subir e falar com ela. Não fique preocupado, não é nada de mais, não tem nada a ver com Ronaldo, só quero fazer à Bel umas duas ou três perguntas sobre a morte do Toninho.

Vou subir junto. Você sabe, eu tenho que mostrar serviço. Fazer jus ao meu salário.

O.k. Vamos subir, então.

Tomamos o elevador pequeno, bem cuidado, e subimos até a cobertura, até a penthouse. Era um contraste com o resto do hotel. Neste as paredes eram escalavradas, manchadas, riscadas, na cobertura eram novas, pintadas de rosa; no hotel não havia tapete nem carpete, mas na cobertura, quando a gente saía do elevador, já saía pisando macio, sentindo a fofura quente debaixo dos pés. O colega tocou a campainha. Eu não sabia o nome dele e até hoje não sei e o fato não faz a menor diferença uma vez que até agora eu não precisei dele e espero nunca vir a precisar. Não me fez nada de mau, aquele homem. Mas era um tipo mesquinho, baixo e servil, e eu odeio policiais mesquinhos, baixos e servis.

Uma mulher surgiu à porta. Usava um conjunto vermelho, de seda, eu acho, ou material parecido, e a bem da verdade não sei se era traje de sair ou pijama, já que ele podia servir para as duas coisas. Era morena e de lábios grossos e seus cabelos negros caíam em cascata em direção aos ombros. Via-se que era bem-feita de corpo. Dentro da roupa folgada suas ancas balançavam como pudins. O policial me apresentou:

O nome dele é Venício. Queria te fazer algumas perguntas sobre o Toninho. Nada de complicado nem perigoso... Se fosse complicado ou comprometedor eu não deixava.

Está bem. Pode descer agora. Se eu precisar, te chamo.

Depois que o serviçal desceu, ela me olhou direto nos olhos, altiva como uma rainha, até pensei que iria dar um piparote e me mandar de volta... não pelo elevador, pela escada mesmo. Para minha surpresa, ela me autorizou a entrar. Recuou um passo e segurou a porta aberta. Daí a pouco eu estava numa sala não muito grande, mas chique, recém-pintada de rosa (como as paredes no corredor), só que era tinta recente, ainda restava no ar um pouco do cheiro. Sentei na ponta do sofá recoberto de couro, ela sentou na outra ponta. Usava muitas jóias. No pescoço, nos pulsos, nos dedos. Pensei que havia acabado de chegar da rua e perguntei isso a ela.

Hoje ainda não saí. Estava pensando em comer alguma coisa fora, mas ainda não me decidi. Acho que a fome é pouca.

Também não almocei, eu disse para firmar alguma intimidade entre nós.

Queria fazer perguntas sobre o Toninho. Pois bem: pergunte. O que quer saber?

Eu e ele éramos amigos. Ele foi assassinado na quarta-feira dentro do carro dele na zona leste e eu quero descobrir quem fez isso.

Não sei nada sobre esse assunto. Só soube que ele tinha morrido porque seu colega aí me falou.

Em todo o tempo que trabalhou para o seu marido... quero dizer, para Ronaldo... ele se meteu em alguma confusão? Fez inimizade com alguém? Atrapalhou a vida de algum cupincha?

Até onde eu sei, não fez nada disso. Era um sujeito muito discreto, muito competente, muito educado. Comigo podia trabalhar a vida toda.

Há pouco menos de um mês, no começo da noite, Toninho se encontrou num bar, aqui na Duque de Caxias, com um colega de serviço. Um investigador como ele. Você sabia disso? Ele te falou alguma coisa a respeito?

Suponha que tenha falado. E daí?

Naquela noite ele estava de serviço aqui?

Não me lembro.

Tudo bem, então. Vamos mudar de assunto. Umas duas semanas atrás o tira que esteve com Toninho no bar desceu com ele até a Praia Grande para falar com Ronaldo. Você sabe quem mandou eles descerem? Quem deu o endereço da casa de praia do teu amante?

Ronaldo nunca teve casa na Praia Grande. Em todo o tempo que eu conheço ele, não me lembro de nenhuma vez ele ter falado nessa cidade. Ele tem apartamento no Guarujá, num condomínio chamado Enseada Azul. Sobre quem mandou o Toninho descer à Praia Grande, não tenho a menor idéia. Isso tem a ver com a morte dele?

Talvez não tenha. Estou perguntando só por desencargo de consciência.

Ela se levantou e caminhou toda faceira para um bar de madeira envernizada. Enquanto andava, suas jóias tilintavam, resplandeciam, pegavam o pouco de sol que entrava pela janela e resplandeciam. Perguntou se eu queria tomar alguma coisa. Já eram mais de duas horas e meu estômago começava a fazer exigências. Tomar uma dose ali não era de bom alvitre, mas eu queria me fazer simpático à mulher, de modo que pedi uma lata de cerveja. Ela se serviu de uma dose de licor, depôs o cálice na mesinha de centro, as jóias faiscando enquanto ela se curvava.

A empregada faltou hoje. A cornudinha escolhe sempre a segunda-feira para faltar ao trabalho. Acho que o namorado dela lhe enche o caco de caipirinha no domingo.

Amantes. Jóias. Uma idéia brilhou no meu cérebro:

Bel, não tenha medo de me responder: o Toninho alguma vez te deu alguma jóia de presente?

Deu. Um anel de brilhantes.

Levou a cerveja para a sala, derramou um bocado no meu copo, depois sentou-se no meio do tilintar de suas jóias, os olhos curiosos postos em mim.

Preciso ver o anel, eu disse.

Ela me levou ao quarto, nos aproximamos da penteadeira. Havia um pequeno cofre dourado que ela abriu com um movimento seco. Muitas jóias lá dentro. Ela vasculhou ali até resgatar um anel de ouro com um brilhante grande em destaque e mais brilhantes ao longo da haste. Era o anel de Elizabeth. Eu tinha tanta certeza daquilo como tinha certeza de que ia morrer um dia.

É roubado, afirmei. Esse anel pertencia a uma amiga minha chamada Elizabeth, foi roubado pela empregada e recuperado pelo Toninho. E então ele deu a você para agradar o teu amante, o patrão dele.

Bel manteve o silêncio, reverente como uma fiel durante a missa. Eu disse:

Vou apreender o anel. É produto de crime e tem de ser apreendido.

22

O relógio no bar do Luís, na parede, perto da sinuca, marcava cinco minutos para as três e meia. Só havia dois fregueses. Cármen estava ali, trabalhando junto ao balcão, limpando e arrumando vidros com picles e molhos. Acomodei o traseiro a uma das mesas e Luís se aproximou. Seu avental estava rasgado abaixo do sovaco — bem um palmo sobre as costelas. Às vezes eu me punha a imaginar onde ele guardava o dinheiro, pois era certo que ganhava muito dinheiro com o boteco. Talvez tivesse fazendas ou casas na praia. Mas nem sempre substituía seus aventais. Aproximou-se e perguntou o que eu queria e antes que eu pudesse responder ele disse que almoço não tinha mais.

Traga um lanche, então. Um daqueles sanduíches gigantes que você costuma fazer. E uma cachaça.

Ele já estava se afastando em direção à cozinha, mas parou:

Cachaça? Tem certeza? E a costumeira cerveja?

Hoje não quero. Traga cachaça. Rápido, por favor.

Caminhou para a cozinha e eu continuei sentado olhando o movimento na rua e as pessoas que entravam na padaria do outro lado da esquina e o grupo conversando com o jornaleiro diante da banca de jornais. Estava entretido, pensando no Toninho e na grande sacanagem que havia feito, armando a casa de caboclo na Praia Grande, quando vi — Luís estava bem ali, junto da minha mesa, o sanduíche numa das mãos, a cachaça na outra. Uma dose cavalar... como se eu fosse lavar as mãos com branquinha. O sanduíche também era estúpido. Um motorista de caminhão ou um estivador teriam dificuldade para engolir aquele almoço. O cara havia posto tudo a que eu tinha direito, o que imaginava que fosse o meu direito, desde fatias de mortadela e queijo até folhas de alface.

E maionese. Ele sabia que eu gostava de maionese e praticamente afogava o lanche em maionese. Depois de servir, ainda ficou por ali, de pé, ao lado da mesa, me espiando. Eu sabia que ele queria conversar. Tinha estranhado me ver pedindo cachaça, pois eu jamais pedia a bebida forte e áspera, e naturalmente queria que eu esclarecesse do que se tratava.

Senta aí, eu disse. Vamos conversar um pouco.

Ele olhou por cima do ombro, para trás, viu sua mulher a postos, trabalhando feito uma faxineira, convenceu-se de que podia sentar com o velho amigo.

Está chateado?, ele perguntou. Com medo?

Faz tempo que não sinto medo. A vida tem sido generosa comigo, não me tem posto à prova. Mas estou chateado. Não. Chateado não. Estou é fodido.

Se não contar logo, eu me fodo também.

Por volta de um mês atrás fiz amizade com um colega de profissão. Um investigador chamado Antônio Carlos. Eu estava num bar na Duque de Caxias, de noite, entrei em atrito com uma turma de vagabundos, estava desarmado...

Luís não se agüentou:

Você anda por aí, de noite, desarmado?

Expliquei que eu tinha um revólver, só que ele estava sem munição, e revólver desmuniciado não é arma, já que não tem poder ofensivo. Luís disse: Ah, sim, e calou-se. Prossegui: Eu estava ali, naquela aflição, sem saber o que fazer com os malacos, aí chegou esse colega. Quando viu que eu estava numa fria, sabe o que ele fez? Encarou os malas, meteu bronca, expulsou do bar. Em outras palavras: livrou a minha cara. Nos olhos do amigo havia admiração. Legal, ele disse. É bom ter colegas dedicados assim.

Hoje eu descobri que ele queria me matar.

O quê? O teu colega? Querendo te matar?

Já faz algum tempo eu vinha tentando prender um bicheiro muito poderoso. O nome do cara é Vicente de Paula Fantinati, mas seu vulgo é Ronaldo. Pouca gente sabe que ele se chama Vicente de Paula. Eu sei porque ele foi indiciado na minha delegacia, na minha equipe, numa noite em que a gente estava de serviço.

Indiciado por trabalhar com o bicho?

Você é muito inocente. E muito afobado... Esse sanduíche está uma delícia. Eu queria fazer sanduíches assim... Vicente foi indiciado na minha delegacia por causa de um acidente de trânsito. Ele bateu o carro na avenida em frente do nosso distrito. Quando se identificou, teve que dar o nome verdadeiro, Vicente de Paula Fantinati, e toda a minha equipe passou batido. Só eu sabia que era o poderoso bicheiro Ronaldo. Quando o juiz expediu um mandado de prisão preventiva, devido ao passado de Vicente, claro, eu peguei o mandado e saí para cumprir. Não levei ninguém comigo. Se dissesse para algum colega que ia dar cana no bicheiro, sabe o tipo de reação que ia conseguir?

Luís abriu a boca para falar, mas eu lhe cortei as palavras:

Não precisa responder. É irrelevante. Vamos em frente. Saí sozinho para prender o cara e me dei mal. Ele e os capangas dele me humilharam. Tomaram o mandado e rasgaram nas minhas barbas.

Você ficou uma arara.

Uma arara? Oh, não!... Eu fiquei foi puto. Uma piça. Por isso mesmo, continuei na cola dele. Era o mínimo que podia fazer. Naquela noite, no centro da cidade, eu estava fazendo mais uma tentativa de executar a prisão, aí chegou esse colega, o Antônio Carlos. Vulgo Toninho. Me tirou de uma fria e se tornou meu amigo e agora eu vim a descobrir que ele trabalhava para Ronaldo. E não é só: o cara tentou me matar.

Você deve saber o que está dizendo. Deve ter elementos para chegar a essa conclusão.

Ele me levou até a Praia Grande dizendo que o bicheiro tinha casa lá. Mostrou. E nós entramos nela. Sacamos arma e entramos. Aí fomos recebidos a bala. Eu tomei um tiro na cabeça — está aqui, ó, e indiquei o local passando a mão, mas ele não deu importância — e desmaiei, só fui acordar no hospital. Um dos caras foi morto. Por mim. O outro escapou. Agora no começo da tarde conversei com duas pessoas, um tira chamado Ariovaldo e uma puta chamada Bel. O depoimento deles não deixa margem à dúvida: meu amigo queria me matar.

Mas ele estava contigo; trocou tiros com os bandidos; como pode dizer que ele queria te matar?

Desceu comigo à praia porque eu pedi. Naturalmente, não quis recusar a ajuda para não levantar suspeitas. Combinou comigo de entrar pelos fundos da casa, enquanto eu entrava pela frente, e os homens saíram lá de dentro em direção à rua atirando, para acabar comigo mesmo. Mais tarde Toninho apareceu no hospital com a mão enfaixada dizendo que havia tomado tiro também. Mentira. Tomou tiro um caralho. Ele era empregado do bicheiro. A casa na Praia Grande não era de Ronaldo, devia ser de algum capanga. Ou compadre. Sei lá. Ronaldo tem apartamento no Guarujá. Toninho me levou à Praia Grande para ser morto. Agora me diz: eu não tinha que ficar magoado, cabreiro?

Luís passou a mão pelo queixo. Não tinha feito a barba aquele dia, os pêlos estavam começando a despontar, deixando o seu rosto parecido com um ralo. Continuava pensando:

Mas se ele estava com a mão enfaixada...

No período em que fui recolhido ao hospital ele pode ter cortado a mão. Ou bateu em algum muro e esfolou. Procurou um consultório, pagou, conseguiu que lhe enfaixassem... Queria alguma coisa sólida para me convencer, uma esfoladura e um enfaixamento serviam. Policial criminoso faz qualquer coisa.

Não gosto de polícia, confessou ele. Sempre antipatizei. Quando era mais novo e ainda morava com a minha família, o meu pai queria que eu fosse soldado. O meu pai era uma figura. Já te falei sobre ele?... Não? Um dia eu falo mais devagar. Hoje só vou te dizer uma coisa. O meu pai quando parou de trabalhar não tinha aposentadoria nem salário de qualquer espécie e a vida em casa era dura. Ele arrumou não sei onde uma farda da Polícia Militar. Sabe com que objetivo? Não pagar ônibus. De manhã — em qualquer outra hora do dia; com mais freqüência de manhã —, quando precisava ir à cidade — a gente morava no Jabaquara; quando viemos do Rio Grande do Norte nós fomos morar no Jabaquara —, se ele precisava ir à cidade, botava aquela farda ridícula, muito larga, as mangas compridas demais, e se atacava para o ponto do ônibus.

Você estava dizendo que não gostava de polícia. Por causa disso?

Não. A farda do meu pai não tem nada a ver. Não gosto porque não gosto. Polícia é tudo falso, violento, tomador de grana, mentiroso. O que polícia mente!

Ei, espera aí, cara! Está falando uma grande tolice. Não é verdade que todo policial seja violento, falso, mentiroso, tomador de grana... Tem muito policial honesto, decente e pobre. E mais uma coisa: na minha presença *só eu falo mal da polícia*! Entendeu?

Não.

Esqueça. Eu também não entendo direito. Tenho minhas queixas da polícia, sofri minhas perseguições, fui injustiçado mais de uma vez, e por isso, quando estou triste e aborrecido, falo mal da polícia. Mas no fundo eu admiro. É isso aí. Admiro o trabalho policial e...

Tem certeza de que a bebida não está te deixando xarope?

Talvez. Acho que vou embora.

O sanduíche tinha chegado ao fim, bem como a cachaça. A paciência e a vontade de falar, idem. Limpei os dedos sujos de maionese e disse ao Luís que pendurasse a conta até o pagamento. Ele nem deu resposta, não precisava mais que eu dissesse aquilo. Ia saindo do bar, Cármen ergueu a cabeça atrás do balcão e me viu, se despediu com um gesto de braço. Entrei no meu prédio ainda pensando em Toninho, em Bel, no dono do bar... as pessoas entravam na minha cabeça, rodopiavam ali dentro, diziam coisas sem nexo, desapareciam... para em seguida voltarem e começarem tudo de novo. Meu cérebro estava pesado, lento e lerdo, o coração tenebroso.

Abri a porta do meu apartamento, dei uma olhada para dentro, vi que tudo estava em ordem, melhor esclarecendo, vi que tudo estava em desordem, o que era normal. Fechei a porta e caminhei pelo corredor. Assim que toquei a campainha de Mitiko, ouvi passos no interior de sua sala e percebi que ela aproximava o rosto do olho mágico. Pensei em lhe fazer uma gozação, botando a língua para fora, por exemplo, mas me faltou o ânimo... caramba, eu não estava mesmo para brincadeiras. Quando ela abriu a porta, desci os olhos para sua roupa, notei que usava short de brim, como de hábito, e uma malha meio transparente. A trama da blusa era tão aberta que ela ficava transparente.

Não está sentindo frio?

A malha é quentinha, disse ela distante, aérea, aquele jeito de quem não sabe o que está dizendo.

O.k. Eu acredito. Mas o fato é que a gente vê tudo aí dentro.

Tudo o quê?

Esqueça. Não vale a pena. Alguém me telefonou?

Aqui não há nada para ser visto. Nada que você não conheça, que não tenha visto em outras mulheres.

E ela levantou a malha e mostrou o ventre branco, liso e plano, os seios pequenos e ainda empinados, os bicos marrons como chocolate:

Era isso que estava te preocupando?

Fiz que não tinha sido comigo. Repeti a pergunta: Alguém me telefonou?

Abaixando a blusa, ela abriu totalmente a porta, e eu passei para o interior da sala. Caminhamos em direção da mesinha onde fica o telefone. Havia um nome no bloco: Xavier. E um número. Perguntei coisas à Mitiko, se o próprio Xavier dera o telefonema, se ele esclarecera quem era ou por conta de quem estava falando, mas ela não sabia nada. Xavier tinha me procurado, eu não estava, ele deixou o nome e o número, era tudo. Bem. O mínimo que eu podia fazer era ligar. Disquei a primeira vez e fiquei ouvindo o telefone chamar do outro lado e imaginei que Xavier estava saindo de uma sala e caminhando para o aparelho, mas ninguém me atendeu. Talvez eu tivesse ligado errado. Cometo esse erro muitas vezes. Sobretudo quando estou nervoso ou com pressa.

Tornei a discar, tornei a ouvir o telefone chamando, até que finalmente ouvi a voz de um homem. Uma voz grossa e alta, me levando a pensar tolamente num sujeito alto e corpulento.

Você é o Xavier?

Quem gostaria?

Meu nome é Venício. Recebi um recado dizendo que eu telefonasse a um certo Xavier nesse número aí. Você é o Xavier? Se não for, chama ele, tá bem?

Eu sou o Xavier. Olha, Venício, é o seguinte. Você estava interessado em saber de quem era a droga apreendida no Lauzane Paulista. Vou te dizer. Porque recebi ordens para te dizer. A droga era propriedade de um cara chamado Rui Lino. Já ouviu falar?

Talvez tenha ouvido. Não sei. Não costumo memorizar nomes de traficantes. Como eu faço para falar com esse Rui Lino? Ou com algum lugar-tenente dele?

Vou te dar um número. E uma senha. Ligue e diga que quer falar com o dr. Rui e dê a senha. Que é a seguinte: Xerox. Quando telefonar, dê esse nome. Diga que se chama Xerox. Pode acrescentar "senhor" ou "doutor" ou "meritíssimo". Aliás, é uma boa. Telefone e diga que você é o meritíssimo dr. Xerox. Vai ser engraçado. Você pode até não conseguir nada de importante, mas talvez faça um amigo.

Deixei passar alguns instantes para que ele curtisse a própria piada, depois lhe disse: Passe o número. Ele falou uma série de algarismos, que Mitiko anotou num bloco.

Quer me dizer mais alguma coisa?, perguntei.

Não.

Adeus.

Telefonei para o número que Xavier havia dado. Uma mulher atendeu. Perguntei o nome, mas ela não disse. Perguntei de onde estava falando e ela não falou também. Mas tem um sujeito aí chamado Rui Lino, não tem? A voz silenciou do outro lado. Esperei. Levantei meu tom: Tem alguém aí? Não houve resposta. Eu já estava pensando que havia cometido um erro, levado pela minha arrogância natural, ou pela altivez própria do meu cargo, não sei, quando chegou uma voz masculina. Muito educada e tudo. Perguntou quem estava falando. Lembrei-me das instruções de Xavier e disse que me chamava Xerox e não gostei nadinha de ter falado isso, me sentindo ridículo com aquele nome ridículo... eu era cópia de alguma coisa? Arremedo de um policial? O homem do outro lado me tranqüilizou:

Sr. Xerox. Muito bem. Nós estávamos esperando a sua ligação.

Nós quem?

Nós. Escute: sabe onde fica o supermercado Gambarini?

Sei. Já fiz compras lá algumas vezes. Nas tardes de sábado as filas são desanimadoras. Os donos deviam dar desconto nas caixas de cerveja.

Ótimo, ele falou como se não me tivesse escutado. Compareça ao supermercado Gambarini hoje. No final da tarde. Pode escolher o horário.

Seis horas.

Seis horas está bem. Diga que roupa vai estar usando.

Eu lhe disse que roupa estaria usando, qual seja, a roupa com que estava naquele momento, e ele recomendou que, entrando no supermercado, eu devia pegar um carrinho e em seguida escolher alguns produtos perto do balcão de congelados. Perguntei: Posso comprar coisas também? Alguém vai pagar minha conta? Mas isso ele não respondeu. Não era um sujeito tão educado, afinal de contas. Ou talvez não tivesse senso de humor. Desliguei o aparelho e Mitiko e eu caminhamos para a porta. Ali ela perguntou: Esses telefonemas têm a ver com a investigação que você anda fazendo? Têm a ver com os homens que estiveram aqui sábado à noite? Eu não estava a fim de conversar. Já tinha perdido muito tempo e não queria perder mais.

Entretanto, com Mitiko havia que ser delicado e decente, não podia deixá-la falando sozinha.

Não sei se têm a ver com *aqueles* homens. Nem com a investigação.

Como a coisa está indo? Já chegou a um primeiro resultado?

Cheguei. Descobri que o homem cuja morte eu estou investigando queria me matar.

O quê? Te matar?

Isso mesmo. Me matar. O filho-da-puta estava a serviço de um bicheiro e o bicheiro queria me matar para eu não prender ele. Talvez o meu amigo tenha dado a idéia. Para agradar o patrão. Para conseguir aumento de salário.

E você vai continuar investigando a morte dele?

Vou... Acho que vou, acrescentei indeciso. Prometi a um delegado do Departamento de Homicídios que ia fazer o trabalho e não quero faltar com a minha palavra. Por outro lado, o fato do meu amigo ser amigo-da-onça não quer dizer que o assassino dele deva ficar impune. Acho que vou continuar, sim.

Mitiko não entendia, era uma mulher boa e simples e amiga e tudo, mas não entendia, era absurdo que eu continuasse investigando a morte de um cara que queria me ver morto. Ainda conversamos um pouco sobre aquilo. Ela me chamou de trouxa, e logo se arrependeu, pediu desculpas e me fez um carinho no rosto, como se fosse uma pediatra e eu um menino que tivesse se comportado bem no exame. Aquilo foi o bastante. O carinho no meu rosto foi a gota d'água. Se eu ficasse ali, ela podia levantar a malha de novo. Insinuei que abrisse a porta, ela vacilou um pouco com a mão na maçaneta, de modo que eu mesmo abri.

No corredor não havia ninguém. A tarde caía e a mulherada do prédio devia estar na cozinha preparando o jantar, os meninos na escola ou brincando na rua, assistindo televisão. Dei as costas a Mitiko e segui em direção da escada.

Na esquina da avenida Tucuruvi manobrei à esquerda, desci ao subsolo do supermercado, procurei uma vaga, que não foi difícil encontrar, dado que era segunda-feira de tarde, e estacionei. Imaginei que na volta poderia comprar alguns mantimentos, era bom ter no apartamento frutas e bebida, cigarros e um isqueiro sobressalente, para emergências, mas logo mudei de idéia, pois quando entro em supermercados, acabo comprando mais do que preciso... eles fazem de caso pensado, deixam os mantimentos bem à mão, inventam aquelas promoções fajutas, que não refrescam o bolso da gente, justamente para nos induzir a fazer o que não queremos. Subi a rampa e me vi na rua. Do outro lado ficava o prédio com portão de alumínio, portaria e porteiro, um saguão com móveis estofados e uma mesa de carteado.

Subi e toquei a campainha do apartamento. Jandira atendeu. Quando percebeu que se tratava de mim, abaixou a cabeça, envergonhada. Chamou a patroa dela. Numa voz tão baixa que só mesmo por telepatia podia se fazer entender. Elizabeth levou algum tempo para chegar à sala. Quando entrou, eu já estava de pé ao lado de uma poltrona. Ela não havia penteado os cabelos, que despencavam desordenados ao lado da cabeça, deixando-a mais charmosa do que nas outras vezes em que nos tínhamos encontrado.

Olá, cumprimentou-me tentando ser jovial e simpática.

Tirei o anel de brilhantes do bolso da jaqueta e mostrei:

Reconhece?

É claro que reconhecia. Ficou feliz como uma criança: Meu anel! Deus, é o meu anel!

Assim que sentamos, ela virou a cabeça em direção à cozinha e chamou: Jandira!, mas logo caiu em si. A empregada não podia participar da alegria. E não haveria de querer também. Elizabeth abaixou a voz: Estava com a Jandira?

Encontrei na mão de uma mulher que atende por Bel. Amásia de um bicheiro chamado Vicente. Autoapelidado Ronaldo. Toninho deu de presente a ela.

Você não respondeu a minha pergunta: foi ela que pegou? A Jandira?

Olha, Elizabeth, eu queria pedir uma coisa a você. Não mete bronca não, tá? Deixa o barco correr. Deixa a Jandira continuar trabalhando numa boa, como se nada tivesse acontecido. Como se você não soubesse de nada. Estou convencido que é gente boa. E que o fato de receber a visita de dois policiais serviu de lição. Tudo bem?

Tudo bem, ela disse parecendo feliz pela oportunidade de não punir a empregada. Vou telefonar para o Alberto, dar a notícia da recuperação do anel e perguntar quanto ele quer pagar a você.

Ele já me deu algum dinheiro.

Eu sei. Eu estava aqui. Mas acho que ele vai dar mais.

Jandira podia não querer ver a minha cara outra vez, mas teve que me encarar, dado que Elizabeth mandou-a me servir suco ou café. Preferi café. A empregada havia chegado à porta da cozinha, voltou para cumprir a ordem. Elizabeth telefonou ao marido, quando terminou, entrou em um quarto, ou algo que eu imaginei fosse um quarto, voltou com um talão de cheques, um dos quais preencheu e me entregou, perguntando se eu estava satisfeito ou queria mais. Eu pouco tinha trabalhado naquele caso. Achava estar recebendo mais do que merecia. Parece muito, eu disse olhando o papel. Ela pegou minha mão e dobrou por cima do cheque e não falamos mais sobre o assunto.

Trate de trancar suas jóias, aconselhei.

Nesse ínterim, chegou o café. Uma delícia de café. Superior ao expresso que eu havia tomado na Moreira de Barros no começo da tarde. Coloquei a xícara vazia na mesinha com tampo de acrílico e acendi um cigarro.

Seu cunhado... o meu amigo Toninho... era um bom sacana, não era?

Não sei, ela disse. A gente tinha pouco contato com ele.

Descobri umas coisas nesses poucos dias de investigação. O cara não tinha um pingo de moral. Mentia, afanava coisas, subornava pessoas, puxava o saco, trabalhava para bicheiros. E tentava matar pessoas. Até colegas de serviço ele tentou matar.

É mesmo? Quem?

Queria que você me falasse mais sobre ele. Que abrisse o jogo... porque você deve saber de coisas. Fale do Antônio Carlos Pessoa. Aquela beleza de pessoa.

Estou sendo sincera. A gente não sabia muita coisa dele. Quer dizer, a gente sabia que era louco por dinheiro e poder, que gastava mais do que ganhava, que era elegante de forma cafona e exagerada, que nas conversas ele procurava falar mais alto, contar as melhores piadas, chamar a atenção. Nas reuniões de família a Márcia ficava constrangida. Mas a gente compreendia. Era filho adotivo, não se conheciam seus pais, ele também não, seus irmãos estavam bem postos na vida, um era dentista, o outro médico... era compreensível que Toninho fosse assim atirado, sedento, esfomeado, inescrupuloso, arrivista. A gente compreendia. É claro que não sabíamos que ele roubava e tentava matar pessoas. Se a gente soubesse...

O que teriam feito?

Nada, eu acho. Quer mais café?

Eu estava decepcionado. Queria que Elizabeth metesse o pau no ex-cunhado, que o esculhambasse, não queria ficar ouvindo aquelas coisas mornas, atirado, sedento, arrivista (esses predicados qualquer estrela de televisão pode ter), queria que o chamasse de filho-da-puta, ladrão e assassino. Ela porém não queria chegar até esse ponto. Sim, eu estava mordido pela decepção, mas não havia nada que eu pudesse fazer. Só me restava me levantar e sair. Foi o que fiz. Levantei e saí.

23

O senhor precisa de ajuda?

Ao me virar, vi uma moça baixa e branca, de cabelos ruivos e encaracolados, o corpo malfeito no uniforme do supermercado. Imaginei que ela havia estranhado me ver ali, com aquele carrinho vazio, olhando tolamente o balcão de congelados. Talvez houvesse instruções do gerente: Quando vocês virem sujeitos com cara de paspalhos empurrando carrinhos vazios perguntem se precisam de ajuda.

Não, respondi. É que estou indeciso mesmo.

Tem muita oferta esta semana, ela completou, me levando a imaginar que também era instrução do gerente: Quando falarem com alguém, digam que temos muitas ofertas.

Balancei a cabeça, murmurando coisas absurdas, hum-hum, e tratei de andar um pouco por ali, examinando o balcão de congelados como um coveiro examina as covas onde vai depositar os recém-chegados. A moça se afastou e se aproximou do balcão da margarina e manteiga e requeijão e de lá ainda me olhou e até me sorriu e eu ainda imaginei que talvez ela estivesse querendo algo mais de mim... que não estivesse apenas seguindo instruções do gerente. Isso podia porém ser mero palpite. Talvez eu estivesse imaginando coisas devido à minha vaidade. Quando era jovem, tinha uma boa aparência, era mesmo um homem bonito, fato que me abria portas com as mulheres. Com o passar do tempo, as mulheres foram escasseando, sobravam dissabor e solidão. Bah!

Ouvi uma voz perto de mim:

Como os preços subiram, não?

Vi um sujeito bem mais jovem que eu, quase um rapaz ainda, mas de expressão séria e infeliz, como se ele tivesse começado a lutar muito cedo pela vida. Também tinha diante do corpo um carrinho, que permanecia tão vazio como o meu. Tentei me comunicar rápido com ele, expediente que só consigo com uma certa dificuldade.

Supermercado está subindo sempre. Padaria, açougue, material de construção, tudo sobe. Só o salário do funcionário público está congelado há cinco anos.

Ah, é funcionário público?, perguntou ele com uma certa compreensão e pena.

Sim.

Da polícia?

Sim. Da polícia. Investigador. Você presumiu bem. Tenho mesmo cara de policial, imagino.

Cara de polícia você não tem. Mas tem uma certa postura, um jeito de olhar as pessoas... direto nos olhos, depois nas roupas, na cintura... procurando arma? Quando vocês policiais olham uma pessoa imaginam que possa estar armada?

Eu nunca penso nisso. Não me preocupo com porte de arma... isso é função da Polícia Militar. Meu negócio é investigação, não policiamento ostensivo, de rua.

Ele me estendeu a mão, dizendo que se chamava Hamílton e que tinha muito prazer em me conhecer, gostava muito de policiais, e sapecou uma frase-chavão: Nossa segurança depende de vocês. Resolvi arriscar: Meu nome é Xerox.

Ele olhou para um lado e outro:

É ruim conversar aqui. Tem pouca gente. Vamos para a seção de material de limpeza.

Contornou o balcão de congelados, abrindo caminho entre algumas donas-de-casa e seguindo em frente. Fui atrás dele com meu carrinho suspeito e vazio. Parou diante dos sapólios e palhinhas de aço e esponjas, baldes e escovões, umas vassouras pequenas e duras que imaginei servissem para limpeza de vasos sanitários. Talvez eu devesse falar com a minha faxineira sobre o banheiro do meu apartamento, tinha umas coisas lá que francamente... bem... porra... aquele não era o momento de pensar em faxinas e banheiros. Voltei a atenção ao meu interlocutor. Numa coisa ele havia acertado: tinha muita gente por ali, de forma que mais tarde ninguém se lembraria de ninguém. Podia-se pendurar um cliente que ele não conseguiria descrever o comprador do lado. O homem encostou o ombro no meu ombro:

Recebi ordens para te ajudar. O que você precisa saber?

É sobre uma porção de droga apreendida no Lauzane Paulista. Muita droga. Vinte e cinco quilos. Eu já sei de quem era. Quer dizer: me informaram no telefone que era de um certo Rui Lino.

O nome dele não é Rui Lino. É Etevaldo. Etevaldo Moreira. Rui Lino era o nome de um antigo político da zona leste. Um político por vocação, mas fracassado. Se candidatava a deputado federal, perdia, se candidatava a deputado estadual, perdia, se candidatava a vereador...

E perdia, eu completei.

Ele pegou uns produtos na prateleira, descartando logo a seguir.

Etevaldo e Grajaú são concorrentes, mas são amigos também. Grajaú pediu para ele te dar uma força, porque você caiu nas graças da mãe dele, do Grajaú. O que mais você precisa saber?

Depois de apreendida, a droga ficou no armário do chefe dos tiras do Parque Peruche. Vocês no seu bando sabem o motivo?

Valdo queria vender a droga. Ofereceu para o meu chefe, mas ele não quis comprar. Estava puto com a apreensão, e Valdo queria um preço acima do mercado, Etevaldo tinha fornecedores mais baratos. Por outro lado, não queria guerra com Valdo... Valdo e Etevaldo, que rima, hein?... Traficantes não podem entrar em conflito com polícia. É o mesmo que rixa entre colegas... brigar com Valdo *era* brigar com colega.

O pó sumiu do armário da delegacia. Foi roubado. Vocês estão sabendo disso também?

Sabemos. Achamos que o próprio Valdo roubou. Quem mais podia entrar na sala dele, abrir o armário, afanar a droga e escapar impune, sem deixar rastros ou pistas? Quem tem coragem de violar sala de chefes de investigação? Achamos que foi o Valdo. Roubou e vendeu para outro traficante, güentou a grana, sem repartir com os colegas, por isso fez esse auê todo, espalhando boatos por todo canto.

Quem dá o serviço a vocês sobre as coisas que acontecem na delegacia do Parque Peruche?

Não posso dizer.

Conheciam um tira chamado Antônio Carlos Pessoa? O Toninho?

A gente conhecia.

Quem matou ele?

A gente não sabe. Escuta, Xerox, você veio aqui para saber coisas a respeito da droga. Eu vim aqui com a missão de te dar informação a respeito disso. E já falei tudo o que podia. Não posso dizer mais nada. Me falta autorização... você compreende. O crime contra o Toninho, além de eu não ter autorização para falar sobre ele, não sei mesmo de nada. Espero que você acredite.

Vamos voltar ao problema da droga.

O homem olhou para os lados, reparando que o espaço entre as prateleiras ficara quase vazio, muitos compradores, por coincidência, tinham saído dali ao mesmo tempo. Chegou um empregado com um carrão cheio de pacotes, estacionou e começou a despejá-los nos escaninhos, meu informante pareceu não ter gostado da companhia.

Vamos voltar à mercadoria, ele disse olhando o carro de sabão em pedaços.

Quem dentro do DP sabia da apreensão?, perguntei. Quem eram os sócios de Valdo?

Todo mundo. Todos os asseclas da chefia sabiam do esquema, estavam esperando que o material fosse negociado para receber uma fatia do bolo. Quando a coisa virou pó... quando o pó virou pó... foi um deus-nos-acuda. O pessoal ficou puto. Com toda a razão.

Incluindo Toninho?

Eu disse que *todos* ficaram putos... E agora preciso ir embora. Acho que minha missão está cumprida. O favor que Grajaú pediu ao meu chefe está atendido. É claro que se você quiser informações sobre a apreensão... lugar, data, essas coisas, a gente ainda pode conversar um pouco. Desde que seja rápido, porque eu tenho compromissos.

Do lugar onde eu estava podia ver o enorme relógio na seção em que o supermercado vendia carnes. Ele marcava seis e meia. O frio começava a baixar sobre a cidade; mesmo dentro do supermercado, com tanta gente respirando junto, já havia um certo gelo no ar. Achei que não precisava mais do informante. Local da apreensão, data, horário, nome de pessoas, isso eu não precisava, havia colhido o depoimento contra Valdo, me bastava. Obrigado, eu disse tratando de empurrar meu carro na direção dos caixas. Não tinha comprado nada e certamente os funcionários iriam estranhar me ver passar para o estacionamento com o carrinho vazio, mas no momento eu não podia fazer nada. Tivesse mais tempo, até poderia comprar alguns bagulhos... no meu bairro os preços eram mais altos.

Peguei o fusca no estacionamento e tratei de seguir rápido para a delegacia do Parque Peruche, torcendo para encontrar Lagartixa sozinho. Mas ele estava com um casal, um homem e uma mulher bem-vestidos, ele mais velho, ela mais jovem. Talvez um advogado e uma estagiária. Parei diante da porta e lhe fiz um aceno. Alexandre, sério, me levando a sério:

Um momentinho. Já vamos conversar.

Fiquei ali pelo corredor, andando de um lado para o outro, observando o final de expediente, escrivães fechando salas e saindo, investigadores caminhando para a escada, um homem que não parecia escrivão nem investigador passando também. Talvez fosse o cantineiro. Finalmente o casal deixou a sala de Lagartixa. Despediram-se na porta, efusivamente, a mulher prometendo ao titular: Amanhã de manhã bem cedo eu ligo e falo com ele. Quando já iam tomando o corredor, me olharam e jogaram despedidas, como a um parente distante com o qual não tivessem intimidade. O delegado permanecia junto à porta.

Vamos entrar, ele convidou.

Quando passei ao interior da sala, ele encostou a porta. Eu me senti como um espião no momento de receber instruções para a próxima missão. Sentei diante da escrivaninha. Lagartixa pegou o cinzeiro que fora usado pelos visitantes, debruçou-se sobre o cesto de lixo e o esvaziou, bateu na borda para descolar as últimas migalhas de bituca. Levou-o para outra mesa, uma que já suportava uma televisãozinha de catorze polegadas. A mesa de trabalho do titular estava mais limpa e desimpedida que o tampo de um caixão de finado.

Agora podemos conversar em paz, ele disse, como se o cinzeiro com bitucas tivesse a propriedade de tumultuar nosso papo.

Estou vindo de um encontro no supermercado Gambarini, onde conversei com o capanga de um traficante aqui da área. Bem, retificando: não sei se é da área. Parece que ele mora na zona leste. Mas isso não importa muito. A droga apreendida na academia de ginástica desativada do Lauzane Paulista era dele, desse traficante, Etevaldo-Não-Me-Lembro-o-Quê.

Teu informante confirmou que a apreensão foi feita pelo Valdo e o pessoal do distrito?

Confirmou. E disse mais: o Valdo não apresentou a droga para apreensão formal porque tencionava vender. Chegou a oferecer para o traficante... no maior caradurismo... e por um preço acima do mercado. O negócio gorou. Logo em seguida a droga desapareceu do armário do Valdo. Logicamente, Valdo vendeu para outro cara ligado ao tráfico. É a conclusão do homem com quem eu falei e a conclusão que eu tiro também.

Para quem o Valdo vendeu a farinha?

Isso eles não sabem. Se soubessem, provavelmente não me diriam.

Deixei o tempo passar, os olhos fitos no rosto de Lagartixa, tentando captar suas reações. O telefone tocou e ele se apressou a pegar o fone numa mesinha ao lado de sua mesa. Não houvera reação nenhuma. O homem parecia já saber o que eu tinha dito. Não me surpreenderia se descobrisse que ele já tinha as minhas informações, nem me surpreenderia que ele soubesse mais do que eu. Entre policiais isso é comum. E um delegado chefe de distrito tem os seus talentos... caso contrário não conquista o posto e, se conquista, não consegue manter. Alexandre falou rapidamente no telefone, terminando a conversa com um ríspido: Não encha o meu saco! Pareceu-me que o assunto não era policial.

Depois de devolver o fone ao suporte, ele tornou à minha atenção:

Você ia dizendo que...

Eu não ia dizendo. Já havia dito. Achamos que foi Valdo quem roubou a droga do armário. Não sabemos para quem ele vendeu, mas é certo que não distribuiu a grana entre seu pessoal. Os tiras ficaram putos. E Toninho pode ter sido um deles.

Lagartixa não moveu um músculo, não disse uma palavra. Deixou-se balançar em sua cadeira giratória, olhando o quadro em frente, me olhando de vez em quando, de soslaio. Era um sujeito muito cauteloso, me pareceu. Lembrei da entrevista em seu apartamento da Nove de Julho e me convenci que era mesmo cauteloso — além de organizado. Fez um pequeno discurso:

As pessoas pensam que a gente manda muito. Pensam que a gente é mesmo o chefe, porque somos titulares das delegacias. A verdade é que o nosso poder é muito pouco, muito pequeno. A gente manda em alguns escrivães, em alguns investigadores do plantão, nas faxineiras e no cantineiro, que no geral têm medo de perder a concessão do seu pequeno negócio. No resto a gente não manda. Especialmente nos chefes. Sabe quem está nomeando os chefes nas delegacias?

Talvez eu soubesse. Mas não disse nada.

Políticos. São eles que indicam, que nomeiam os chefes. Isso é um mal. Nem vou me estender no assunto porque você sabe disso tão bem como eu. Só estou desabafando. Senadores, deputados, vereadores, gente dos fóruns e tribunais, eles nomeiam os chefes de equipes, do cartório, do plantão e até da carceragem. Se eles nomeassem certo, tudo bem. Se nomeassem the right man for the right place, tudo bem. Mas põem cada inutilidade...

Valdo foi colocado na chefia da investigação por algum político?

Foi. Claro que foi. Eu nunca nomearia um traste desses.

Pensei no plantão que eu teria aquela noite:

Dr. Alexandre, eu preciso ir andando. Tenho plantão noturno hoje, preciso passar em casa, tomar banho e fazer a barba, me trocar. E preciso colocar essas informações no papel. Será que ainda tem escrivão no distrito?

Não sei para que você quer um escrivão a essa hora...

Se o Valdo quiser me comprometer, estando os fatos registrados em cartório, fica mais difícil.

Ele não vai te comprometer. Eu não vou permitir. Vamos.

E se levantou abotoando o paletó e ajeitando o nó da gravata com seus dedos longos e bem tratados.

Aonde?, perguntei.

Venha comigo. Não se preocupe com seu plantão noturno... Que coisa, porra. A gente envolvido com um assunto da maior gravidade, apreensão e furto de droga, tráfico, homicídios, e você preocupado com plantão noturno. Venha comigo. Mais tarde se for o caso eu telefono ao Tanaka e explico a situação.

Descemos, entramos no carro dele, que estava na garagem ao lado do distrito, junto a dois carros mais velhos e menores. O dele era grande, novo e brilhante, as calotas impecáveis — podia-se fazer a barba usando as calotas como espelho. Ele teve alguma dificuldade para tirar o carro do pátio. Era pouco o espaço entre a garagem e a parede do prédio e ele parecia indeciso e inábil como um adolescente que acabou de tirar sua carta. Chegou ao portão, parou e olhou em todas as direções, levou muito tempo para entrar no trânsito, só se atrevendo a mergulhar na avenida depois que um ônibus parou para lhe dar a vez. No primeiro farol manobrou para a direita, como se pretendesse chegar a Santana ou tomar uma via expressa para o centro da cidade. Não me contive:

Podia me dizer para onde estamos indo...

Ele continuava olhando em frente com a mesma obsessão com que havia olhado a parede diante de sua escrivaninha. Era um sujeito taciturno e misterioso. Quando me irritava não respondendo às minhas perguntas, eu pensava que era também cretino e boçal.

Não quero ir à Corregedoria, eu disse. Nem à Secretaria da Segurança Pública. Ainda estou na investigação da morte do Toninho e um depoimento na Corregedoria ou na Secretaria pode me atrapalhar o trabalho.

Fique tranqüilo. Não vamos a nenhum desses lugares. Eu não acredito nesse pessoal. Se eles fossem o que deviam ser, as delegacias não estariam nessa situação.

Levamos uns quarenta minutos para chegar ao centro da cidade devido ao trânsito pesado no começo da noite e às obras de recapeamento em uma das avenidas fundamentais ao tráfego. Entramos por uma rua ladeada de bancos, que já tinham fechado as portas. Carros encostavam no meio-fio, saíam, office-boys se apressavam pela calçada, com suas pastas e seu olhar ansioso, vendedores de loteria tentavam conquistar os últimos apostadores. Lagartixa largou o carro perto da esquina. O pior lugar para se deixar um carro, mesmo que se tratasse de um domingo. Ao sair, antes de fechar a porta, ele estendeu o olhar pelas imediações, descolou um guarda de trânsito lá longe, junto à esquina do largo São Bento, abotoou o paletó e foi falar com ele.

Resolvido o problema do estacionamento irregular, atravessamos a rua e entramos em um banco estadual. Tomamos um dos elevadores, esbarrando nos funcionários que saíam, chegamos a um andar, eu nem sabia qual, e fomos direto a uma porta nos fundos. Atrás da porta havia um escritório e no escritório havia uma moça trabalhando, Lagartixa disse: Eu preciso falar com a Cleide, ela pegou o telefone com ar cansado e falou uma frase curta e seca: Você tem visitas.

Ouviu alguma coisa e se voltou para o delegado:

Qual o nome do senhor?

Ele disse, ela repetiu no telefone, desligou e nos indicou uma porta, que pelo visto o delegado conhecia sobejamente. Entramos em uma sala maior que a primeira, muito elegante e muito organizada, os móveis novos, um frigobar a um canto, televisão e videocassete, dois computadores — um sobre uma escrivaninha, outro numa mesa central, circular, envernizada, refletindo as luzes que pendiam do teto. Qualquer pessoa poderia morar ali. Morar e trabalhar. Ganhar o salário durante o dia, atrás daquela mesa, e rolar no sofá estofado à noite, assistindo filmes na tevê. Na escrivaninha uma mulher lindíssima. Os cabelos ruivos lisos e compridos e uns olhos tão azuis que doíam nos olhos da gente. Na minha vista habituada a olhos negros ou castanhos, eu quero dizer. Ela vestia um tailleur de veludo que parecia ter sido comprado aquela tarde mesmo.

Senta aí, Alê, ela disse friamente, como se ele estivesse retornando a fim de continuar uma conversa iniciada momentos antes.

Alê. A autoridade era muito íntima ali.

Depois que nos sentamos, a mulher ofereceu café e chocolate, que nós recusamos. Então ela falou nos imensos problemas que tivera durante o dia e como estava ansiosa para voltar a casa e tomar um banho quente e sentar numa poltrona com seu gato e assistir ao programa da... eu nem lembro mais. Hebe Camargo, eu acho. Ou Adriane Galisteu. Ou alguma outra apresentadora do mesmo nível. Achei absurdo uma mulher sofisticada como aquela assistir àquela espécie de programa, quase que eu meto minha colher de pau na conversa, ainda bem que me contive a tempo. Lagartixa mexeu-se na cadeira:

Cleide, hoje eu constatei aquilo que já vinha suspeitando. O Valdo não presta. Ele apreendeu uma grande quantidade de cocaína... Virou-se para mim: Quanto foi mesmo, Venício?... Sim. Vinte e cinco quilos. Em vez de me apresentar a droga, para instauração de inquérito, para formalização da investigação, requisição de perícia, aquelas coisas... sabe o que ele fez?... Trancou a droga no armário dele, de onde ela foi furtada. Agora pergunte por quem.

Pare com isso, Alê. Conte logo tudo.

Então Lagartixa contou a história toda, como um investigador chamado Antônio Carlos havia morrido, como eu tinha começado a investigar, como havia tropeçado na apreensão e furto da cocaína. Não deu o nome de Etevaldo. Falou no meu encontro dentro do supermercado, mas sem entrar em detalhes, só disse: Tem coisas que a gente não consegue; por mais que a gente se esforce, não consegue; e não adianta forçar a barra, dar murro em ponta de faca; todo policial sabe disso. Ele me olhou, de soslaio, esperando que meu silêncio trabalhasse a seu favor, que da minha boca precipitada não escapasse nenhuma palavra comprometedora. Cleide insistia em saber a identidade do traficante e do meu contato no Gambarini. Sem nomes fica difícil, ela disse. Deu-me a impressão de que as identidades poderiam vir a ser importantes no futuro, em outros casos análogos.

O Venício tentou conseguir, mas não deu, disse ele como se fosse uma desculpa. Tem vez que é assim mesmo.

Cleide se impacientou um pouco:

Está bem. Vamos deixar assim, por ora. Quem roubou a droga da delegacia?

Alê nem piscou:

Valdo. Quem roubou a cocaína foi o Valdo.

24

Eu não conhecia aquele bar. Fora construído recente, razão pela qual tudo era novo, as mesas com tampo de mármore, o verniz nas paredes. Lagartixa chamou a garçonete e pediu dois chopes.

Eu não quero. Tenho plantão ainda hoje. Prefiro um café.

A garçonete se afastou e ele ficou olhando para fora, as pessoas passando pelo largo São Bento, a igreja imponente ao fundo, com seu relógio tradicional lá no alto, os camelôs ocupando o espaço duramente conquistado. Usurpado, seria melhor dizer. O delegado divagava.

O Valdo vai sair e vai levar o pessoal dele. Os melhores tiras vão acompanhar o chefe. Eu vou ter que me virar para repor... Você está satisfeito no 38 DP?

O dr. Tanaka é um cara legal. Bom de se trabalhar com ele. Mas suponha que eu estivesse insatisfeito. O senhor iria dizer o quê?

Você é um homem discreto, respeitador, esperto, dedicado, íntegro. Estou pensando em criar um serviço de inteligência na delegacia. Para saber o que está acontecendo lá dentro. Você viu o caso da cocaína, e sabe do que estou falando. Eu estou ali, o dia todo ali, com o rabo na cadeira, a coca na sala ao lado, dentro de um armário de madeira, e eu sem saber de nada. É assim. Meu pessoal vai para a rua, apreende coisas, guarda, as coisas são furtadas... e eu lá, encastelado na cadeira, pensando que sou o bom. Isso mesmo. Vou criar um serviço de inteligência. A ditadura tinha o SNI, o Fernando Henrique tem o serviço dele, que eu não sei como se chama, o Estado Novo tinha o seu... Como se chamava mesmo? DIP? FIP? Devia ser DIP — departamento de qualquer coisa. Você me podia ser útil.

Acha que eu tenho vocação para dedo-duro? Olhe, não entreguei o Valdo porque goste de deduragem. Contei o que sabia sobre ele por instinto de preservação.

Não se preocupe. Dedurar gente sem-vergonha não é dedurismo. É prestação de serviço.

Chegou o chope e o café e eu não pensei mais na prestação de serviço. Alexandre virou o copo na boca e tomou a metade. Devia ter pedido um daqueles chopes grandes que os bares serviam antigamente e se chamavam maracanã. Botei três colheres de açúcar na xícara, o café ficou grosso e pastoso, Lagartixa disse que eu ainda teria problemas nos rins, e até hoje eu não sei aonde ele queria chegar. Tornei a pensar em Cleide. De certa forma, havia gostado dela. Costumo gostar de pessoas decididas e corajosas que tomam atitudes rápidas. Mal se convenceu de que Valdo era uma ameaça a Alê, tomou uma atitude: Ele vai dançar. Eu vou tirar essa pedra do teu sapato.

Apanhou o telefone e pediu para falar com um certo Agenor, que já estava na outra ponta da linha. Esperando, parece. Ela foi direto ao que interessava: Estamos tendo problemas no 13. Assim mesmo. Como se ela fosse o delegado-geral de polícia, o secretário da Segurança ou o governador do Estado. Do outro lado da linha o tal de Agenor fez algumas perguntas, que tipo de problema estavam tendo, quem ocasionava os problemas, mas Cleide não se perdia em detalhes: Precisamos remover o Valdo. Uma coisa era clara: todos ali se conheciam, eram íntimos, se tratavam pelo primeiro nome ou pelo apelido, a conversa corria num tom plano, como amigos combinando comprar entrada para um jogo de futebol. Para onde?, parece que o Agenor perguntou. A mulher não queria nem saber. Queria que Valdo fosse defenestrado (a palavra é minha, não dela) no dia seguinte, de preferência antes de o expediente começar.

Isso mesmo, ela reafirmou. Cortar o mal pela raiz. Quando ele chegar para trabalhar na delegacia do Parque Peruche já vai encontrar o ofício de remoção esperando por ele... Claro, claro. Vou mandar minha secretária ligar dando as coordenadas... Tchau, querido... Hoje à noite? Não vai dar. Eu te ligo amanhã.

Desligaram. Alexandre ficou feliz com a atitude dela, agradeceu muito, quis estender a conversa abordando outros assuntos, mas Cleide era mesmo uma executiva marreta, se levantou e caminhou para a porta. Nós tivemos que caminhar também.

Sempre que tiver problema na sua delegacia, ela disse, me procure. Você mora aqui, finalizou botando a mão direita sobre o coração.

Eles trocaram beijinhos, houve novos agradecimentos por parte de Lagartixa, e finalmente fomos removidos do prédio e entramos no bar. Ele já havia acabado o chope e procurava a garçonete com os olhos. Perguntei:

Quem é a Cleide?

Como, quem é a Cleide? Você não viu?

Claro que vi. Sei que é uma mulher bonita e gostosa, boa e poderosa. Mas de onde vem o poder dela?

Primeiro vamos esclarecer uma coisa. Eu não acho que ela seja gostosa não. Aquilo é só figura. Só estampa. Por baixo não tem nada. Quanto ao poder... vou te dizer uma coisa que vai te derrubar dessa cadeira, com xícara de café e tudo. A Cleide é amante do Agenor Magalhães.

Não caí da cadeira.

Aquele que foi diretor da CDHU e hoje é deputado estadual?

Esse mesmo.

Por isso ela tem poder? Por isso remove policiais de uma delegacia e põe na outra? Se eu vier a desagradá-la algum dia ela me bota para correr também? E o senhor? Vai levantar da cadeira e sair correndo do distrito em que hoje é chefe se essa dona cismar com a sua cara?

A vida é assim.

Ao sentir a proximidade da garçonete, ele pediu outro chope. Já que os bares não servem maracanã, ele devia pedir logo dois copos junto. Acendi um cigarro e atirei a fumaça para o alto a fim de não incomodar duas mulheres na mesa próxima — elas pareciam advogadas e discutiam sobre recursos. Eu não queria mais falar sobre Cleide, Agenor ou Valdo, Lagartixa ou fosse quem fosse, 13º DP, o escambau. O chato é que nem sempre eu me atenho aos meus objetivos. Para minha surpresa e, muito mais, para surpresa de Lagartixa, atirei na cara dele:

Quando o senhor me disse dentro da sua sala que os políticos estavam mandando na polícia, eu achei ruim; agora vim descobrir que amantes de políticos mandam também, e acho muito pior.

Ele fingiu que não tinha nada a ver com aquilo. Continuou tomando seu chope e olhando para fora, indiferente aos olhares que as supostas advogadas jogavam em sua direção. Eu tinha pressa, por causa do plantão noturno, e estava chateado, com a consciência de que Lagartixa havia me usado para se livrar de Valdo. Ao acabar o cigarro, me levantei para ir embora, e aí me lembrei de o delegado ter dito que se necessário ele telefonaria para Tanaka. Cobrei a promessa, e isso foi um erro:

Não vou telefonar porra nenhuma, ele declarou em voz alta, chamando a atenção das duas mulheres.

Então era assim. Em questão de minutos eu tinha transitado da condição de homem de confiança, já que ele me havia sondado para assumir um posto em seu futuro serviço de inteligência, para a mais negra desgraça, considerando que nem merecia um simples telefonema de favor. Pouco me importei. Depois de ser traído por uma pessoa de quem eu gostava tanto, após ser usado por Lagartixa, a recusa do telefonema era um grão de areia, um nada. Também não me despedi nem me ofereci para pagar o café. Foda-se, pensei deixando o bar. Atravessei a rua. Do outro lado parei e fiz sinal para táxis e enquanto esperava ser atendido via Lagartixa através das portas de vidro acabando mais um copo de chope e se levantando e sacando a carteira para pagar a conta.

Finalmente tomei um táxi e mandei tocar para a delegacia do 13º Distrito. O motorista perguntou se eu ia prestar queixa ou trabalhar.

Nem uma coisa nem outra.

Quando chegamos ao portão principal do distrito, e eu já me preparava para pagar, ele olhou as janelas gradeadas e perguntou:

Tem muito preso aí dentro?

Não sei. Não sou carcereiro.

Passei para o pátio, ainda o vi manobrar na esquina e voltar no sentido em que tínhamos vindo, pela mesma avenida, em direção ao centro da cidade. Fui pegar meu carro. A noite tinha caído total. Por não haver prédios junto ao pátio, o vento gelado me atingia a cabeça e o peito com violência. Fechei a jaqueta sobre o corpo. Pensei no motorista de táxi, a quem eu havia dado duas respostas grosseiras, reparando que eu ainda estava irritado por ver o dr. Alexandre comendo na mão de amantes de políticos, pedindo arrego para aquelas quengas. Eu esperava grandes coisas para a minha instituição; procurava fazer um trabalho digno porque um dia ela seria digna também.

Cheguei ao plantão já eram nove e meia, segundo o relógio no pulso de Roney. Ele estava no corredor com uma prancheta na mão anotando as qualificações das pessoas que esperavam para apresentar queixa. Depois que nos cumprimentamos, ele perguntou:

Agora, meu? Vou cortar o seu ponto.

Passei para o cartório, que estava ligeiramente tumultuado, o delegado Tanaka estava lá, e o escrivão Mauricy, mais dois soldados da Polícia Militar, um dos quais eu conhecia, Eusébio, e três réus. Algemados, olhando para o chão. Perto da poltrona favorita de Roney, uma televisão e um videocassete, CDs, um radiorrelógio, mais um saco de lixo, preto, que naturalmente continha objetos roubados e apreendidos pelos PMs. Tanaka parou o interrogatório dos detidos para me interrogar:

Onde estava?

Com o seu colega, titular do 13º, diligenciando no centro da cidade. Ele havia prometido lhe telefonar e explicar tudo, mas acho que esqueceu.

É bem típico dele, finalizou Tanaka com desprezo.

Fiquei por ali, ajudando numa coisa e noutra, ouvindo queixas, palavrões, e algumas piadas também, que surgem quando ocorre prisão em flagrante e o pessoal está nervoso, devido ao fato de haver muitas providências a tomar. Encerrado o flagrante, meu trabalho caiu na rotina, atender o telefone, passar mensagens de telex, dar esporros em bêbados, no corredor, orientar policiais de rua. Tarde da noite, o movimento foi caindo, de modo que por volta de onze horas só havia uma ocorrência para ser registrada. Foi então que ela chegou. Usando uma calça comprida, fina, pouco indicada para a temperatura, e um blusão comprido, de camurça, sobre uma malha branca. O blusão a deixava mais baixa. Acho que ela devia usar roupas mais curtas, como estava usando na manhã em que nos conhecemos. Tinha uma marca no olho esquerdo. Não um sinal comum, de acidente, mas um hematoma redondo como uma bola de tênis, o globo ocular negro e castigado como sola de sapato.

Tentei parecer descontraído:

Oi, Licínia! Você por aqui?

Ela sentou no banco de madeira, no corredor perto do cartório, e contou coisas da sua vida, como tinha conseguido trabalho numa boate e como, logo no segundo dia, havia brigado com um colega.

Que tipo de colega? Garçom? Músico?

Dançarino. Ele se diz dançarino, mas na verdade é só um veado. A boate é mista, sabe? Para homem que gosta de mulher, homem que gosta de homem, mulher que gosta de mulher; você compreende. A bicha ficou com ciúmes de mim, achando que eu dava em cima do bofe dele, nós discutimos e ele me deu esse soco. Eu soube que você estava de plantão, vim te pedir ajuda. Acho que eu posso registrar uma queixa, não posso?

Poder, pode. Mas devia ter feito isso na delegacia local. Onde fica a boate?

Na Leopoldo Couto de Magalhães.

Devia ter registrado o fato no Itaim, na delegacia do 15º DP. Mas não tem problema. Veio aqui, vai ser atendida aqui. É só esperar chegar a sua vez.

Ficamos ali, conversando, indo à padaria e tomando café, voltando, até que Mauricy se dignou atendê-la, muito puto e tudo, porque se havia uma coisa que detestava era fazer boletim de ocorrência para outras delegacias. Perguntou o nome da boate e Licínia disse que se chamava Karu, mas não sabia o endereço completo, dado que estava ali fazia tão pouco tempo, trabalhando sem registro, só sabia que ficava na Leopoldo Couto de Magalhães. Também não sabia o nome todo do agressor. Ele atendia por Doris, e Mauricy escreveu no BO: Um homossexual que atende por Doris. Expediu a requisição de exame de corpo de delito, mas não entregou a Licínia. Mandou que ela voltasse ao banco no corredor.

Vamos na padaria tomar um café?, ele me convidou.

Já tomei agora há pouco com a Licínia. Obrigado.

Vamos assim mesmo. Se não quer café, pode tomar água, guaraná... cachaça...

A padaria já está fechando. Não gosto de padarias nem bares quando já estão fechando, os garçons jogam água nos sapatos da gente.

Não estão fechando. Vi pela janela.

Havia alguma coisa estranha no seu convite. Primeiro, ele nunca me convidava para lugar algum, segundo, do cartório era impossível ver a entrada da padaria. Decidi sair com ele a fim de esclarecer o mistério. Paramos na porta da delegacia, do lado de fora, e Mauricy virou o rosto para trás, como se temesse ser ouvido por alguém:

Tem alguma coisa errada nas declarações dessa menina. A boate Karu não fica na Leopoldo. Fica na Estados Unidos.

Como é que você sabe? Freqüenta ela?

Não faz três dias os policiais do 78 DP tiveram de ir na Karu resolver uma briga entre bichas e sapatões. O 78 fica na Estados Unidos. Eles não iam sair do 78 para esfriar briga no Itaim.

Talvez seja outra Karu.

E mais uma coisa. Esse olho roxo da menina está muito estranho. A briga ia ficar só nisso? A bicha lhe deu um soco, e pronto, a zica terminou, não houve mais lesões em lugar nenhum, nenhum arranhão, nada?

Talvez o cara seja muito forte. Deu o soco, a menina desmaiou. Ou então a briga foi apartada pela turma do deixa-disso. É comum nas boates.

Acredite no que quiser, ele disse voltando ao cartório.

Voltei junto com ele, disse à Licínia que o caso estava resolvido, ali na nossa delegacia estava resolvido, ela que fosse no dia seguinte fazer o exame de corpo de delito, Mauricy enviaria o BO para a delegacia do Itaim, cujos funcionários lhe mandariam uma intimação posterior. Licínia segurava o papel em suas mãos nervosas. Não tinha levado bolsa e o papel era grande demais para os bolsos pequenos de sua calça comprida. Estou com medo de voltar pra casa, ela disse. A bicha sabe onde eu moro, e ameaçou continuar o serviço no meu apartamento. Tentei tranqüilizá-la dizendo que veados quase nunca cumprem as ameaças, mas eu sabia o tempo todo que estava mentindo. Queria apenas me livrar dela.

Ele usa navalha. O veado carrega navalha na bolsa.

Vá para um hotel.

Não tenho dinheiro para hotel... Venício, uma amiga ofereceu a casa dela, quer que eu vá dormir lá. Fica aqui na sua área... eu não sei o nome da rua, mas ela disse que... E Licínia mexeu o corpo no banco para sacar do bolso traseiro da calça um papel amassado. Nele havia um endereço escrito à mão. Numa rua perto da nossa delegacia, realmente (uma das travessas da Nova Cantareira), também conhecida por rua do Canil, porque ali fica o canil da Polícia Militar.

Você pode me dar carona até lá?, ela perguntou me apunhalando com aqueles olhos castanhos, brilhantes como pérolas.

Uma das funções da polícia é acompanhar pessoas assustadas, lesionadas. Posso te levar.

Tanaka já estava em sua sala, lendo os autos do flagrante, consertando a caneta alguns erros de digitação, já que Mauricy, no afã de acabar logo o serviço, costumava comer teclas no computador. Quando alguém criticava, ele dizia: Polícia é baldera. Nunca ninguém soube o que significava *baldera* e ele jamais explicou. Eu disse a Tanaka que uma vítima de lesões precisava de carona e ele concordou que eu a levasse na viatura e que antes de sair perguntasse aos colegas se devia apanhar o lanche e que se fosse esse o caso ele preferia seu hambúrguer com ketchup. Rios de ketchup, ele acrescentou. Aquela noite não tinha abandonado o plantão para ir à casa da amante, como ele costumava fazer sempre, de modo que estava com fome — de hambúrguer com rios de ketchup.

No cartório, peguei as chaves da viatura. Não falei sobre lanche com os demais membros da equipe porque não me lembrei. Estava preocupado com outras coisas. Levei Licínia até o pátio, acomodei no banco dianteiro do carro, no qual ela sentou nervosa e preocupada, torcendo nas mãos a requisição do exame. Fui até a companhia militar. Eusébio ainda estava lá, tomando café num copo de plástico, os olhos postos numa revista de mulher pelada.

Pode me emprestar uma arma?, pedi.

Levantou os olhos na minha direção, mas não perguntou nada, apenas abriu um armário de aço, às suas costas, e escolheu um revólver grande e pesado. Havia outras armas lá dentro. Um monte de armas. Algumas da corporação, algumas dos próprios policiais, outras apreendidas, umas mais velhas e imprestáveis, outras estalando, o material antioxidante brilhando à luz do teto. Botou o revólver na minha mão. Leva esse aí. É velho, mas funciona. E está carregado até a boca. Enfiei-o na cintura, ao lado do meu.

Sentei na viatura e dirigi para a Maria Amália Lopes Azevedo, a rua principal daquela parte do bairro, de onde eu poderia subir para a rua do Canil. Tentei puxar conversa com Licínia, mas ela não colaborou, parecendo ficar cada vez mais tensa e nervosa (duas vezes a requisição de exame caiu de suas mãos e ela teve que procurar no chão escuro do carro), me fazendo lembrar as palavras e preocupações de Mauricy. Bem diante do canil, onde havia mais luzes, parei a viatura.

Por que está mentindo pra mim?

Quem? Eu? Mentindo? Por amor de Deus, Venício.

A boate Karu não fica na Leopoldo Couto de Magalhães; fica na Estados Unidos. Eu não sabia disso, mas o escrivão sabe.

Fica na Leopoldo. Tinha uma boate Karu na Estados Unidos, mas fechou. Essa é outra.

Você nem perguntou como anda a investigação sobre a morte do Toninho.

Não perguntei e não vou perguntar. Ele já morreu mesmo. Que adianta saber o resultado da investigação? Isso prova alguma coisa? O fato de eu não me interessar por esse assunto prova alguma coisa?

Por que não procurou uma guarnição da Polícia Militar e pediu ajuda? Os soldados poderiam te levar à delegacia mais próxima.

Agora que eu sou uma menina de programa, tenho medo de soldados. Além disso, conhecia você, pensei em você, queria me abrir contigo, vim lá do Itaim com essa intenção... Estou incomodando? Estou te dando trabalho? Enchendo o saco?, ela finalizou em voz alta, os olhos piscando, a requisição de exame caindo no chão e sendo pisada freneticamente, sem dó nem piedade.

Está bem, eu pensei. Talvez a menina tenha razão. Mauricy bem que podia estar enganado.

Engatei a marcha e prossegui em primeira, devagar. A rua é mal iluminada, tem curvas e ladeiras, o trânsito só escoa bem porque ela é secundária, liga duas vias sem muita importância, a Nova Cantareira e a Maria Amália. Acionei os faróis altos. Licínia não dizia nada, não fazia nada, exceto resgatar o papel do chão, tentando limpá-lo com os dedos, cruzar e descruzar as pernas, olhando fixo para a frente. Ao descer a segunda ladeira, vi uma coisa estranha. Do lado contrário ao lado em que eu estava, um carro estacionado, com os faróis apagados mas o motor funcionando — eu sabia que estava ligado ao ver que o vapor, saindo do cano de escapamento e entrando em contato com o ar úmido e gelado, formava uma coluna de fumaça. Parei a viatura. Saquei as armas, o meu revólver e o revólver que Eusébio me havia emprestado, e escorreguei o traseiro no banco, me abaixando até onde era possível.

Deixando o meio-fio, o carro estranho avançou na minha direção. Quando chegou bem perto, reparei que tinha dois homens, um dirigindo, e outro no banco de trás, com uma coisa grande e escura nas mãos. Não havia tempo para pensar. Só para agir. Segurei firme as duas armas e mandei bala.

25

Embora fosse tarde, mais de meia-noite, a avenida ainda tinha muito movimento, carros passando num sentido e noutro, gente caminhando pela calçada ou conversando diante dos bares e padarias. Viatura policial chama muito a atenção, todo mundo quer ver por dentro, saber quem está dirigindo e quem está de carona, quem está preso e algemado. Eu não podia fazer nada ali. No farol perto da delegacia do 20º DP manobrei para a direita e entrei numa rua estreita e mal iluminada que leva o trânsito para um bairro chamado Vila Aurora. Parei diante de um depósito, deixando as rodas da direita sobre a calçada, para não tomar o espaço útil da rua.

Valdo gemeu no banco de trás:

Por que parou aqui? O que está fazendo? Vamos logo, porra.

Precisamos conversar, eu disse me virando no banco, pondo uma perna sobre o assento, para tornar mais acintosa minha declaração.

Não faça isso!, ele quase gritou. Eu aqui, me esvaindo em sangue, morrendo, e você parando a barca nessa rua... Onde é que nós estamos?

E ele tentou se erguer no banco para entender onde estava. Realmente sangrava muito. Uma das balas tinha lhe acertado o pescoço, que ele segurava com as duas mãos, tentando estancar a hemorragia, o que era inútil.

Você não vai morrer. Fique tranqüilo; vaso ruim não quebra.

Não vou morrer um caralho! Como não vou morrer? Todo mundo morre!

Então está bem. Você vai morrer. Mas enquanto está vivo vamos conversar. Por que queria me matar, canalha?

Primeiro você me leva ao pronto-socorro. Disse aos policiais militares que ia me levar ao pronto-socorro, não disse? Então me leve.

Era verdade. Assim que o tiroteio acabou, e eu ainda estava descendo da viatura, chegou um carro da Polícia Militar, os guardas espirrando para fora e correndo e gritando, no afã de entender o que se estava passando. Eu não os conhecia nem eles me conheciam e eu perdi algum tempo esclarecendo que estava numa investigação muito complicada e tinha acabado de sofrer uma emboscada — e até exibi Licínia, que se mantinha no interior da viatura, dura no banco do passageiro, os olhos fixos num ponto qualquer em frente, acrescentando que ela havia participado da armadilha e podia corroborar o que eu dizia. Abrindo o Monza negro, os policiais puxaram os dois homens, fizeram com que sentassem na rua, as costas apoiadas na lataria.

Valdo sangrava muito, mas continuava lúcido. Rodrigues sangrava muito, e logo depois desmaiou. Na viatura militar não cabia todo mundo, de modo que me ofereci para socorrer Valdo. Um dos milicianos não gostou:

Não estou entendendo. O cara tenta te matar e você se oferece para socorrer?

O sargento entretanto foi incisivo:

E daí? Nós também fazemos isso, quando é preciso. Os vagabundos mandam bala em nós e nós ainda levamos no pronto-socorro. Vamos entregar o motorista para ele.

Deixei Licínia praticamente detida, com a ajuda dos guardas coloquei Valdo no banco traseiro, ele gemendo, xingando e reclamando, fui saindo com a viatura. Valdo não entrava em detalhes. Podia estar muito ferido, com medo de morrer, mas com lucidez suficiente para não abrir janelas aos guardas. Levei a viatura para a Nova Cantareira e depois desci pela Água Fria em direção do pronto-socorro municipal de Santana. Agora estava parado diante do depósito. Valdo insistiu que eu prosseguisse, falou outra vez que estava morrendo, e quando viu que eu não amolecia, ameaçou gritar. Puxei uma das minhas armas (aquela que ainda tinha munição) e apontei para ele:

Se você der *um* grito, seu filho-da-puta, te meto mais bala. Na situação em que o teu corpo está, um buraco a mais ou a menos não faz diferença. Agora me diga: por que tentou me matar?

Porque você estava chegando perto demais. Estava me deixando preocupado. Tentei te dar um susto, mas os merdas que eu mandei no teu prédio não te encontraram. Despedi eles, contratei outros, ordenei que fossem à casa da mulher do Toninho, com quem você estava saindo, eles cortaram ela, mas a coisa não funcionou direito. Hoje à tarde você se encontrou com o Hamílton no supermercado Gambarini. O que você foi perguntar a ele?

Sobre a droga. A coca que você guardou no armário e que foi surripiada. A grana que você embolsou sem repartir com os teus cupinchas. Eles ficaram putos. Toninho ficou puto. Aí ele descobriu tudo, te ameaçou, te chantageou, aí você matou ele...

Não matei porra nenhuma.

Você se traiu, Valdo. Disse há pouco que eu estava chegando perto demais. Perto de quê? Só podia ser do homicídio. Teus homens também deram mancada. Disseram à Márcia que já tinham matado o marido dela.

Força de expressão.

Confessa logo!

Preciso de pronto-socorro. Agora!

Só depois de você confessar.

Vai te foder, cara... Caralho... Como dói... Tá bem. Eu matei o calhorda. Descobri o que ele tinha feito com você na Praia Grande. Não te conhecia pessoalmente, mas sabia que ele fora à Baixada com um colega, e que lá teve uma emboscada, eles tomaram tiro, um dos bandidos morreu, o outro escapou. Eu conhecia o Toninho fazia muito tempo. Estávamos juntos na delegacia do Parque Peruche havia uma porção de anos e já tínhamos trabalhado juntos no antigo DEIC. Eu conhecia a fera. Sabia que era louco por dinheiro. Sabia que trabalhava para bicheiros, traficantes, fazia segurança de políticos corruptos, que tinha uma loja de automóveis fajuta. Era o tipo de cara que quanto mais ganha, mais quer ganhar. Não colaborava na delegacia. Quando a gente levantava algum, ele queria participar, exigia, batia o pé, não sossegava enquanto não sentia a grana no bolso. Agora, quando era ele que levantava dinheiro, tirava o corpo, arrumava desculpas, e a chefia ficava chupando o dedo.

É trágico, eu disse com escárnio. Não poder achacar o próprio subordinado é muito trágico.

A gente precisa de dinheiro. Quem chefia a investigação nos distritos policiais precisa de dinheiro. Somos nós que mantemos a delegacia. O Estado não dá um puto. Quando o preso arrebenta um cadeado, somos nós que compramos outro. Quando queima uma lâmpada, quando quebra uma viatura, quando o teto racha e nasce uma goteira, somos nós que damos um jeito. E quando há festas. Você sabe como são as festas nas delegacias, principalmente se vêm autoridades, delegados secionais, diretores de departamento. Os caras querem uísque importado, vinho francês, bacalhau do Porto. E não é só. Você sabe que não é só isso. Todo fim de mês a gente tem que botar dinheiro na mão dos chefes. Caso contrário eles nos removem da delegacia, dão nosso lugar para outro.

Estávamos falando sobre a morte do Toninho. O que você descobriu mais?

Quando eu soube que ele tinha levado um colega ao litoral para um serviço, desconfiei que ali tinha coisa. Ele não fazia nada de graça por ninguém. Não dava ponto sem nó. Desci à Praia Grande, fui à delegacia, me disseram que a casa onde ocorreu a campana era de um bicheiro chamado Ronaldo, mas não era. Eu saí a campo e descobri. É de um aposentado que mora em Campinas, aluga a casa para temporada. Por semana. Você não sabia disso, sabia?

Só hoje fiquei sabendo que o Toninho queria me ver morto.

Eu falei com o proprietário, ele me deu o nome e endereço do homem que alugou a casa. O endereço eu encontrei, mas o sujeito não. Tinha viajado para o Rio. Por ordem e por conta do bicheiro. Fui pra cima do Toninho, disse que ele tinha ganho muito dinheiro para atrair um colega a uma emboscada e pedi grana. A grana que ele vinha se recusando dar na delegacia. Cobrei pesado porque eram muitos anos que ele comia no meu bolso... Eu tô morrendo, idiota! Você não percebe?

Se você morrer, a segurança pública agradece. Por que não se livrou dele antes? Se o cara te dava prejuízo, se atrapalhava teus planos, por que não descartou enquanto houve tempo?

Tentei me livrar dele várias vezes, mas não conseguia. Tinha amigos na Assembléia. Volta e meia trabalhava para políticos, de graça, e com isso conseguia créditos, salvo-condutos, o cacife lhe dava trânsito livre na delegacia. Ele ainda tirava sarro. Soltava pum na chefia do distrito e dizia: Daqui não saio, daqui ninguém me tira. Quando eu soube que ele tinha feito aquela tremenda sacanagem com você, fui falar com ele. Pedi grana. Se ele não desse, eu botava a boca no mundo. Não preciso entrar em detalhes: você sabe como a coisa funciona entre nós. Como a tiragem faz. Escreveu não leu, pau na bunda. Ele prometeu me pagar naquela noite de quarta-feira. Marcamos um encontro na praça da Vitória porque ele tinha um acerto com um traficante. Marcamos às nove horas. Eu cheguei um pouco antes, mas não entrei na praça, deixei o carro nas imediações e fui para a esquina, me escondi atrás de um poste. Vi o jipe de Toninho. Esperei. Mais tarde vi dois homens saírem de um carro e se aproximarem do Cherokee e conversarem com o Toninho. Aí eu compreendi. Ele não ia me dar grana. Ia me dar chumbo... Venício, porra, eu tô cada vez pior. Mal consigo falar. Me leva, porra!

Quando você percebeu que Toninho queria te matar, você matou ele.

Quando os homens foram embora, fui falar com ele. Pedi desculpas pelo atraso e entrei no carro. Ele disse que tinha droga ali dentro e queria me pagar com ela, mas eu recusei... Naquela noite podia me dar coca, podia me dar dinheiro, mas depois ele ia me matar... Se já tinha decidido, não ia voltar atrás. Era um cara muito obstinado. Tinha muita experiência. Devia pensar que se atendesse à minha primeira exigência, haveria uma segunda, uma terceira... não ia deixar um chefe de tiras pegando no pé dele. Daí a decisão de acabar comigo. Então eu tomei uma atitude ali mesmo. Tinha que ser mais rápido que ele. Continuamos a conversar, eu fingi que fazia planos para o futuro, falei numa reforma que pretendia fazer na chefia, essas coisas; quando ele bobeou, meti-lhe uma bala nos cornos. Não me arrependo. O cara não valia nada... não valia nada. Agora me leva... Eu preciso chegar naquele pronto-socorro.

O tiroteio de hoje vai dar inquérito. Você vai confessar?

Vou. Confesso que matei o tira e depois meu advogado diz que eu confessei sob tortura. Tenho meus direitos, porra!

Quem eram os caras que cortaram a Márcia?

Eu não conheço eles. Foram indicados por um amigo da Câmara dos Vereadores. Acho que já trabalharam na polícia. Devem ter sido expulsos a bem do serviço público e agora fazem bicos executando missões sujas e perigosas. Se você quiser procurar eles, procure. Acho que não vai encontrar...

Como ficou sabendo da conversa que eu tive com o tal de Hamílton no supermercado?

Se eu disser, sou um homem morto. Livra a minha cara, Venício. Já confessei o homicídio, o que mais você quer?

Como é que você conseguiu cooptar a Licínia?

Eu já vinha usando a vaca. Tinha induzido ela a te atender no apartamento da alameda Santos e jogar suspeitas sobre o genro do Toninho. Além de ela não te convencer, ainda falou coisas sobre a minha delegacia. Hoje nós fomos procurar ela e dissemos que precisava nos ajudar e quando ela tentou tirar o corpo fora o Rodrigues lhe deu um soco no olho pra ela começar a ficar esperta. O resto você pode imaginar.

Acionei o motor da barca, acendi os faróis e segui em direção da Vila Aurora, onde manobrei e voltei até a avenida em que tinha estado, a fim de pegar a direção do pronto-socorro. Valdo se contorcia no banco traseiro. Gemia, dizia palavrão, xingava o azar e me xingava, falava mal de Toninho; às vezes seus sapatos batiam na lataria do carro, ou no chão, me assustando, eu pensando que o cretino ia morrer e continuar me dando trabalho. Procurei seguir mais rápido. Quando passava junto aos ônibus, o motorista olhava para a viatura, via o homem empapado de sangue, me fazia um sinal levantando o polegar, naturalmente pensando que era um bandido que eu tinha alvejado. Eu respondia da mesma forma. E até sorria.

Era mesmo um bandido que eu havia ferido. Um bandido da pior espécie. Ladrão, corrupto e corruptor, chantagista e assassino. Lembrei da cocaína furtada no armário dele:

Pra quem você vendeu a farinha que estava no teu armário? O pó que vocês tinham güentado do Etevaldo?

Não vendi a ninguém. Não tive tempo. Ainda estava negociando quando ele foi furtado da minha sala... Você vai perguntar quem furtou. Não perca seu tempo... o meu tempo... eu não sei. Talvez tenha sido o Lagartixa. É ele que tem as chaves das salas do distrito. É ele que pode entrar na delegacia de dia e de noite e nos fins de semana a pretexto de checar os trabalhos e verificar se todo mundo está em seu posto. Não checa nada, o cagão. Mas comparece, circula pelos corredores, entra nas salas, telefona aos chefes e diz: Pois é, estou no distrito, examinando os trabalhos, o senhor sabe, o boi só engorda sob as vistas do dono. O canalha... Entrou na minha sala e violou meu armário e roubou a cocaína.

Eram vinte e cinco quilos de pó. Como ele iria tirar da delegacia sem levantar suspeitas?

Viu a pasta 007 que ele tem? Naquela pasta cabem uns cinco quilos de pó. Em cinco dias dava para retirar.

Durante os cinco dias ele teria de guardar a cocaína em algum lugar na delegacia.

Viu as gavetas da escrivaninha dele? Ali não tem nada. Nem uma folha de papel, nem uma caixa de fósforos, um carimbo, um grampeador, nada. Quantos quilos de cocaína dá para esconder em três gavetas de escrivaninha?

Achei que a coisa tinha sentido, que ele talvez estivesse falando a verdade, e se não estivesse, se tudo fosse uma grande mentira, de nada adiantaria eu ficar interrogando. Deixei o barco correr. Ou melhor: deixei a barca correr. Quando chegamos ao pronto-socorro, Valdo se ergueu no banco e perguntou: É aqui? Não lhe dei resposta. Manobrei no pátio apertado e desci e chamei os enfermeiros com um grito e eles chegaram correndo e botaram Valdo numa maca e levaram para dentro. Procurei os policiais militares, cuja viatura eu tinha visto no pátio. Encontrei-os no interior do hospital, junto a uma porta; quando me viram, sorriram e deram um passo na minha direção... era uma turma simpática e eu tentava me fazer simpático também.

Trouxemos a menina e o outro homem, disseram. Ele está morto.

Podia não ser uma notícia emocionante, mas era pelo menos simpática; significava que nunca mais eu teria o desprazer de me avistar com Rodrigues em nenhuma delegacia, nenhuma ronda, em nenhuma investigação policial. Meu pensamento voou para Licínia:

Por que não levaram a mulher para o distrito? Ela se acidentou ou tomou tiro?

Levou uma porrada no olho.

Mas isso ela já tinha antes do tiroteio. Esse policial morto lhe deu aquela porrada para convencer a participar da emboscada. O papel dela era me atrair. De qualquer forma, como vocês já trouxeram, têm de esperar que o médico de plantão libere, aí vocês pegam ela e levam à delegacia.

Vai ser presa?

Não sei. O delegado resolve.

Agradeci a ajuda, dissemos: Até mais, peguei de novo a viatura e acionei o motor. Aí reparei que minha boca estava seca como uma fornalha, pela minha garganta subia um bafo quente como por um cano de escapamento. Manobrei para fora, comecei a subir a Voluntários da Pátria. Vi um bar aberto. Tomei meia garrafa de água e uma lata de cerveja e então me senti bem melhor — caramba, como é gostoso estar vivo. Depois de fumar um cigarro, entrei na barca e dirigi direto para a minha delegacia. Ao entrar no prédio, deparei com uma festa. Carros da polícia, carros de jornais, uma perua da televisão. Imaginei que os próprios meganhas tinham dado o serviço à imprensa e à Polícia Civil.

Procurei Tanaka em sua sala, relatei o que tinha acontecido. Ele não pediu detalhes: Mais tarde a gente conversa com mais calma. Atende esse pessoal aí. Quando voltei ao corredor, recebi uma imposição:

Aqui. Nesse microfone aqui. Diga aos ouvintes o que aconteceu.

O carnaval rolou bem uma hora, falei o que sabia, menos no caso da cocaína, porque não tinha provas de que Lagartixa havia roubado, e também não queria mencionar Etevaldo e Grajaú, que tinham afinal colaborado comigo. Escrachei Valdo, Toninho e Rodrigues. Sobre o bicheiro Ronaldo, fui incisivo. Tinha subornado o investigador Antônio Carlos Pessoa para me atrair a uma cilada, da qual eu escapara por sorte, depois Toninho havia morrido e eu tinha entrado na investigação, por amizade e por amor à polícia. Essas palavras atraíram a atenção de dois delegados. Um era o superior do meu chefe, delegado titular do distrito onde eu trabalhava, que me deu parabéns pelo "briiilhante" trabalho, o outro era o delegado da Homicídios. Avisado por um investigador da sua equipe que eu havia rachado o caso do policial assassinado, ele correu para ir falar comigo:

Parabéns. Amanhã à tarde depois de descansar passe na Homicídios, eu preciso tomar o seu depoimento. Esse tira que matou o Antônio Carlos... Você já conhecia ele?

Era chefe da tiragem do Parque Peruche. Na primeira vez em que conversamos, me disse que a polícia estava acabando devido aos maus policiais. Mas ele escondia droga, tentava vender, chantageava, matava. E tentou me matar também.

Diga ao seu delegado para me avisar quando acabar sua parte. Eu mando buscar o preso e termino o inquérito.

O.k.

Os PMs já estavam no distrito com Licínia. Ela não chorava. Sua expressão entretanto estava tão triste que todo mundo no plantão ficou com pena dela. Até eu, que tinha visto a morte de perto, por sua culpa, senti alguma simpatia.

Vamos encanar?, Mauricy perguntou a Tanaka.

Não, disse ele olhando a mulher, quase uma menina ainda. A custódia legal não se faz necessária aqui... Ele usava palavras difíceis, deitava falação, esnobando. Todo mundo andava esnobando aquela madrugada na minha delegacia, porque não era sempre (na verdade, era muito raro) que policiais do plantão posavam de caudilho e herói. Ela vai ficar em liberdade. Vai responder o inquérito e o processo em liberdade. Talvez não tenha culpa. Se a coação praticada por Valdo e o outro tira foi irresistível, ela não tem culpa, e assim vai acabar sendo absolvida. Se a coação foi resistível, talvez ela responda por co-autoria em tentativa de homicídio. Tome as declarações dela e mande embora... Sem viatura dessa vez.

Não fale assim, chefe, disse Roney, que precisava dizer alguma coisa. Talvez o Venício queira dar outra carona a ela.

O resto do plantão caminhou tranqüilo, as ocorrências de praxe, os bêbados de praxe, que eram encaminhados ao Chiqueirinho, de lá ficavam falando asneira e tomando bronca. Quando se cansavam, caíam num canto da cela e dormiam. O telefone tocando de vez em quando. Era a imprensa, eram policiais que estavam na rua, trabalhando, e telefonavam para me dar parabéns e apoio moral.

Por volta de sete horas eu também quis usar o telefone. Sabia que Mitiko e Mário levantavam cedo e queria lhes dizer uma palavra. Ela atendeu. Informei o que havia acontecido, sugeri que ligasse o rádio para pegar os detalhes, e aconselhei que ficasse tranqüila, os homens que tentaram me visitar no sábado à noite não iriam voltar. Ela não fez maiores perguntas nem soltou nenhuma de suas piadinhas. Imaginei que estivesse ainda sonolenta, talvez nem tivesse entendido direito o que eu dizia. Pensei em Márcia também. Talvez já tivesse levantado e estivesse se preparando para ir à escola, ou mesmo ao açougue, razão pela qual eu esperava não incomodar. Assim que disquei o número de sua casa, ela atendeu, disse que havia levantado fazia tempo, estava se preparando para sair e comprar o pão a fim de tomar café e depois ir dar sua aula.

Descobri quem matou o Toninho, informei.

É mesmo? E quem foi?

Um colega nosso. Investigador também. Já te falei nele. Valdo, o chefe da tiragem do Parque Peruche. Ele tomou uns tiros e está no pronto-socorro de Santana.

Quem atirou nele? Você?

Fiquei sem jeito de confessar os fatos. Mas tinha que ser.

Sim. Fui eu. Ele me armou uma tocaia numa rua aqui da área, usando a ex-amante de Toninho como isca, eu fui mais esperto, ou tive mais sorte, sei lá, o fato é que acertei ele primeiro. E também matei o colega dele, um outro investigador, chamado Rodrigues, que trabalhava na mesma delegacia.

Matou a amante do meu marido também?

Não. Ela estava na viatura comigo e se safou. Nem cana ela tomou. O delegado aqui mandou registrar as declarações dela e dispensou. Se tivesse viatura rodando, ainda aparecia um policial para dar carona a ela.

Isso é que eu não entendo.

Mas eu entendia. Naquele momento me sentia propenso a entender qualquer coisa. Havia escapado da morte, dando tiro e matando assassinos, dera entrevista no rádio e na televisão, estava cheio de moral. E o dia nascendo, o sol pintando através da vidraça, convidando para a vida, e aquela mulher no telefone, de camisola talvez, perguntando com ironia: Matou a amante do meu marido também? Depois Márcia indagou se eu estava ferido, e quando eu disse que não, ela quis saber se eu tinha sentido medo. Falei que me faltara tempo. Se a ocorrência demora mais, teria sentido, sim. Ela insinuou que eu estava sendo modesto e me chamou de herói. Eu não sabia se estava gozando de mim ou falando sério e sem dizer mais nada só fiquei esperando pela voz dela.

Passe aqui em casa, a voz dela disse.

Quando?

Depois de sair do plantão. É às oito horas que ele termina, se bem me lembro... Venha tomar café comigo.

E a sua aula?

A aula pode esperar. Sempre tem uma professora para substituir a gente. Quando não tem, a diretora entra na classe e diz: A professora faltou. Os alunos gostam.

Desligamos ao mesmo tempo, eu e Roney fomos à padaria tomar café. Quando saímos, passamos na banca para comprar mais um jornal. Ele caminhou para o distrito lendo as manchetes. Pouco antes das oito começaram a chegar os membros da equipe que iria substituir a nossa. Alguns deles já sabiam do acontecido e me deram parabéns e a respeito de Rodrigues e Valdo disseram que filho-da-puta tem de tomar tiro mesmo. Outros tinham ouvido a notícia ou lido a notícia e não me disseram nada, talvez esperando que os fatos ficassem mais claros. Em bangue-bangue entre polícia e bandido o povo costuma endossar a ação da polícia. Nos entreveros entre polícia e polícia, ele não sabe o que pensar.

Quando saí do plantão, passei na companhia militar a fim de filar mais uma arma, já que a minha, e a que me fora emprestada por Eusébio, tinham sido apreendidas e seriam enviadas à perícia.

O sargento que havia começado o plantão daquela manhã me quebrou o galho, abrindo o armário e me entregando uma pistola 7.65, que segundo ele era a melhor arma que tinha ali. Parecia ter gostado muito do meu gesto. Eu tinha matado um policial civil.

Enfiei a arma na cintura, um pouco inseguro, porque não gosto de pistolas, peguei meu carro e dirigi para Santa Terezinha. Márcia veio abrir o portão. Usava bermuda e malha de acrílico, ambas velhas e cômodas. Seu cumprimento foi apenas formal, como uma espiã apertando a mão de seu parceiro.

Entra. Vamos sentar e conversar.

Foi o que nós fizemos. Sentamos no sofá da sala e falamos sobre o assassinato de Toninho, minha amizade com ele e a traição, a diligência na cidade praieira, Valdo e Rodrigues, Lagartixa e Licínia. Ela elogiou meu trabalho. Não parecia contente que eu tivesse alvejado o assassino do seu marido, mas parecia envaidecida com o meu envolvimento na troca de tiros e com o fato de eu ter escapado ileso. E sobre os homens que vieram aqui e me cortaram?, ela perguntou. Respondi com a versão dada por Valdo. E sobre o roubo da cocaína na delegacia? Não sei, eu disse. Valdo está desesperado e talvez por isso fica dizendo que foi Lagartixa quem afanou a droga. Não sei. E, na verdade, não me interessa muito.

Quer tomar café agora?, ela perguntou. Ou quer um banho primeiro?

Acho que vou tomar um banho. Pra tirar a sarna.

Entrei no banheiro, me despi, estava passando ao boxe quando ela bateu na porta. Enrolei a toalha na cintura e fui abrir.

Quer fazer a barba também?

Passei a mão no rosto, reparando que os pêlos estavam crescidos. É claro que eles podiam esperar uma oportunidade melhor, eu não era jovem nem vaidoso, não precisava aparar a barba todo dia, não tinha compromissos aquela manhã, fazer a barba podia esperar. Mas a viúva estava ali junto da porta, tão solícita, e eu pensei que afinal se fizesse logo a barba estaria livre daquela obrigação pelo resto do dia. Márcia passou para dentro. Abriu um armário de madeira, niquelado, junto à parede do lado contrário ao boxe, e começou a procurar coisas nas gavetas, coisas de homem, que ela já podia ter jogado fora. Talvez estivessem ali por comodismo. Ou esperando uma nova oportunidade de uso.

Num gesto repentino, impensado, me aproximei dela, por trás, botei as mãos em seus ombros. Márcia ficou paralisada e atônita como um animal à noite surpreendido pelo farolete do caçador. Encostei os quadris no traseiro dela e abarquei seu corpo por inteiro. Ela gemeu: Cuidado com o meu peito esquerdo. Diminuí a pressão naquele seio, mas aumentei-a no direito. Colado ao corpo dela, lhe beijei o lado do rosto, a orelha, os cabelos, passei para o outro lado e continuei beijando, só parei quando descobri que aquela posição já não era suficiente. Melhor esclarecendo: quando nós descobrimos. Então ela se virou ainda dentro dos meus braços e nós trocamos um beijo na boca longo e profundo e sensual. Márcia estava com fome. Seu hálito, seu calor, o ritmo da sua respiração, tudo em seu corpo dizia que ela estava faminta.

Eu também.

ESTA OBRA FOI COMPOSTA PELA SPRESS EM BASKERVILLE
E IMPRESSA PELA GEOGRÁFICA EM OFF-SET SOBRE PAPEL PRINT-MAX
DA VOTORANTIM PARA A EDITORA SCHWARCZ EM ABRIL DE 2002